Chassée de ses terres

DOROTHY GARLOCK

Dorothy Garlock

Chassée de ses terres

Traduit de l'américain
par Catherine Plasait

Éditions J'ai lu

Titre original :

FOREVER VICTORIA
Published by arrangement with Warner Books, Inc., New York

1

Victoria, désemparée, tremblait de rage et d'amertume. Elle fouetta les chevaux, les poussa contre leur instinct à accélérer l'allure dans la pente abrupte, prêtant à peine attention aux ornières et aux lourdes pierres qui malmenaient le chariot. Elle ne pensait qu'à la lettre, et à rien d'autre. Combien de fois l'avait-elle lue ? Les termes en étaient à jamais gravés dans sa mémoire.

1er août 1870

Miss Victoria McKenna
Ranch Double M, Shady Valley
South Pass City, Wyoming

Chère miss McKenna,
J'arriverai le 16 septembre pour prendre possession des terres que j'ai achetées à votre frère, Robert McKenna, lors de mon séjour en Angleterre. J'espère que vous avez été informée de cette transaction. Il

faudra que vous libériez la maison sur-le-champ. Demandez au régisseur, Stonewall Perry, de venir me chercher à la gare du chemin de fer avec un chariot afin de nous amener au ranch, ma famille et moi-même.

M. T. Mahaffey

— Tu n'avais pas le droit de vendre ma maison, Robert McKenna, espèce de sale Anglais ! cria Victoria, la voix assourdie par le désespoir. Papa ne voulait pas que tu aies ce ranch, il était pour moi ! Il l'a écrit sur un papier qu'il m'a remis !

Les seules oreilles qui saisirent ses protestations étaient celles des malheureux chevaux qui trébuchaient sur le mauvais sentier, entraînés par le poids du chariot.

— Jamais je n'aurais dû te prévenir que papa était mort !

Ils avaient atteint le bas de la côte ; la piste s'aplanissait et les chevaux, gagnés par l'agitation de la jeune femme, s'emballèrent. Victoria dut tirer sur les rênes pour les ramener à un train raisonnable. Quand ils furent calmés, elle revint à l'idée qui la rongeait depuis qu'elle avait reçu la lettre de son frère l'avertissant qu'il avait vendu le ranch à un Américain rencontré en Angleterre.

Son demi-frère était retourné dans le pays d'origine de sa mère quinze ans auparavant. Bien que Victoria n'eût que cinq ans, à l'époque, elle n'avait jamais oublié la haine qu'il nourrissait envers elle et sa mère. Après le décès de son épouse anglaise, Marcus McKenna s'était follement épris d'une jeune fille qui partait pour l'Ouest avec une caravane de pionniers, et jamais son fils ne lui avait pardonné son remariage. Il détestait l'Ouest autant que Marcus et sa jeune épouse l'adoraient.

Lorsqu'elle avait écrit à Robert un an plus tôt pour lui annoncer la mort de leur père, Victoria n'avait pas imaginé une minute qu'il aurait les moindres vues sur le ranch. Elle avait reçu la nouvelle de la vente comme un coup en plein visage et s'était aussitôt précipitée en ville avec le papier où son père déclarait que tous ses biens devaient revenir à sa fille, Victoria McKenna.

– Je sais bien que c'est l'écriture de Marcus, lui avait dit M. Schoeller, l'avoué de la famille. Mais qui l'a vu signer ?

– Seulement moi et Stonewall.

– Vous auriez dû m'appeler, nous aurions dressé un testament en bonne et due forme. Je vais intenter une action en justice. En attendant, ne bougez pas du ranch. L'occupation des lieux est importante, dans ce genre de litige.

Tout ira bien, tenta-t-elle de se persuader tandis que l'attelage s'engageait dans la grand-rue de South Pass City.

Victoria offrait un ravissant spectacle, et les gens ne se privaient pas de la regarder quand elle venait en ville. Souple comme une liane, l'expression sérieuse, elle portait une longue tresse blonde qui lui

descendait aux reins, et le bord de son chapeau protégeait sa peau d'albâtre et ses grands yeux d'ambre
lumineux au-dessus d'un petit nez retroussé couvert
de taches de rousseur. Sa grande bouche généreuse,
expressive, s'adoucissait à présent, toute révolte
oubliée. C'était son pays. Cette terre aride, cruelle,
était sa terre, et ces gens ses voisins.

Les rues de la bourgade étaient embouteillées. Un
troupeau de vaches se déployait sur la voie poussiéreuse, et Victoria avait du mal à se frayer un passage
au milieu des chariots de toutes sortes bourrés de
marchandises. Les hommes la suivaient des yeux,
négociants en costume trois-pièces, joueurs profes-
sionnels, Chinois aux longues nattes, Indiens... Et
des dizaines de chiens, de toutes tailles et de toutes
races, ajoutaient au vacarme.

Victoria entendit le train siffler et les roues grincer
sur les rails quand il freina. Elle ne pressa pas
l'allure.

Qu'il attende donc, cet étranger aux joues roses ! se
disait-elle. *Que sa femme délicate et potelée se frotte
un peu aux habitants de ce pays – des hommes sales,
rudes, trop tapageurs ou trop silencieux qui crachent
leur chique d'entre leurs dents gâtées, qui lorgnent
sans vergogne tout ce qui porte jupon...*

Victoria sentit soudain son cœur se serrer. Le
moment tant redouté approchait. Dans quelques
minutes, elle serait face à celui qui se croyait le nouveau propriétaire du ranch Double M.

Le convoi s'immobilisa enfin dans une dernière
secousse. La jeune fille, l'estomac noué, attacha les

8

chevaux à la barrière, lissa sa jupe de ses mains gantées et rabattit le bord de son chapeau.

Elle fouilla nerveusement le quai des yeux et fut soulagée de ne pas apercevoir le groupe d'étrangers qu'elle attendait. La foule s'était égaillée, et elle se demanda si elle les avait manqués, ou s'ils étaient entrés dans la gare. Les mains tremblantes, partagée entre la rage et le désespoir, elle tira de nouveau sur son chapeau. Ils n'avaient qu'à ressortir tout seuls, se dit-elle. Elle n'allait pas leur courir après.

A présent, le quai était vide, à l'exception d'un individu, immobile, à l'autre bout. Il portait la tenue classique des gens de l'Ouest et, visiblement, ce n'était pas lui qu'elle était venue chercher ; pourtant, elle ne pouvait en détacher son regard. Grand, mince, il s'appuyait au mur du bâtiment avec toute l'assurance d'un homme né et élevé dans ce pays. Il y avait une tension, une sorte de vibration dans son corps qui lui fit penser à un ressort. Et elle s'aperçut, le cœur battant, que l'étranger dardait sur elle les yeux les plus bleus qu'elle eût jamais vus. Comme fascinée, elle demeura sous le charme un peu plus longtemps qu'il n'eût été convenable. Elle se détourna, le considéra encore quelques secondes plus tard, vit qu'il la fixait toujours et retomba sous le charme. Très lentement, il plissa les paupières et ses yeux ne furent plus que deux fentes dans son visage hâlé.

Bon sang ! pensa-t-elle, irritée. *Quelle arrogance, quelle insolence !* Il devait imaginer qu'elle l'encourageait, et il se croyait autorisé à la provoquer ainsi du regard. Rougissante, elle se mit à arpenter le quai, le nez obstinément baissé. Peu à peu tous les bruits s'estompèrent autour d'elle et elle releva la tête. A sa grande surprise, elle constata que l'étranger était toujours là et qu'il la dévisageait, la mine perplexe.

Victoria tourna les talons.

— Victoria McKenna !

Un instant, elle crut avoir entendu l'homme prononcer son nom. C'était stupide, évidemment ! Elle pivota prestement... Il avançait vers elle !

— Victoria McKenna.

C'était bien lui qui avait parlé, et elle perçut l'exaspération qui assombrissait ses prunelles. Il repoussa son chapeau en arrière, découvrant une ligne pâle à la racine de ses cheveux très noirs, que parsemaient quelques fils blancs aux tempes. Il serrait les dents.

S'obligeant à paraître assurée, elle leva le menton.

— C'est à moi que vous parlez ?

— A votre avis ? Je suis Mason Mahaffey.

— M. T. Mahaffey ?

Glacée, elle fixait le regard indéchiffrable.

— Mason T. Mahaffey, lança-t-il avec une sorte de défi coléreux.

Victoria était trop stupéfaite pour prononcer un mot, et ils s'observèrent longuement en silence – lui la dévisageant de son œil perçant et elle lui rendant hardiment son regard. Il se décida enfin à reprendre la parole :

— Je ne pensais pas que vous viendriez nous chercher en personne, miss McKenna.

– Et qui d'autre ? Stonewall Perry, mon régisseur, a mieux à faire que de parcourir vingt kilomètres pour transmettre un message si je peux l'apporter moi-même.

– Et quel est ce message ? demanda-t-il en fronçant les sourcils.

– Je n'ai pas l'intention de vider les lieux, vous pouvez donc faire une croix sur votre emménagement. Mon demi-frère, Robert McKenna, vous a escroqué, car c'est à moi que notre père a légué le ranch. Mon avoué est en possession de son testament. Aussi, monsieur M. T. Mahaffey, il ne vous reste plus qu'à aller à l'hôtel avec votre famille en attendant de prendre le train pour retourner d'où vous venez !

Victoria prit une profonde inspiration et se dirigea à grandes enjambées vers le chariot.

Mason Mahaffey lui empoigna brutalement le bras et l'obligea à effectuer un quart de tour.

– Vous me prenez pour un imbécile, si vous croyez que j'ai acheté une propriété sans m'entourer de toutes les garanties nécessaires. Robert m'avait bien dit que vous étiez une véritable harpie, ajouta-t-il avec mépris, que vous me créeriez des ennuis.

Elle se dégagea d'une secousse et s'empara de son fouet qu'elle brandit en direction de l'homme, les yeux étincelants de colère.

– Touchez-moi encore, et je vous fouette à mort ! lança-t-elle, menaçante. Et qu'est-ce que Robert pourrait savoir de moi ? Il ne m'a pas vue depuis quinze ans !

11

– Mason ?

Victoria tourna vivement les yeux vers un petit groupe qui apparaissait à l'angle du bâtiment avec quatre chevaux sellés – un garçon de douze ou treize ans et deux jeunes gens à la barbe blonde et frisée. Victoria crut être victime d'une hallucination... Ils étaient absolument identiques ! Seulement, l'un lui souriait, l'autre avait la mine grave.

– Mason ? répéta ce dernier.

– Attache les chevaux au chariot, Clay. Et toi, Pete, va chercher tes sœurs, ordonna Mason sans cesser de regarder Victoria. Nous avons encore vingt kilomètres à parcourir !

Victoria saisit les rênes de l'attelage.

– Vous ne monterez pas dans ce chariot !

Elle sentit qu'on lui arrachait le fouet des mains et qu'on la poussait de côté.

– Si fait, miss McKenna. Libre à vous de nous accompagner ou non. Je ne doute pas de pouvoir trouver un guide.

– Je vous répète que vous n'avez aucun droit sur le ranch, et rien ne m'oblige à vous héberger. Je ne veux pas de vous ici. Me suis-je exprimée suffisamment clairement ? siffla Victoria.

Des larmes d'humiliation lui piquaient les yeux.

– Je me moque de ce que vous voulez, miss McKenna. J'ai la ferme intention d'amener ma famille au ranch. Si vous vous joignez à nous, je vous conseille de monter dans ce chariot. Peut-être aurez-vous le temps de vous calmer en chemin.

Victoria sentit la peur l'étreindre tandis qu'elle

affrontait le dur regard bleu qui ne contenait pas la moindre pitié, pas la moindre bonté. *Je ne vais tout de même pas abandonner mon ranch à cet individu sans cœur !*

Mason se dirigeait vers les deux chevaux attelés.

– Doonie, aide Clay à porter les bagages.

Le garçon, après un sourire narquois à Victoria, retourna vers la gare. Le jumeau sérieux, Clay, semblait sur le point de s'excuser quand Victoria, à contrecœur, grimpa sur le banc du chariot. Quelques badauds s'étaient attroupés, et elle s'empourpra.

– Tiens les chevaux, Clay, pendant que je m'occupe de Nellie, poursuivit Mason.

Un instant, Victoria fut tentée de frapper la croupe des chevaux avec les rênes pour s'enfuir, mais les autres montures étaient solidement attachées au chariot. Alors elle resta assise sans bouger, le dos bien droit, folle de rage.

– Poussez-vous, que ma sœur s'asseye à côté de vous ! lança Mason d'un ton sans réplique.

Le jumeau souriant tenait dans ses bras une très jeune fille toute vêtue de bleu qui regardait timidement Victoria, comme si elle s'attendait à être rabrouée.

– Je peux monter à l'arrière, Mason, dit-elle d'une petite voix.

– Trop dur. Installe-toi près de miss McKenna.

Il l'aida à se hisser sur le siège.

– Voilà, dit l'adolescente en arrangeant nerveusement les plis de sa jupe. Où est Dora ?

– Je suis là ! Je peux monter devant aussi ?

Dieu, combien sont-ils encore ?

Victoria regarda la gamine aux taches de rousseur et au sourire édenté.

– Bien sûr, il y a assez de place. Mets-toi entre Nellie et miss McKenna. Je ne pense pas qu'elle morde.

Victoria rougit de colère.

– Mettons les choses au point, monsieur Mahaffey ! Un, je n'apprécie pas vos sarcasmes, deux, quand je déciderai de mordre quelqu'un, ce ne sera pas un enfant.

Elle scruta le visage impassible, étonnée de n'y lire aucune agressivité.

– Et enfin, reprit-elle d'un ton plus calme, les gens qui s'imposent là où ils sont indésirables ne peuvent s'attendre à être traités comme des hôtes de marque.

– Très juste, rétorqua-t-il. Si vous souhaitez que je vous invite à passer la nuit au ranch, vous avez intérêt à tenir votre langue.

Comme elle restait bouche bée d'indignation, il se détourna sans plus lui accorder d'importance.

– Dépêchez-vous de charger, les garçons, que nous puissions nous mettre en route !

– J'ai soif, Nellie, murmura Dora.

– Chut !

Victoria sentit le chariot osciller tandis que l'on y jetait valises et cartons, et elle fixa l'horizon, refusant de poser de nouveau les yeux sur l'insupportable Mahaffey. Toutefois, elle ne pouvait se boucher les oreilles. Il y avait dans sa voix une autorité indiscutable quand il donnait des ordres à ses frères qui se dépêchaient de les exécuter. A l'évidence, il était habitué à commander et à être obéi. Et Victoria avait une autre certitude : c'était la pire journée de sa vie !

Une sorte d'engourdissement s'était emparé d'elle, et elle se vit comme dans un rêve prendre les rênes et conduire le chariot dans la grand-rue. Avant de sortir de la ville, elle s'engagea dans une rue latérale et s'arrêta devant une écurie. Elle sauta à terre sans plus se soucier de Mason Mahaffey et de sa famille.

– Bonjour, Claude ! dit-elle au vieil homme courbé qui s'approchait en boitant. Ça ne vous ennuie pas si je fais boire mes chevaux ? La route est longue et poussiéreuse, jusqu'au ranch Double M.

– Faites comme chez vous, miss Victory. J'vais chercher un seau d'eau fraîche pour que vous puissiez aussi vous rincer le gosier.

Elle emplit un seau d'eau pour ses chevaux pendant que Mason et ses frères emmenaient les leurs à l'abreuvoir. Claude revint et lui tendit une louche ; elle but avec reconnaissance avant d'en offrir une à l'aînée des filles. Celle-ci la donna à sa sœur qui la lui rendit vide. Victoria l'emplit de nouveau.

– Des amis à vous, miss Victory ? demanda Claude avec un signe de tête en direction de l'abreuvoir.

– Des amis ? lança Victoria d'une voix forte en remontant dans le chariot. Je ne les avais jamais vus avant aujourd'hui ! Merci beaucoup, Claude. La prochaine fois, je vous apporterai une tarte aux airelles.

– Salut, miss Victory. Et soyez prudente, y a plein de bandits, sur les routes.

– Ne vous inquiétez pas, j'ai mon fusil sous le siège. Hue !

Elle fit claquer les rênes et les chevaux s'ébranlèrent à vive allure.

Victoria fut heureuse de quitter l'atmosphère étouffante de la ville pour retrouver la route où soufflait une légère brise, insuffisante, malgré tout, pour dissiper la chaleur de l'après-midi. Non que Victoria pensât à la chaleur... Elle était en pleine confusion, comme au milieu d'un cauchemar. Si seulement il s'agissait d'un cauchemar ! Mais les quatre hommes derrière le chariot étaient bien réels, comme les fillettes silencieuses auprès d'elle.

Le chemin se rétrécit. Les rochers se firent plus rares, la végétation plus dense. Le chariot montait entre les pins, suivait le contour naturel des collines, bénéficiant enfin d'un peu d'ombre.

– C'est encore loin, Nellie ? J'ai envie de... euh... murmura Dora, aussi éloignée de Victoria que le lui permettait l'étroitesse du siège.

– Je ne sais pas. Tiens-toi tranquille et n'y pense plus, répondit sa sœur en passant le bras autour de ses épaules.

– Je croyais pas que ça serait comme ça, chuchota la petite fille. Mason avait dit qu'on irait dans un nouvel endroit, qu'on serait tous de nouveau réunis et heureux... Que toi et moi on s'occuperait de la maison.

– Chut ! Ça ira, tu verras.

– Mais elle nous aime pas !

– Dora, tais-toi !

– Ben... évidemment, c'est mieux que d'être avec tante Lily, reconnut Dora. Mais il faut quand même que je... euh...

Ils atteignaient le sommet d'une colline, et Victoria tira sur les rênes. Aussitôt Mason fut à sa hauteur, les sourcils froncés.

– Que se passe-t-il ?

– Votre sœur a besoin de s'éloigner dans les buissons, dit-elle avec une patience ostensible.

L'enfant se dressa.

– Excuse-moi, Mason. Je peux pas me retenir.

Victoria leva les rênes pour qu'elle passe dessous. Mason la jucha sur sa selle et se dirigea vers les arbres tout en parlant gentiment à la petite fille. Quand il la ramena au chariot, il regarda son autre sœur.

– Nellie ?

Il y avait dans sa voix une douceur qui désarçonna Victoria. L'adolescente secoua vigoureusement la tête, rouge d'embarras.

– C'est encore loin, miss McKenna ? demanda Mason d'un ton brusque.

– A environ une heure et demie de route, répondit-elle avec mauvaise humeur. Nous y serons au coucher du soleil.

– Nous nous trouvons sur le chemin des Hors-la-loi, n'est-ce pas ? Je vais partir en avant. Pete et Clay resteront près de vous.

– Ne vous tracassez pas, monsieur Mahaffey. J'ai

17

emprunté mille fois cette route et on ne m'a jamais importunée. Tous les bandits de la région me connaissent. Je me sens plus en sécurité avec eux qu'avec vous !

– Ce n'était pas pour vous que je m'inquiétais, miss McKenna, mais pour mes sœurs.

Il toucha le bord de son chapeau et éperonna sa monture.

Victoria remit le chariot en route, plus tendue qu'un arc. Sa colère menaçait de se dissoudre dans les larmes, aussi se remit-elle en mémoire les termes de la lettre. *J'arriverai le 16 septembre pour prendre possession des terres... Il faudra que vous...*

– Pourquoi vous nous aimez pas ?

La petite voix de Dora la fit sursauter.

– Dora, non ! la réprimanda Nellie.

Les larmes se mirent soudain à ruisseler sur les joues d'une Victoria horrifiée. *Sapristi ! Je ne vais tout de même pas pleurnicher devant ces gens !*

Mais la raison n'eut pas le dernier mot, aussi se détourna-t-elle pour s'essuyer les yeux d'un revers de manche.

– Ne faites pas attention à Dora, elle ne comprend pas, dit gentiment Nellie.

– Et vous, si ? parvint à marmonner Victoria.

– En partie.

– Non, vous ne comprenez rien ! Je suis née dans le ranch de Double M, ma mère y est morte, mon père s'est tué au travail pour construire la maison. Et il n'aurait pas voulu qu'elle aille à des... des étrangers !

Elle prit une respiration tremblante.

– Robert n'avait aucun droit de vendre la propriété à votre frère.

– Je suis désolée.

Victoria s'attendait à tout, sauf à de la sympathie. Elle regarda la jeune fille avec une irritation mêlée de curiosité.

– Pourquoi seriez-vous désolée ? demanda-t-elle en ravalant un sanglot. Vous avez une famille, des frères pour s'occuper de vous.

– Je ne les avais pas il y a quelques mois. J'étais toute seule, comme Dora et Doonie. Les jumeaux, ils étaient deux.

De grands yeux d'un bleu un peu moins soutenu que ceux de Mason la fixaient avec gravité.

– Et où se trouvait M. Mason T. Mahaffey ? s'enquit Victoria avec plus de sarcasme qu'elle ne le souhaitait.

– On l'a envoyé en Angleterre après la guerre. Il ne savait pas que papa, maman, Sarah et Eli étaient morts du choléra. On nous a envoyés chez tante Lily, Dora, Doonie et moi. Les jumeaux sont restés, mais ils n'ont rien attrapé.

L'adolescente gardait un visage impassible, mais elle se tordait nerveusement les doigts.

– Et tante Lily a pas voulu garder Nellie et Doonie, intervint Dora avec rancune. Je la déteste !

Nellie la serra contre elle.

– Allons, Dora, ne pense plus à elle.

– Nellie a dû aller chez Widder Leggett, poursuivit l'enfant, et Doonie chez le vieux M. Sunner. Doo-

19

nie dit que M. Summer était méchant, et quand Mason est venu le chercher, le vieux M. Summer a pas voulu le laisser partir avant que Mason ait payé la pension, alors Mason lui a dit...

– Dora, coupa Nellie, Mason nous a priées d'oublier tout ça.

Elle ôta son chapeau à brides. Ses mains, petites et fines, tremblaient.

– Depuis combien de temps vos parents sont-ils morts ? demanda Victoria malgré elle.

– Quatre ans, mais cela paraît une éternité.

Le silence qui suivit fut seulement troublé par le tintement des harnais et le souffle rauque des chevaux. Devant eux s'ouvrait à présent un paysage de vallées séparées par des crêtes surmontées de pins. Il faisait un peu plus frais. C'était l'endroit où, l'hiver, la neige interdisait tout passage. Le ranch était isolé de la mi-décembre à la mi-mars ; seuls quelques occasionnels trappeurs ou hors-la-loi venaient y chercher refuge. Jamais Marcus McKenna ne refusait l'hospitalité à un homme, Indien ou Blanc. Le Double M était réputé, tout au long du chemin des Hors-la-loi qui reliait le nord du Montana à la frontière mexicaine, pour être un asile où n'importe qui pouvait prendre un repas chaud sans qu'on lui posât la moindre question. Sans doute était-ce pour cela qu'on y vivait en paix.

A quelque trois cents kilomètres vers le nord se trouvait un repaire connu sous le nom de Trou dans le Mur, sanctuaire des voleurs de bétail et autres brigands ; à deux cent cinquante kilomètres vers le sud. Brown's Park, une vallée isolée où venaient souvent s'abriter les bandits en route pour le Sud. Toute cette région pratiquait un code moral particulier. C'était chacun pour soi, mais femmes et enfants, peu nombreux, étaient chéris et respectés. On pendait plus volontiers un homme pour avoir molesté une femme ou brutalisé un enfant que pour le cambriolage d'une banque. C'étaient les hors-la-loi eux-mêmes qui appliquaient le châtiment, car ce pays de passes étroites, de vallées et de canyons encaissés décourageait les shérifs. La seule loi était celle du fusil et de cette sorte d'honneur qui régnait parmi les bandits.

Victoria essaya de remettre un peu d'ordre dans ses idées. Rien ne s'était passé comme prévu. Mason T. Mahaffey l'avait déboussolée, et elle était en train de le conduire au ranch comme la dernière des demeurées !

Le père de Victoria, un rêveur, ne s'embarrassait pas des vulgaires contingences sur lesquelles les fortunes se font et se défont. Il donnait d'excellents conseils, mais ne les mettait jamais en pratique pour lui-même. « Victoria, disait-il, dans le doute, abstiens-toi. N'agis qu'après avoir mûrement réfléchi. La pensée est ce qui élève l'homme au-dessus de l'animal. »

Il n'avait pas envisagé un instant que Robert pût se considérer comme l'héritier du ranch et le vende. Pour la première fois de sa vie, Victoria éprouva une pointe de rancune à l'égard de ce père si bon, si accommodant, mais ce sentiment céda bien vite la place à une vague de désespoir et de solitude.

– C'est encore loin ? J'ai faim ! marmonna Dora en se laissant aller contre sa sœur.

Oh, être un enfant ! Se préoccuper seulement de besoins élémentaires – manger, boire... et aller derrière les arbres !

Victoria jeta un coup d'œil aux deux filles qui se serraient l'une contre l'autre. C'étaient ses ennemies. Elles allaient habiter dans sa maison, dormir dans les lits de plume de sa mère, manger à la grande table de chêne que son père avait fabriquée durant un long hiver... Sauf qu'elles avaient l'air rien moins qu'hostiles. Elles paraissaient surtout lasses... et effrayées. A juste titre ! pensa la jeune femme avec un regain de colère. Un mot d'elle, et le premier hors-la-loi venu refroidirait Mason T. Mahaffey, mettant un terme à ses ennuis. La pensée choqua Victoria. *Mais pourquoi pas ?* se raisonna-t-elle. *Je suis seule avec Stonewall. Les autres ouvriers agricoles sont des saisonniers, ils vont et viennent, hormis Sage Harrington qui resterait si je le lui demandais.* Elle se récita en silence le nom des hommes qui prendraient sa défense contre Mahaffey si elle les mettait au courant de la situation. Piney Kilborn, Slim Masters, Jade Coggins, Martin Beaman, John...

– Qu'est-ce que vous allez faire, quand on arrivera au ranch ? demanda Dora avec la curiosité directe d'une enfant.

Sa voix ramena Victoria à la réalité.

– Préparer le souper, répondit-elle en se tournant vers la petite fille. Quoi d'autre ?

Dora lui offrit son sourire édenté.

– Je sais pas. En tout cas, je suis drôlement contente que vous soyez plus fâchée et que vous fassiez à manger... je meurs de faim !

2

S'en remettant à sa monture, Mason grimpa jusqu'au sommet de la colline, puis entama la descente vers la vallée. Il avait choisi à dessein un mustang des montagnes qui, quelques mois auparavant, vivait encore à l'état sauvage. Il aimait ces chevaux ombrageux, capables de voir et d'entendre mieux qu'un homme. Il aperçut enfin au-dessous de lui une piste étroite qui serpentait entre les arbres et les éboulis de rochers.

Quand Mason avait acheté le ranch, on ne lui avait pas dit qu'il se trouvait sur le chemin des Hors-la-loi ; il ne l'avait appris qu'à son arrivée à Denver. En fait, c'était une rencontre de hasard qui l'avait poussé à acquérir une propriété dont il ignorait presque tout.

Mason avait quitté le Colorado pour se battre dans l'armée de l'Union sous les ordres du général Grant et, après avoir reçu une médaille pour ses faits d'armes, il avait été promu au rang de capitaine. A la fin de la guerre, Grant avait tenté de le persuader d'épouser la carrière militaire, lui laissant le choix de ses affectations – qu'il préférât être attaché militaire à l'ambassade américaine à Paris ou se battre contre les Apaches en Arizona. Mason avait refusé. Il ne se voyait pas en train de claquer des talons à Paris, et il avait hâte d'oublier les tueries. Toutefois, par égard pour le général, il avait accepté une dernière mission : livrer au gouvernement britannique un pirate qui avait amassé une fortune en s'emparant de navires anglais et qui vivait à présent dans le plus grand luxe en Amérique. Grant lui avait assuré que Sa Majesté saurait se montrer fort généreuse.

Il lui avait fallu deux ans pour mener à bien sa mission et, une fois l'argent déposé dans une banque de Londres, Mason avait décidé de prendre un peu de bon temps avant de rentrer chez lui. A la table de jeu d'un club sélect, il avait entendu un dandy proposer comme enjeu un ranch situé dans le territoire du Wyoming. Le nom de ce ranch, Double M, ses propres initiales, avait attiré l'attention de Mason. Les autres joueurs ayant refusé la proposition, le jeune homme avait été obligé de quitter la partie.

Intrigué, Mason l'avait invité à dîner et, deux jours plus tard, après plusieurs visites chez l'avoué de McKenna, il s'était retrouvé avec le titre de propriété en poche... et un compte en banque fort délesté.

Il devait bien reconnaître qu'acheter un ranch sans l'avoir vu était plutôt inhabituel. Il savait seulement qu'il se composait d'une solide maison de rondins meublée avec du mobilier que la mère de McKenna avait fait venir d'Angleterre, d'un baraquement pour la main-d'œuvre, de corrals, de communs, et qu'un ruisseau d'eau claire traversait les terres. Il y avait en outre au moins cinq mille têtes de bétail marqué, sans doute plus. Robert McKenna avait expliqué le prix ridiculement peu élevé qu'il demandait par le fait qu'il détestait l'Amérique, que pour rien au monde il n'habiterait le ranch hérité de son père et qu'il était difficile de trouver un régisseur de confiance. Enfin, à la dernière minute, il avait parlé à Mason de sa demi-sœur qui vivait là-bas.

– Elle ne vous causera pas d'ennuis. Je vais lui écrire pour lui dire de déguerpir en vitesse.

Mason s'était interrogé devant l'expression haineuse de McKenna.

Toutefois il avait complètement oublié Victoria McKenna quand il était rentré chez lui, dans le Colorado, et avait appris qu'il avait perdu ses parents, un frère et une sœur. Les petites et Doonie avaient été placés et travaillaient pour payer leur pension ; quant aux jumeaux, ils tentaient de remettre la ferme familiale en état après les crues et les ouragans qui avaient dévasté la région.

Mason serra les dents. Les questions se bousculaient dans sa tête. Victoria n'était pas la fille sans manières que lui avait dépeinte McKenna. Et elle traversait ce pays dangereux en toute sécurité, ce qui méritait réflexion. Quant à ses droits sur le domaine, Mason refusait d'y penser, puisque l'avoué de Londres lui avait assuré que Robert McKenna en était le propriétaire légal. Mais qu'allait-il faire d'elle ?

Le mustang dressait les oreilles, et Mason tira sur les rênes. Un daim bondit hors d'un buisson pour se précipiter sous le couvert des arbres. Mason, souriant, reprit son chemin. Enfin il sortit de la forêt, et la vallée s'étendit sous ses yeux, le ranch adossé à une colline au fond d'une vaste prairie. Mason prit ses jumelles.

Vision enchanteresse ! Le ranch était entouré d'immenses sycomores, et la maison elle-même, de belles proportions, se dressait sur un petit tertre ; son toit pentu, que surmontaient deux cheminées, se prolongeait par un porche à l'avant et à l'arrière. Le jardin, ceint de barrières blanches, regorgeait de fleurs. Le baraquement des ouvriers se trouvait à angle droit de la maison, et au-delà on apercevait une grange, des dépendances. A l'évidence, l'aménagement avait été fort bien conçu. Comme il examinait le corral principal, Mason vit quelques hommes s'affairer autour d'une bonne douzaine de chevaux. Le plus gros des ouvriers travaillait près du baraquement et un cavalier approchait du ranch, venant de la direction opposée.

Mason baissa ses jumelles. Oui, il y avait des hommes, au ranch, et sûrement fidèles à Victoria

McKenna. Il allait passer un mauvais quart d'heure !
Il aurait mieux fait de laisser Doonie et les filles en
ville pendant qu'il venait en éclaireur avec les
jumeaux. Trop tard ! Il ne lui restait plus qu'à espérer que Victoria McKenna accepterait de régler le
problème par des voies légales. Il rangea ses jumelles, mal à l'aise. Ce n'était pas là le ranch à demi
en ruine dont on lui avait parlé !

Mason regarda le chariot approcher. Nellie, très
pâle, avait l'air exténuée. Dora jacassait, appuyée
contre elle ; Victoria semblait découragée... jusqu'à
ce qu'elle le vît. Alors elle carra les épaules et leva
le menton avec défi.

Doonie et les jumeaux vinrent rejoindre Mason
sur la crête.

– Crénom, Mason ! C'est notre ranch ?

La voix éraillée de l'adolescent portait jusqu'au
chariot.

– C'est le Double M, répondit Mason sans quitter
Victoria des yeux.

– Génial ! Regarde ça, Clay ! C'est pas formidable ?

Le plus sérieux des jumeaux observait lui aussi le
visage chagriné de Victoria.

– Du calme, Doonie.

Mason s'approcha du chariot, suivi par ses frères.

– Combien d'ouvriers agricoles avez-vous, miss
McKenna ?

– Vous craignez d'avoir eu les yeux plus grands
que le ventre ?

Cette jeune femme respirait la classe, la vivacité d'esprit, et Mason en voulut à son demi-frère qui lui avait laissé penser le contraire. Il avait une sensation désagréable au creux de l'estomac. Il fallait qu'il en ait le cœur net, ou alors qu'il tourne bride et reparte en ville.

– Non. Vous ne lâcherez pas vos amis hors-la-loi sur ma famille et sur moi, vous préférerez régler le problème légalement.

– N'en soyez pas si sûr, monsieur Mahaffey. Je m'arrangerai pour qu'aucun mal ne soit fait à vos sœurs ni à votre plus jeune frère. Vous et les autres, vous êtes assez grands pour vous défendre.

Elle refusa d'entendre le cri étouffé de Nellie et soutint le regard d'acier sous le chapeau à large bord.

– Je n'en demande pas davantage... pour l'instant, répliqua Mason.

Le regard qu'il posait sur elle était caressant. Il la fixait sans se soucier de politesse ni de convenances, et elle se sentit rougir violemment.

Il continua à la regarder même quand elle eut détourné les yeux. Dieu, qu'elle était belle ! Elle lui faisait penser à une pièce d'or, mais il n'y avait rien de rigide ni de dur dans son élégance racée. Seulement de la peine, de la déception. Jamais il n'avait vu femme plus magnifique – si féminine, si douce, si sensuelle, si séduisante... Tout était de couleur chaude, chez elle, depuis ses cheveux dorés et ses yeux d'ambre jusqu'à la peau légèrement hâlée de son visage et de ses mains. Il ne put s'empêcher de se demander si son corps avait la même teinte, et regarda ailleurs, agacé. Il avait vu de jolies femmes, dans sa vie, mais celle-ci... Il revint à elle et croisa son regard d'ambre... Celle-ci était la quintessence de la femme, pure, virginale.

Les mâchoires crispées, Victoria tenait fermement les rênes tandis que le chariot entreprenait la descente de la pente abrupte. Jamais elle ne s'était approchée du ranch avec une telle impression d'atteindre un havre. Son cœur se serra. Que faire ? Comment se battre seule contre cet homme ? Non, pas seule. Stonewall et Ruby savaient qu'elle risquait de perdre le ranch, mais ils s'étaient imaginé, comme elle, que l'intrus était un homme de l'Est inoffensif, ils ne s'attendaient pas à un ennemi aussi redoutable que Mason T. Mahaffey.

Victoria jeta un coup d'œil à Dora, puis à Nellie. Toutes deux contemplaient le ranch, et la jeune femme ressentit soudain un élan de pitié envers elles, vite remplacé par une bouffée de colère.

Le sentier descendait du plateau pour traverser une forêt de pins, puis une petite cédraie, avant de s'enfoncer dans la vallée. Un ruisseau bordé de peupliers, de saules et de sycomores sillonnait la verte prairie. Quand le chariot s'engagea enfin dans l'allée qui menait vers la maison, le soleil avait disparu derrière les montagnes.

La demeure, solide et bien construite, se fondait parfaitement dans le paysage. Les rondins, massifs, s'emboîtaient exactement les uns dans les autres, les cheminées de pierre étaient joliment culottées par la fumée, les poutres patinées. La bâtisse semblait faire à jamais partie de cet endroit. Victoria ravala la boule qui lui obstruait la gorge. Ce lieu était toute son existence.

Les deux chevaux s'arrêtèrent brusquement devant la maison, et Victoria sauta au sol.

– Vous feriez aussi bien de descendre, lança-t-elle aux deux filles, sauf si vous avez l'intention de dormir là !

Mason mit pied à terre et attacha son cheval à l'arrière du wagon, tandis que les trois garçons restaient en selle, hésitants.

– Victoria...

Elle se retourna, prête à lui reprocher sa familiarité, mais il y avait une telle menace sur son visage que les mots moururent sur ses lèvres.

– Mes sœurs n'ont rien à voir avec notre désaccord. Ne passez pas votre mauvaise humeur sur elles, je vous prie.

Victoria le fusilla du regard, éprouvant une rage mêlée d'angoisse. Cet homme savait exactement ce qu'il faisait. Il était dur, intelligent, plein d'assurance. Comme elle ne trouvait rien à répondre, elle s'adressa à Nellie :

– Venez, je vais préparer le dîner.

Elle gravit les marches du porche et se retourna.

Dora était déjà descendue du chariot ; Mason souleva Nellie dans ses bras et, à la vive surprise de Victoria, l'amena jusqu'à la porte.

– Montrez-moi le chemin, miss McKenna, dit-il sèchement, coupant court à toute question.

– Pose-moi par terre, Mason ! protesta Nellie.

– Non. Tu es trop fatiguée. Tu marcheras quand tu auras pris quelque repos.

Victoria poussa la lourde porte de chêne et s'engagea dans le vaste corridor qui coupait la maison en deux. Arrivée au bout, elle entra dans une pièce meublée d'un fauteuil à haut dossier, d'un canapé, d'une table ronde drapée de soie. Les chaises étaient délicates, et des tableaux ornaient les murs.

Mason jeta à Victoria un coup d'œil chargé de signification, mais elle ne voulut pas s'y attarder, tant elle avait hâte de se soustraire à la présence dominatrice de cet homme. Comme elle faisait volte-face, elle heurta Dora qui se tenait près de la porte.

– Oh ! fit-elle en rattrapant l'enfant. Excuse-moi !

Puis elle se hâta de retourner dans le vestibule. Elle accrochait son chapeau au portemanteau quand Mason la rejoignit.

– Victoria... murmura-t-il d'une voix de velours.

– Pas de familiarités entre nous, monsieur Mahaffey ! rétorqua-t-elle sèchement.

Il se recula légèrement pour mieux la regarder.

– A votre guise. Nous en reparlerons. Nellie a été très malade, et le long voyage l'a épuisée. Il faut qu'elle reprenne des forces graduellement.

Victoria vit que Dora les observait, depuis le seuil du salon, et son cœur se serra soudain. Mason était si grand, si énergique, si viril ! Soudain, et pour la

première fois de sa vie, elle eut pleinement conscience d'être une femme. La pensée la troubla. Pour
reprendre contenance, elle ouvrit une autre porte.

– Nellie et Dora pourront dormir ici.

Mason jeta un coup d'œil dans la petite chambre
immaculée, puis il eut un geste vers la porte qui lui
faisait face.

– Et cette pièce ?

– C'est ma chambre, répondit-elle en s'appuyant
au battant pour en interdire l'accès. Vous et vos
frères trouverez des couchettes dans le baraquement.

– Non ! Nous dormirons et mangerons tous sous
le même toit !

Le ton, bien que brusque, était empreint d'affection.

– Pas question !

Elle avait la gorge sèche, son cœur battait la chamade. Il n'y aurait même pas, la nuit, une pièce
fermée à clé entre cet homme et elle ? Mais il n'oserait pas entrer dans sa chambre, se raisonna-t-elle,
avec ses sœurs si proches. Ah oui ? Mason Mahaffey
était bel et bien le genre d'homme qui faisait exactement ce dont il avait envie ! Alors, pourquoi, quand
elle regardait ses mains, était-elle persuadée qu'elles
étaient tendres sur le corps d'une femme ?

Il se dirigea vers la porte voisine.

– Et là ?

– Mon bureau. N'entrez pas !

Déjà il jetait un coup d'œil à l'intérieur.

– Il y a un divan. Je m'installerai ici. Et là-haut ?

Sans attendre la réponse, il grimpa les marches, ouvrit une porte.

– Parfait. Deux grands lits. Les jumeaux en partageront un à tour de rôle avec Doonie.

Il fut de nouveau près de Victoria avant qu'elle ait eu le temps de se calmer.

– Je vous l'ai dit, je ne veux pas de vous ici !

– Pourtant nous y sommes. Résignez-vous, Victoria.

Il aimait visiblement prononcer son nom.

– Je vais dire aux garçons de décharger les bagages, annonça-t-il. Un souper sera le bienvenu. Nous mourons de faim.

Victoria dissimula tant bien que mal son indignation. Elle n'était pas seule, se rappela-t-elle ; Stonewall et Ruby prendraient fait et cause pour elle contre cet individu arrogant et autoritaire.

– Où puis-je trouver Stonewall Perry, Victoria ?

Ses yeux avaient la couleur du sucrier de la vitrine où elle rangeait la porcelaine, songea la jeune femme, mais en plus ils étaient profonds, perçants, intelligents... intimidants. Et dangereux.

– Ne vous inquiétez pas, monsieur Mahaffey. Stonewall et les autres employés du ranch Double M sont au courant de votre arrivée. Eux sauront bien vous trouver.

Il lui adressa un sourire figé.

– Parfait. S'ils veulent travailler pour moi, il faut qu'ils sachent tout ce qui se passe.

Victoria, qui refusait d'entrer dans son jeu, rétorqua calmement :

34

– Nous verrons bien qui travaille pour qui, monsieur Mahaffey.

– Appelez-moi Mason. Si nous devons cohabiter quelque temps, Victoria, nous ferions mieux de laisser tomber les formalités. Pouvez-vous vous occuper du souper, à présent ? Vous savez cuisiner, n'est-ce pas ?

– Oh ! oui. Un vrai cordon-bleu, mais mes talents ne se limitent pas à la gastronomie ! grinça-t-elle, tandis que leurs yeux livraient bataille.

– Dans l'immédiat, je me contenterai de vos talents culinaires. Pour le reste, je verrai... plus tard.

Un rictus déplaisant retroussa le coin de ses lèvres.

Victoria tourna les talons et, le dos raide, se rendit à la cuisine.

C'était la pièce la plus vaste de la demeure. Une immense cheminée de pierre, flanquée de deux confortables fauteuils à haut dossier, en occupait une extrémité. Sur le manteau se trouvait un des objets préférés de Victoria, une pendule sous globe qui avait appartenu à sa grand-mère. Une table de chêne massif au plateau lustré trônait au centre de la pièce et, de l'autre côté, il y avait un fourneau, des plans de travail, ainsi que des étagères renfermant vaisselle et ustensiles, masquées à la vue par des rideaux de cretonne.

Victoria adorait cette salle, où elle se tenait avec ses parents durant les longs mois d'hiver. Depuis la mort de son père, elle avait continué à y cuisiner et à y prendre ses repas, seule.

Avec un sang-froid qu'elle jugea admirable, Victoria entreprit d'allumer le feu dans la cuisinière que son père lui avait offerte plusieurs années auparavant, et qui était sa fierté. Ainsi que ce qu'elle y faisait cuire.

Elle emplit la bouilloire d'eau tout en pestant contre les mauvais coups du sort. Pourquoi avait-il fallu que sa vie soit bouleversée ? Que Mason T. Mahaffey ne soit pas du tout comme elle s'y attendait ? Perdue dans ses sombres pensées, elle avait complètement oublié les deux filles jusqu'à ce que la plus jeune l'interpelle de la porte :

– Nellie et moi, on voudrait vous aider.

– Inutile ! rétorqua Victoria d'un ton sec avant de se tourner vers le seuil.

Nellie était appuyée au chambranle, encore secouée par l'effort fourni pour venir du salon.

Chassant provisoirement ses soucis, Victoria vit les yeux bleus suppliants, le petit corps tremblant.

– Je veux dire... Je suis habituée à travailler seule, mais asseyez-vous là, Nellie, dit-elle en désignant une chaise. Vous apprendrez à Dora comment dresser une table... une fois qu'elle se sera lavé les mains.

La petite montra ses paumes.

– Elles sont pas sales.

– Quand les as-tu lavées ?

– Je sais pas.

– Alors, elles sont sales. Verse un peu d'eau dans la cuvette, et savonne-toi soigneusement.

– Vous êtes un vrai gendarme ! On croirait presque tante Lily.

– Dora ! protesta Nellie dans un murmure.

Victoria regarda sévèrement le petit visage plein de défi.

– C'est ma cuisine, et j'entends qu'on touche à ma vaisselle avec des mains propres.

– C'est pas votre cuisine, c'est celle de Mason ! répliqua Dora, bras croisés, menton levé.

– Je ne débattrai pas de ce sujet avec une gamine. Soit tu m'obéis, soit tu retournes au salon, cela m'indiffère.

– Oh, d'accord ! Mais que veut dire « débattre » ? demanda Dora en se dirigeant vers l'évier. Et pourquoi je devrais me laver les mains, et pas Nellie ?

– Nellie aussi. Apporte-lui la cuvette.

Victoria tira le rideau devant les étagères.

– Voici les assiettes, mais tu mettras d'abord cette nappe. Nous avons beau vivre en pleine nature, nous sommes des êtres civilisés.

– Vous emporterez tous ces jolis plats, quand vous partirez ? demanda Dora en passant la cuvette à sa sœur.

Nellie, affreusement gênée, chercha le regard de Victoria ; celle-ci eut un élan de tendresse pour la fragile jeune fille.

– Je vous en prie, Victoria, ne vous fâchez pas ! Mason ignorait tout de vous, j'en suis sûre ! C'est le frère le plus merveilleux, le plus gentil du monde.

Elle semblait sur le point de fondre en larmes. Victoria, bouleversée, s'absorba dans la confection de petits pains qu'elle servirait avec des lamelles de viande séchée nappées d'une sauce onctueuse.

Il régnait une douce chaleur et des abat-jour tamisaient joliment la lumière. Victoria, les joues rosies, sortit une première plaque de petits pains du four.

– Il y a une motte de beurre dans le garde-manger, Dora.

Victoria, qui refusait de s'avouer qu'elle redoutait le bruit des pas de Mason, s'affairait avec efficacité.

Il pénétra silencieusement dans la cuisine, ses frères sur ses talons. D'un seul coup d'œil, Victoria nota qu'il portait des mocassins de peau et que les autres étaient en chaussettes. De toute évidence, ils avaient laissé leurs bottes à la porte, et avaient fait un brin de toilette. L'expression de Mason était indéchiffrable – ni amicale, ni hostile.

– Le souper est presque prêt, monsieur Mahaffey, dit-elle sèchement.

Elle lui tourna le dos et disposa la viande dans un grand plat. Après l'avoir mis sur la table, elle ôta son tablier.

– Génial ! s'écria Doonie en louchant sur les petits pains dorés.

Il en prit un sans demander la permission.

– Dans cette maison, nous disons le bénédicité avant le repas, et les hommes s'assoient après les femmes.

Sans se préoccuper de voir comment Mason prenait sa remontrance, elle ajouta, à l'adresse du jumeau sérieux :

– Mettez-vous ici, et vous là.

L'autre jumeau, au moins, souriait.

– Doonie, assieds-toi près de M. Mahaffey, Nellie, Dora et moi de ce côté-ci. Tant que vous resterez ici, vous garderez ces places. Et, à la fin du repas, merci de plier votre serviette et de la laisser près de votre assiette.

– Bon sang ! grommela Doonie.

– Je t'avais dit que c'était un vrai gendarme, déclara Dora d'un petit ton satisfait.

La pièce crépitait d'électricité. Les grands yeux de Victoria, ces yeux qui rappelaient à Mason ceux d'un jeune lion, ne cillaient pas, mais il y devinait une douleur sous-jacente. Le premier il se dirigea vers sa place, les autres suivirent. Quand ils furent tous debout derrière leurs chaises, Victoria fit asseoir les filles avant de les imiter.

– Vous pouvez dire les prières, Victoria, fit Mason.

C'était plus un ordre qu'une suggestion.

– J'en avais bien l'intention, monsieur Mahaffey.

La jeune femme inclina la tête.

– *Nous Te remercions, Seigneur,* commença-t-elle à voix haute et claire, *pour ce pain que Tu nous donnes, et nous Te prions de le bénir. Amen...* Servez les petits pains pendant que je m'occupe du café, ajouta-t-elle à l'intention de Mason.

A voir la quantité incroyable de nourriture qu'ils avalaient, ses hôtes indésirables goûtaient fort ses talents de cuisinière ! Dora et Doonie faisaient un sort à la confiture ; si elle avait été moins malheureuse, Victoria s'en fût réjouie. Mason et Nellie avaient des manières parfaites. Les jumeaux, eux, s'efforçaient de ne pas manger trop gloutonnement et prenaient garde de ne pas renverser de café sur la nappe. Seuls Doonie et Dora s'empiffraient sans retenue, accumulant les taches autour de leurs assiettes.

– J'ai fait la connaissance de Stonewall Perry, annonça Mason à la cantonade.

Victoria se leva pour remettre du lait dans le pichet et apporta une grosse tarte aux pommes qu'elle avait faite à l'intention des ouvriers ; elle fut contente de ne pas la leur avoir donnée quand elle vit les yeux de Doonie s'écarquiller d'émerveillement. Elle crut même discerner une lueur d'amitié dans son regard.

– J'ai fait la connaissance de Stonewall Perry, Victoria, répéta Mason.

Visiblement, il avait du mal à supporter son indifférence.

– J'ai entendu, répondit-elle sèchement.

– Il viendra nous rejoindre un peu plus tard. Depuis combien de temps travaille-t-il ici ?

– Douze ans. Il connaît chaque centimètre carré de cette vallée, et il respecte les hommes qui la traversent.

– Vous voulez parler des hors-la-loi ?

– Oui.

– Est-il l'un des leurs ?

– Posez-lui la question.

– En d'autres termes, vous n'avez pas l'intention de vous montrer coopérative.

– En effet. Pourquoi vous aiderais-je ?

– Je songe à plusieurs raisons.

– Je serais enchantée de les entendre, mais pas maintenant. On ne parle pas de travail pendant les repas.

Elle était glaciale, et Mason fronça les sourcils. Soudain, comme par magie, il sembla penser à quelque chose de drôle, et un sourire exaspérant joua sur ses lèvres. Victoria faillit lui lancer un coup de pied sous la table, puis se ravisa – il serait bien trop heureux de le lui rendre. Après tout, elle disposait d'autres moyens de le faire sortir de ses gonds.

– Est-ce la première fois que vous venez dans le Wyoming, monsieur Mahaffey ? demanda-t-elle gracieusement à Pete.

Il avait des yeux pétillants, et Victoria se dit que les jumeaux étaient de beaux garçons. Garçons ? Ils avaient au moins son âge, malgré leur silhouette un peu frêle.

– Oui, madame, répondit Pete, mais ce n'est pas très différent du Colorado, une fois qu'on est dans les montagnes.

– Vraiment ? Je ne me suis jamais aventurée très loin hors de ma vallée. Je suis née dans cette maison, et comme ma mère était institutrice, il a été inutile de m'envoyer en pension. Je serais ravie que vous me parliez du Colorado.

Le sourire du jeune homme s'épanouit.

– Ce sera un plaisir, madame.

Victoria, un léger sourire aux lèvres, se tourna

vers Mason qui s'était renfrogné. Il avait bien reçu le message. La jeune femme revint à Pete, le couvant du regard. Un plan se formait dans sa tête. Mason Mahaffey ne la chasserait pas de chez elle, elle resterait d'une manière ou d'une autre !

– Vous-même avez sans doute beaucoup d'histoires à raconter sur vos propres voyages, monsieur Mahaffey, dit-elle à Mason avec une pointe de malice. J'ai hâte de les entendre.

Elle contemplait de nouveau Pete, comme si elle ne pouvait en détacher le regard.

– Tiens donc ! maugréa Mason.

Il avait à présent un air menaçant, mais elle ne cessa pas pour autant de sourire à Pete.

– Jamais je n'ai vu de jumeaux aussi identiques. Votre mère n'avait-elle pas du mal à vous reconnaître l'un de l'autre ?

– Non, madame. Je portais un bracelet de cuir au poignet, jusqu'à ce que Clay se casse une dent. Avant, il nous arrivait de nous repasser le bracelet pour la mystifier, ajouta Pete en riant. Evidemment, je savais que j'étais Pete, et Clay savait qu'il était Clay, mais je ne crois pas que notre père nous différenciait.

Quel bonheur ce devait être de grandir entouré de frères et de sœurs ! En repensant à son enfance solitaire, Victoria eut un pincement d'envie. Jamais elle ne connaîtrait cette chaleureuse affection.

La chaise de Mason racla le plancher. Il était toujours impassible.

– Je voudrais vous parler, Victoria. Dans le bureau.

Il était insupportable d'arrogance !

– Quand nous aurons mis la cuisine en ordre, monsieur Mahaffey, répondit-elle en se levant à son tour. Dora, nous allons nous en charger toutes les trois. Je m'occupe de faire chauffer l'eau pendant que tu débarrasses. Nellie, installez-vous près de l'évier. Vous essuierez la vaisselle et la donnerez à mesure à Dora qui dressera le couvert pour demain matin. Laisse le beurre et la confiture sur la table, Dora, nous les couvrirons d'un torchon afin de les protéger de la poussière.

Dora prit l'air buté.

– Je suis obligée, Mason ?

– Tu veux apprendre à tenir une maison, n'est-ce pas ? Alors profite donc de ce que peut t'enseigner Victoria.

La jeune femme n'arrivait pas à croire que cet homme sévère pût s'exprimer avec tant de douceur. Elle se tourna vers lui ; adoucie, son expression le transformait complètement.

– Oh, d'accord ! Mais j'ai envie de voir autre chose ici que cette vieille cuisine !

– Entendu, quand tu auras terminé tes tâches, dit-il en lui relevant le menton. Ensuite, vous pourrez vous installer dans votre chambre. Je compte sur toi pour aider ta sœur jusqu'à ce qu'elle ait repris des forces.

– Oui, Mason, je l'aiderai, déclara l'enfant, solennelle.

– Je le sais bien, mon chaton, sinon, je ne te l'aurais pas demandé.

Mason entraîna ses frères dans le vestibule. Victoria les entendit passer de pièce en pièce et frémit à l'idée que des étrangers se promènent comme chez eux dans sa demeure.

3

– Juste ciel, Victory, j'ai jamais vu un tel charivari de toute ma vie !

Ruby traversait la cour en direction de la maison et, malgré le crépuscule, Victoria devinait l'angoisse sur son visage ridé.

– Ça n'arrête pas une minute ! reprit la brave femme.

Victoria jeta l'eau de vaisselle.

– Stonewall a encore des ennuis avec Kelso ?

– Non, pas du tout. C'est Sage. Il est revenu blessé à l'épaule et à la jambe. Je finissais de le panser quand je vous ai vue arriver avec cette troupe. J'en croyais pas mes yeux. Bon sang, Victory, qu'est-ce qui se passe ? Stonewall dit que c'est lui... M. T. Mahaffey !

– C'est lui, en effet. Il est venu s'installer ici avec sa famille, et je n'ai rien pu faire pour l'en dissuader.

– Dommage ! Stonewall dit que c'est pas une de

ces femmelettes de l'Est, Victory. Il dit que c'est un dur qui sait ce qu'il veut.

– Pour ça, oui ! Oh, Ruby, je suis malade de peur !

– De peur ? Il oserait pas... Oh, le monstre ! Je le tuerais ! Je jure que s'il touche un seul de vos cheveux, je le mets en charpie !

– Non, je n'ai pas peur qu'il me fasse du mal, rectifia vivement Victoria. Mais il a l'intention de rester ici ! Ils discutent déjà de ce que je devrai emporter quand je m'en irai.

La jeune femme se sentit de nouveau submergée par l'angoisse.

– Oh, des mots, tout ça, ma douce ! C'est pas les mots qui comptent, c'est les actes. Ce type sait pas à qui il a affaire. Il y a deux douzaines d'hommes qui lui régleront son compte, s'il vous ennuie.

– Je sais, mais je ne veux pas que les choses en arrivent là. Il a payé Robert et il détient un titre de propriété en bonne et due forme, du moins le prétend-il. En tout cas, M. Schoeller m'a conseillé de porter l'affaire en justice et de rester dans les lieux. Je vais suivre ses conseils.

Victoria affichait une assurance qu'elle était loin d'éprouver. En vérité, elle avait la mort dans l'âme.

Ruby lui prit la bassine des mains et la posa sous le porche.

– J'espère bien ! Parce que...

Un bruit soudain fit sursauter Victoria qui se précipita dans la maison. On martelait le clavier de son épinette ! La cacophonie l'horrifia. L'instrument, cadeau de son père pour ses seize ans, était l'un de ses plus chers trésors. Elle pénétra en trombe dans le salon.

– Dora ! cria-t-elle. Arrête tout de suite !

A la lueur de la lampe allumée sur la table ronde, elle vit le couvre-touches de soie frangé en tas aux pieds de Dora, qui frappait les notes à deux mains de toutes ses forces. Interloquée, la gamine jeta un coup d'œil à Victoria, puis, lui tournant effrontément le dos, se remit à taper de plus belle.

La jeune femme allait se jeter sur elle quand la voix de Mason tonna dans la pièce.

– Dora !

L'enfant laissa tomber le couvercle dans un claquement sonore et se dirigea vers son frère, traînant la bande de soie sous ses pieds. Victoria était pétrifiée.

– C'est plus à elle, Mason. Je serai bien contente quand elle s'en ira. Je l'aime pas, elle me laisse rien faire.

Mason rejoignit la petite fille en deux enjambées et la souleva pour dégager le couvre-touches avant de la reposer à terre sans douceur.

– C'est à elle ! Et même si ce n'était pas le cas, cet instrument ne t'appartient pas et tu n'as pas le droit d'y toucher. Tu as vu ce que tu as fait ?

Il ramassa l'étoffe et l'agita sous le nez d'une Dora boudeuse.

– C'est pas beau, dit-elle en lançant un regard de défi à Victoria.

– Je ne tolérerai pas ce genre d'impertinences, jeune demoiselle, dit son frère en lui donnant une tape sur les fesses. Va mettre ta chemise de nuit, je te parlerai plus tard.

Dora, refusant de montrer à quel point elle était vexée, s'élança bruyamment dans le couloir, passant devant Nellie qui sortait de la cuisine.

– Ce qui lui manque, à cette petite, c'est une bonne correction ! s'écria Ruby, les poings sur les hanches, les cheveux en désordre, le regard courroucé.

– Non, dit doucement Nellie. C'est quelqu'un qui l'aime. Elle a été privée d'affection à l'âge de trois ans.

Mason ne quittait pas des yeux le visage décomposé de Victoria.

Enfin, des larmes brûlantes roulèrent sur ses joues, malgré les efforts désespérés qu'elle faisait pour les retenir. Elle avait l'impression de se tenir au bord d'un précipice ; au moindre geste, elle basculerait dans l'abîme.

– Je suis désolé, dit Mason avec calme en lui tendant la bande de soie qu'elle prit comme dans un rêve. J'espère qu'elle n'a rien abîmé. Je ne suis guère habitué aux enfants, mais j'apprends... et vite. Je lui interdirai de pénétrer au salon, sauf en présence de sa sœur.

N'obtenant aucune réponse, il se dirigea vers la porte et se retourna sur le seuil. Victoria fixait un tableau au mur, les yeux brillants, les lèvres tremblantes.

Ruby l'attendait dans le couloir.

– Maintenant, bougez plus, je veux vous voir.

– Qui êtes-vous ?

– Ruby, voilà qui je suis.

Elle se planta devant Mason, les bras croisés, bien campée sur ses jambes, la tête penchée. Elle avait dû être belle, étant jeune, et on devinait encore des traces de cette beauté dans la bouche ferme au-dessus du triple menton et le regard vif de ses yeux noisette qui exprimaient en ce moment tout sauf de l'amitié.

– Je suis Mason Mahaffey.

– Je le sais ! Je voulais voir à quoi vous ressembliez. J'en ai tellement vu aller et venir, des hommes, depuis dix ans, que je les juge d'un coup d'œil.

– Alors ?

– Alors, ça va pas être facile, dit Ruby en secouant la tête. Vous êtes pas du genre à renoncer, mais ça change rien. On vous laissera pas prendre ce qui appartient à notre Victory.

– Je me demandais où t'étais passée, Ruby !

L'homme qui venait d'apparaître au bout du corridor avait la taille un peu épaisse mais le torse large et les biceps musclés. Rasé de frais, les cheveux coupés court sur la nuque, il accrocha son chapeau à la patère avant de rejoindre la femme qui lui arrivait à peine à l'épaule.

– Salut, petite, dit-il à Nellie qui s'était appuyée au mur. Je prendrais bien une tasse de café, ma belle, continua-t-il à l'adresse de Ruby, s'il en reste à la cuisine.

– Pour sûr, chéri. Personne dort, ce soir. J'ai jamais vu autant de lampes allumées en même temps dans cette maison depuis le jour où M. McKenna est allé chercher sa prime.

Mason s'approcha de sa sœur.

– Tu as besoin d'aide, Nellie ?

– Non, je me repose juste une minute avant de regagner ma chambre.

– Voici ma sœur Nellie, présenta Mason. Vous avez déjà rencontré mes frères.

– Hello, miss.

– Bonsoir. Si vous voulez bien m'excuser, je crois que je vais vous laisser, dit la jeune fille en cherchant le regard de son frère.

Mason l'observait, la mine inquiète.

– Tu te sens bien ?

– Ça va aller, dit-elle d'une voix tremblante qui démentait ses paroles.

D'abord incertains, ses pas s'affermirent. Mason la suivit des yeux jusqu'à ce qu'elle eût pénétré dans la chambre.

Victoria couvrit le clavier après l'avoir effleuré avec amour. Aucune de ses touches d'ivoire ne semblait endommagée. Les cordes, apparemment, étaient elles aussi intactes. Après avoir soufflé la lampe, la jeune femme demeura immobile, le menton sur ses mains jointes. Elle mourait d'envie d'aller se barricader dans sa chambre et de laisser libre cours à son chagrin. Pourtant, elle savait depuis des mois que cet instant fatidique arriverait. Elle avait reçu un choc terrible en apprenant que Robert avait vendu le ranch, mais ce n'était rien comparé à la rencontre avec Mason Mahaffey et sa famille. Non seulement la rencontre, mais le fait de les avoir ici, en train de s'approprier tous les objets dont elle-même et sa mère avant elle avaient pris le plus grand soin.

A quoi bon ressasser des idées noires ? se dit-elle soudain. Elle avait appris depuis longtemps à affronter les aléas de l'existence. Elle respira à fond, rejeta sa natte en arrière et mit le cap sur la cuisine. Elle s'arrêta un instant sur le seuil, puis entra.

Mason, Ruby et Stonewall bavardaient devant une tasse de café. Mason se leva à son entrée. Sans lui accorder un regard, elle alla prendre une tasse et la remplit avant de venir s'asseoir près de Stonewall. *C'est nous trois contre vous, sale individu*, pensa-t-elle en lui lançant un coup d'œil mauvais.

– Dora a-t-elle abîmé votre épinette ?

Victoria eut envie de ricaner devant sa sollicitude, mais elle se contenta de secouer la tête.

– Je disais justement à M. Perry et à son épouse que Nellie allait se charger de lui inculquer les bonnes manières, poursuivit-il.

– Vos problèmes de famille ne m'intéressent pas, monsieur Mahaffey. Je veux simplement savoir quand vous allez quitter cette maison, vos frères, vos sœurs et vous.

– Mais je ne pars pas, Victoria. Primo, j'ai acheté cet endroit, je l'ai payé et j'en détiens le titre de propriété. Secundo, je souhaite que mes frères et sœurs vivent sous le même toit jusqu'à ce qu'ils soient en âge de voler de leurs propres ailes.

– Vous avez été escroqué. Robert n'avait aucun

droit de vendre des terres qui ne lui appartiennent pas ! C'est à moi que père a légué le ranch !

— L'avoué de votre frère m'a montré un testament signé de votre père, selon lequel il laissait tous ses biens à Robert McKenna, affirma Mason avec un calme exaspérant.

— C'est un faux ! Papa a rédigé un testament trois semaines avant sa mort, Stonewall en est témoin !

Pour la première fois de sa vie, Victoria avait envie de se livrer à un acte de violence. Absurde ! En levant la main sur Mahaffey, elle ne ferait que se couvrir de ridicule !

Mason se raidit.

— Et où se trouve ce testament ?

— Chez mon avoué, à South Pass City. Il m'a conseillé de rester ici, dans la maison, et c'est ce que j'ai l'intention de faire, rétorqua-t-elle d'une voix déterminée.

Mason esquissa ce qui pouvait passer pour l'ombre d'un sourire, pourtant il n'y avait aucun amusement dans ses yeux quand il demanda :

— Et que suggérez-vous en attendant que cette affaire soit débrouillée ? La justice traîne souvent en longueur, vous savez.

— Je suggère que vous rassembliez vos affaires, votre famille, et que vous retourniez en ville. C'était de la folie de venir ici, pour commencer.

— C'est hors de question ! Je sais moi aussi que l'occupation des lieux est légalement très importante, dans cette région.

Il cherchait ses yeux, l'obligeait à le regarder. Il

n'y avait aucune faille dans l'assurance de cet homme !

– Vous savez pas à quoi vous vous attaquez, m'sieur, dit Stonewall avant de faire signe à Ruby de remplir les tasses.

– Si, je suis au courant. Le shérif m'a averti que ce territoire était interdit aux représentants de la loi. Toutefois, j'ai pour habitude de défendre ce qui m'appartient.

– Sornettes ! déclara Ruby en posant violemment la cafetière sur la table. Avec quoi vous allez vous battre ? Y a une cinquantaine de hors-la-loi qui rôdent dans cette vallée. Si Victory et Stonewall les appellent à la rescousse, vous avez pas une chance !

– Cela, j'en suis également conscient. C'est pourquoi je vous demande à tous les trois de rester jusqu'à ce que j'aie instauré un système de neutralité semblable à celui que pratiquait Marcus McKenna.

– Vous... quoi ?

Victoria avait l'impression qu'elle allait exploser. Quel toupet !

– Vous me *demandez* de rester dans ma propre maison ?

Elle s'en étranglait de rage.

– Espèce de fou ! Votre vie et celle de votre famille dépendent de Stonewall et de moi. N'importe lequel des ouvriers agricoles qui travaillent ici vous abattrait sans l'ombre d'une hésitation s'il apprenait que vous essayez de me prendre le ranch.

– Voilà ce que je voulais vous entendre avouer,

Victoria. Etes-vous en train de me menacer de dresser vos amis hors-la-loi contre moi ?

Il avait les paupières mi-closes, le regard d'un fauve à l'affût.

– L'idée ne me sourit guère, mais je le ferai si vous me contraignez à quitter cet endroit.

Elle était rouge de colère, et ses yeux ressemblaient à ceux d'un chat sauvage.

– A mon avis, vous n'en ferez rien. Vous devrez partager cette demeure avec moi jusqu'à ce que la justice ait réglé notre différend.

– Dormir sous mon toit, manger mes provisions et laisser votre bande d'enfants mal élevés détruire ce qui m'appartient, vous appelez ça partager ?

Un silence interminable tomba dans la pièce.

– Je paierai pour la nourriture, dit enfin Mason, très calme, avant de s'adresser à Stonewall. Mes frères et moi participerons au travail, monsieur Perry. J'ai vu quelques mustangs sauvages dans le corral. Faut-il les dresser ?

Victoria entendait un brouhaha autour d'elle, mais elle était incapable de se concentrer sur ce qui se disait. Mason Mahaffey venait de lui lancer l'ultime défi. *Il y avait un seul moyen de se débarrasser de lui : lui régler son compte.* Pourquoi était-il si sûr qu'elle ne s'y résoudrait pas ? Elle en avait les moyens. Jamais elle n'avait demandé quoi que ce soit aux hommes qui venaient de temps en temps au ranch et qui y trouvaient toujours une soupe chaude et un lit. Parfois l'un d'entre eux causait des ennuis, mais il comprenait vite qu'il faisait cavalier seul contre un groupe d'hommes rudes pour qui le Double M était un asile. Ceux qui arrivaient blessés ou malades repartaient guéris. Pas une tête de bétail ne disparaissait, pas un mot irrespectueux n'était même murmuré à l'encontre de Victoria ou de Ruby. Bien souvent, lorsqu'elle se rendait en ville, Victoria savait qu'elle était suivie par quelqu'un qui s'assurait qu'elle voyageait sans encombre. Que diraient ces hommes en voyant Mahaffey s'installer chez elle ? S'ils devinaient simplement le désarroi de Victoria, la peau de Mason ne vaudrait pas cher !

— Stonewall ! dit-elle, interrompant le régisseur qui parlait de la rentrée des foins pour l'hiver. Qu'en penseront les hommes ?

Elle s'exprimait comme s'ils étaient seuls dans la pièce.

— Ben, j'en sais rien, Victory, ça dépendra beaucoup de vous. Si vous laissez entendre qu'il n'est pas le bienvenu, il le sera pas.

— Qui avons-nous, en ce moment, à part les habituels ?

— Ruby ?

— Ike Ammunson a amené un type aux yeux en vrille qui a l'air d'un croisement entre un coq et un putois. Jim Lyster est arrivé depuis un jour ou deux... Il a les intestins en compote, il a dit à Shorty Fish. Sage Harrington est là, j'ai pas besoin de le dire. Il est persuadé que le Double M est sa maison. Il revient chaque fois que le vent tourne. Cette fois, il a deux trous de plus dans sa carcasse. C'est pas un mauvais bougre, mais il a la détente facile.

Ruby se tourna vers Mason.

– Y a pas un homme ici qui serait pas contrarié si Victory racontait ce que vous êtes venu faire. C'est la seule jolie fille de la région, et ils sont rudement fiers d'elle.

Mason était appuyé au dossier de sa chaise, les bras croisés. Il était bel homme, dut reconnaître Ruby, avec sa crinière de cheveux bruns et ses yeux si clairs aux reflets presque argentés dans son visage hâlé, ses épaules larges, ses hanches étroites. Un homme capable de se battre, sans doute. Mais savait-il se servir d'une arme à feu ? Son holster semblait patiné et ses bottes, quoique bien entretenues, n'étaient pas neuves.

Ruby était devenue fort observatrice depuis qu'elle vivait au Double M. Autrefois, elle travaillait dans un saloon. Un soir, Stonewall était entré et lui avait offert un verre. Une demi-heure plus tard, il lui demandait si elle aimerait vivre dans un ranch. Elle avait répondu oui, il l'avait prise en croupe et ils étaient partis pour la vallée. C'était la plus belle nuit de sa vie ! Elle était instantanément tombée amoureuse de Stonewall, et elle l'aimait encore.

– C'est vrai, Victoria est ravissante, déclara Mason. J'espère que mes sœurs auront droit au même respect.

– Que dois-je faire, Stonewall ? demanda Victoria avec lassitude. Que puis-je faire, outre demander aux hommes de les raccompagner en ville ? Dans ce cas, il faudrait que je leur explique pourquoi je ne veux pas des Mahaffey ici, et l'un d'entre eux pourrait

56

faire en sorte que celui-ci ne revienne jamais, dit-elle avec un signe de tête en direction de Mason. Pis encore, je ne voudrais pas qu'on fasse du mal à Pete et à Clay. Dieu merci, personne ne toucherait aux plus jeunes. Que dois-je faire, Stonewall ? répéta-t-elle d'une voix tendue.

– Vous n'avez pas besoin de le demander, Victory. Vous le savez bien. Matters pourrait poser des problèmes, s'il arrivait avec quelques journaliers. Là, on aurait une belle fusillade !

Le visage buriné de Stonewall s'adoucissait toujours quand il regardait la jeune femme. Elle était haute comme trois pommes quand il était arrivé au ranch, et, durant toutes ces années, il ne l'avait jamais vue agir méchamment. De tout son cœur, il souhaitait pouvoir l'aider.

Victoria se leva, les yeux scintillants de larmes qu'elle ne pouvait retenir.

– Alors, restez, bon sang ! s'écria-t-elle d'une voix étranglée. Mais ne vous attendez pas à me voir coopérer. Je m'efforcerai de vous rendre aussi malheureux que je le suis à présent, et vous auriez intérêt à mater cette... cette sale gamine, sinon je lui administre une fessée dont elle se souviendra. Je ne supporterai pas d'être traitée comme une intruse sous mon propre toit. Autre chose...

Elle fut interrompue par un bruit de verre brisé.

– Mon Dieu, que se passe-t-il encore ?

Elle courut à la porte.

Dora, dans une longue chemise de nuit blanche,

regardait à ses pieds d'un air dégoûté. Elle leva les yeux en voyant Victoria entrer.

– C'est pas ma faute, ce truc horrible est tombé tout seul.

Victoria s'agenouilla pour ramasser un éclat de ce qui avait été le confiturier de sa mère. Le couvercle était ébréché et le bol en mille morceaux. La colère s'empara d'elle.

– Espèce de chipie ! Pourquoi as-tu ouvert la vitrine ? cria-t-elle, étouffée d'indignation.

– C'est plus à vous ! la nargua Dora.

Elle venait à peine de prononcer ces mots qu'elle se sentit soulevée de terre. Comme il écrasait quelques débris de porcelaine, Mason jura entre ses dents.

– Je voulais juste regarder, Mason ! protesta la petite fille, inquiète de l'air courroucé de son frère. Qu'est-ce que tu vas faire ?

– Tu verras, ma fille !

Il la fourra sous son bras comme un vulgaire sac de farine et se dirigea à grandes enjambées vers la chambre qu'elle partageait avec sa sœur.

Nellie, les cheveux défaits, se tenait sur le seuil.

– Quelle bêtise a-t-elle encore commise ? Je venais la chercher, Mason.

L'expression orageuse, Mason poussa les deux filles dans la chambre dont il ferma la porte.

Pete, alerté par le bruit, dégringola l'escalier. Il vint s'accroupir près de Victoria.

– Quel dommage ! Ça devait être un bien bel objet !

Sa voix ressemblait étrangement à celle de Mason, et la jeune fille fut émue par cette manifestation de compassion.

Elle se releva lentement.

– Je rêve ! Mon Dieu, faites que ce soit un cauchemar ! dit-elle dans un sanglot avant de s'enfuir vers sa chambre, laissant les deux hommes et Ruby debout au milieu des bouts de porcelaine.

Elle s'appuya au battant, les mains pressées sur ses tempes. Elle entendait Dora pleurer et son frère lui parler à voix basse de l'autre côté du couloir.

– Que puis-je faire ? murmura-t-elle dans le silence.

Elle déambula dans la pièce noyée de pénombre, caressant au passage la table de toilette en noyer que son père avait fabriquée un hiver où ils étaient bloqués par la neige. Puis elle ouvrit les portes de l'armoire et effleura la longue rangée de tiroirs. Elle n'avait pas besoin de lumière pour savoir ce qu'ils contenaient. Tandis qu'elle allait à la fenêtre, elle laissa ses doigts s'attarder sur le coffre pansu. A la lueur de la lune, elle vit Stonewall et Ruby traverser la cour pour se rendre dans leur petite maison construite à côté du baraquement des ouvriers. Resteraient-ils au ranch, si elle perdait contre Mason Mahaffey ?

Machinalement, elle déboutonna sa robe, se brossa les cheveux. Une fois en chemise de nuit, elle s'assit au bord de son lit. Elle vivait un cauchemar éveillé qui dépassait ce qu'elle avait pu imaginer de pire.

Brusquement, c'en fut trop. Elle éclata en sanglots, d'énormes sanglots qui lui déchiraient la poitrine et qu'elle n'aurait pu retenir, sa vie en eût-elle dépendu. La tête enfouie dans son oreiller, elle pleura sur son père, qui avait édifié cette maison de ses mains dans un pays hostile, sur sa mère qui aimait tant son beau mari et cet endroit parce que c'était le sien. Elle pleura sur elle-même, si seule, avec sa vie qui explosait autour d'elle.

Quand une main chaude vint se poser sur son épaule, elle ne se déroba pas. Et lorsqu'elle fut soulevée et serrée contre un grand corps robuste, elle s'y accrocha de toutes ses forces. Peu importait de qui il s'agissait, c'était quelqu'un qui avait pitié d'elle et elle nicha son visage ruisselant au creux d'une épaule accueillante. C'était tellement merveilleux de se sentir câlinée, consolée, qu'elle se blottit contre la solide poitrine.

– Chut... ne pleurez pas, ma douce, ne pleurez plus...

Des doigts pleins de douceur repoussèrent quelques mèches collées à ses joues mouillées avant de venir lui masser la nuque. Peu à peu, ses sanglots s'apaisèrent, cédant la place à de petits gémissements. Victoria, vidée de ses forces, ne souhaitait plus que demeurer à jamais dans ces bras chauds et protecteurs.

– Séchez vos larmes, fille dorée. Tout s'arrangera.

En entendant la voix basse, tendre à son oreille, elle se remit à pleurer.

– Non, rien ne s'arrangera.

60

– Si, mon cœur, je vous le promets.

Il la berçait comme un bébé, et elle versa toutes les larmes de son corps, puis demeura inerte contre lui.

– Rien n'est impossible, Victoria. Nous trouverons une solution.

Il lui parlait toujours à l'oreille de cette même voix empreinte de tendresse, mais maintenant que ses pleurs étaient taris, elle se rappela enfin la raison de la présence de Mason chez elle.

Elle le repoussa comme s'il était le diable personnifié et tomba à genoux sur le lit.

– Oh ! Vous... Sortez de ma chambre !

Dans le silence qui suivit, elle recula sans quitter des yeux la silhouette assise au bord du lit. Comment avait-elle pu se sentir tellement en sécurité, tellement bien dans ses bras ? Que lui arrivait-il ? Pourquoi restait-elle silencieuse au lieu d'appeler au secours de toute sa voix ?

Il sortit une cigarette et gratta une allumette qui éclaira un instant son visage. Avant de l'éteindre, il releva les paupières, et elle reçut l'impact de son regard si bleu.

– Je ne suis pas votre ennemi, Victoria, dit-il posément.

Lisait-il dans ses pensées ? Elle était justement en train de s'efforcer de le considérer comme tel. Une bouffée de tabac lui parvint et, sottement, elle songea : *Un homme est assis sur mon lit en train de fumer une cigarette !*

– Si, vous l'êtes ! parvint-elle enfin à articuler.

– Non. Je suis un homme qui a quasiment investi toute sa fortune dans l'achat d'une propriété où il souhaite passer le reste de sa vie. J'aimerais que vous compreniez mon point de vue. Je dois songer à mes frères et sœurs. A mon retour d'Angleterre, j'ai trouvé Nellie dormant à même le plancher d'une soupente, Dora grandissait comme une herbe folle et un vieux tyran tuait Doonie à la tâche. Il faut que je m'occupe d'eux, et j'ai l'intention de le faire ici, au ranch.

Victoria l'écoutait, les yeux secs. Elle prit une respiration tremblée.

– Ils ont de la chance !

– A mon arrivée, j'étais déterminé à habiter cette propriété, et je le suis toujours, Victoria. Il est juste que vous le sachiez. Mais maintenant que je vous connais, que je vois quel genre de personne vous êtes et l'amour que vous portez à votre maison, je souhaite que vous restiez en attendant que la justice tranche qui, de vous ou de moi, est propriétaire du ranch Double M.

– C'est très généreux à vous ! lança-t-elle, sarcastique. De toute façon, vous auriez toutes les peines du monde à me chasser de chez moi, monsieur Mahaffey.

– Je ne l'ignore pas, mais je le ferais le cas échéant. Je n'accepte jamais la défaite, Victoria.

– Vous avez peur que je lance mes hommes contre vous !

– Je sais aussi juger les caractères. Vous ne le ferez pas, Stonewall non plus. Ruby, c'est une autre histoire. Je la crois capable de lutter par tous les moyens pour ce à quoi elle tient, or je ne veux plus voir de meurtres. J'en ai plus que ma part.

Il tira une dernière bouffée de sa cigarette avant de se diriger vers la fenêtre ouverte, où il écrasa son mégot à l'extérieur. Puis il revint vers le lit.

– Je suis désolé que Dora vous cause des ennuis. Elle a besoin d'une main féminine et autoritaire, mais elle a par-dessus tout besoin de se sentir entourée d'une famille. Quand ce sera vraiment le cas, elle ne jugera plus utile de faire des bêtises pour attirer l'attention sur elle.

Comme Victoria ne répondait pas, il reprit :

– Nellie aime les beaux objets. Elle était navrée.

– Je ne laisserai pas mes affaires ici... si je suis obligée de partir. Certaines appartenaient à ma mère, d'autres m'ont été offertes par papa...

– Nellie sera la première à le comprendre.

Pourquoi ne s'en va-t-il pas ?

Le silence s'étirait et, plutôt que de le laisser s'installer, Victoria demanda :

– Quel âge a Nellie ?

– Dix-huit ans. Elle fait beaucoup plus jeune, n'est-ce pas ?

– Que lui est-il arrivé ?

– Après la mort de nos parents, elle a dû vivre chez une femme qui la forçait à faire de la dentelle toute la journée dans un grenier et qui la nourrissait à peine. Elle souffrait d'anémie. Si je n'étais pas arrivé à temps, elle serait morte, à l'heure qu'il est, conclut-il, les dents serrées.

Soudain, il s'agenouilla près du lit et repoussa une mèche des cheveux de Victoria derrière son oreille. Elle retint son souffle.

– Je sais ce que vous ressentez, Victoria, dit-il dans un murmure en lui caressant la joue. Les choses peuvent toujours être pires. Prenons les jours comme ils viennent, si vous le voulez bien.

Ce n'était pas un rêve, puisqu'elle sentait son souffle sur elle... Elle se réfugia contre ses oreillers en essayant d'oublier la sensation de chaleur, de sécurité qu'elle avait connue contre lui.

– N'ayez pas peur de moi, Victoria. Dormez, maintenant, tout vous paraîtra plus simple au matin.

Sur une dernière caresse, il se leva et, sans un bruit, sortit de la pièce en fermant la porte derrière lui.

Victoria s'allongea, regrettant qu'il fût parti...

Elle demeura immobile à écouter le silence, puis la fatigue brisa la ronde infernale de ses pensées.

4

Une vingtaine d'hommes étaient attablés dans la cantine du baraquement quand Mason y pénétra, suivi des jumeaux et de Doonie.

Il avait passé la moitié de la nuit à consulter les livres de comptes afin de voir exactement ce qu'il avait acheté. Et ce n'était pas mince ! Trente mille têtes de bétail, selon les registres, au lieu des cinq mille annoncées par Robert McKenna. Cette découverte aurait dû l'enchanter, mais cela ne faisait qu'ajouter à ses doutes concernant la légalité de la vente...

– Bonjour, dit Ruby en posant sur la table un plat de viande grillée. Servez-vous du café et asseyez-vous. Il reste des galettes, Jim ?

Les hommes dévoraient de bel appétit, mais les conversations s'interrompirent à l'arrivée de Mason et de ses frères. Tous fixaient résolument leur assiette.

– Eh bien, servez-vous, dit Ruby. Personne va s'occuper de vous, ici.

Stonewall adressa un signe de tête à Mason sans cesser de mastiquer.

– Y a du boulot, aujourd'hui, Lud, dit-il, quand il eut avalé sa bouchée. Prends Kelso et quatre autres hommes pour aller à Potter's Bluff. Il y a du bétail à nous, par là. Il faut rassembler toutes les bêtes marquées de ce côté de la rivière.

Le dénommé Kelso, un homme rubicond assis à l'autre bout de la table, s'insurgea :

– Potter's Bluff ? Mais c'est au diable !

– Je sais où ça se trouve, répondit calmement Stonewall.

– C'est la meilleure herbe de cette satanée région. Pourquoi tu fais ça ? T'as perdu la tête, Stonewall ?

L'homme, du regard, cherchait l'appui de ses camarades.

– C'est à Lud que je parlais, Kelso. Et t'as pas à me dire ce que je dois faire.

– T'abandonnes ce coin ?

– On abandonne rien du tout, rétorqua Stonewall avant de s'adresser aux autres. Vous, vous irez vers le sud, à la lisière du plateau de Black Hole Ridge, et vous y amènerez le bétail. Ça devrait pas vous prendre plus d'une semaine. L'Ecureuil apportera un chariot à fond plat. Canon, c'est toi qui surveilles l'expédition. Je viendrai d'ici un jour ou deux pour voir comment ça se passe.

Stonewall finit de manger puis, sur une dernière

gorgée de café, il se leva brusquement, saisit son chapeau, s'arrêta un instant pour parler à un homme aux vêtements usés.

– Repose-toi si tu es fatigué, mais au cas où tu t'en sentirais capable, occupe-toi donc de fendre un peu de bois pour miss Victory.

Mason se tourna vers l'individu auquel il s'adressait. L'homme, la tignasse décolorée par le soleil, le visage étroit, ironique, soutint son regard un moment. Une lueur rusée passa dans ses petits yeux enfoncés.

– J't'ai pas déjà rencontré ?

Le silence tomba sur la pièce.

– Possible. J'étais dans le coin.

Un couteau à la lame longue et effilée apparut dans la main de Mason, qui coupa une galette en deux.

– T'es un ranger, c'est ça ?

L'homme s'était à demi levé, les mains posées à plat sur la table. Il portait ses revolvers à la ceinture.

– Ike !

Stonewall le dominait de sa haute taille.

– Tu es le bienvenu au ranch Double M à condition de ranger tes armes, déclara-t-il. Et ne pose pas de questions. On ne t'a pas demandé l'heure qu'il est.

– J'aime pas bien que t'aies amené un représentant de la loi ici, dit Ike d'un ton traînant.

– Je ne suis pas un représentant de la loi, rétorqua Mason en se levant à son tour.

– Moi, j'dis que si.

Aussi rapide que l'éclair, Mason fit volte-face et, d'un grand geste du bras, cueillit Ike sous le menton. Le bavard se retrouva les quatre fers en l'air.

Avec la même vivacité, Mason recula d'un pas, sortit ses pistolets qu'il pointa vers les hommes encore assis à table. Dès qu'il aurait retrouvé ses esprits, Ike dégainerait, mais il importait de sonder ses camarades.

Un homme déplia des jambes interminables et se mit debout. Il avait un torse impressionnant, des pommettes hautes qui donnaient un aspect anguleux à ses traits, et ses yeux, plissés sous la lumière, étaient d'un bleu glacial dans sa peau tannée par le soleil et le vent.

– J'ai pas l'intention de me disputer avec toi, mais j'aime pas les types qui me braquent, dit-il avec l'accent chantant du Sud.

– Tu es avec lui ?

Mason désigna Ike, qui gisait toujours au sol.

– J'lui tiens pas la main, si c'est ce que tu veux dire.

– Tu devrais être au lit, Sage, gronda Ruby. Quelquefois, je me demande si t'as un brin de cervelle !

L'homme ne quittait pas Mason des yeux, tandis que celui-ci fixait l'homme étendu par terre.

Ike secouait la tête et tentait de se remettre sur ses pieds, mais Stonewall vint se dresser devant lui.

– Tu l'as bien cherché, en le traitant de menteur. J'ai vu des gens tuer pour moins que ça. C'est pas un représentant de la loi. En tout cas, c'est pas pour ça qu'il est là.

– Alors, c'est pour quoi ? marmonna Ike d'une voix rauque en portant la main à sa gorge.

– Ouais, pourquoi il est là ? insista Kelso, l'homme au visage rougeaud.

Comme Stonewall hésitait, Mason prit la parole :

– La raison de ma présence ici ne vous regarde pas, mais je vais vous la donner quand même afin que ma position soit claire. J'ai acheté des parts dans ce ranch, et j'ai l'intention d'y rester pour veiller à mes intérêts. Tout peut continuer comme avant, ou bien il peut y avoir des changements. Ça dépend de vous.

Un lourd silence s'abattit sur la salle.

Kelso fut le premier à reprendre ses esprits.

– Acheté ? répéta-t-il d'une voix pleine de colère. Jamais miss Victory ne vendrait...

– Kelso, bon Dieu ! tonna Stonewall. T'es qu'un ouvrier agricole, ici, comme moi, et ce que vend ou ne vend pas miss Victory te concerne pas.

– Je m'en occupe, Stonewall, intervint Mason en accordant toute son attention à Kelso, tandis que Pete et Clay gardaient un œil sur Ike. Mieux vaut qu'on ait abordé la question de cette façon, Kelso. Je suis tout à fait de l'avis de Stonewall, et si je t'entends encore une fois discuter ses ordres, je t'attache à un cheval et tu traceras ton propre chemin dans la poussière. Compris ?

Kelso, les traits déformés par la fureur, toisa Mason.

– La première fois que je suis venu ici, j'étais pas

plus grand que ce gamin, dit-il en montrant Doonie. J'étais là avant eux, et j'ai connu miss Victory quand elle était haute comme trois pommes. Elle vous laissera pas me chasser, déclara-t-il, les pieds bien ancrés au sol comme s'il attendait un adversaire pour la bagarre.

– Fais ton travail, et tu resteras. C'est Stonewall, le régisseur, il doit diriger le ranch sans avoir besoin de se justifier, et je mènerai la vie dure à quiconque s'opposera à lui. Il n'y a pas de place ici pour les fauteurs de troubles.

Mason s'adressait à Kelso, mais son regard s'attardait sur chacun.

– Maintenant, allez vaquer à vos tâches, ou bien faites vos bagages et partez.

Kelso tint bon un moment avant de rendre les armes. Une fois à la porte, il répéta :

– Miss Victory vous laissera pas me chasser.

Quand il n'y eut plus dans la pièce que les Mahaffey, Sage et Stonewall, Ruby eut un petit rire moqueur.

– Ça valait presque le coup de vous avoir ici, pour voir la tête de Kelso !

Le visage tout luisant de sueur, elle adressa un clin d'œil à Mason.

– Ça fait un bout de temps que Kelso a dans l'idée de faire la cour à...

Stonewall interrompit sa femme :

– Tu parles trop, ma belle, comme d'habitude.

– C'est pas un secret. Tout le monde sait que Kelso veut épouser miss Victory.

– Epouser miss Victoria ? s'écria Pete, stupéfait. Mais il n'est même pas digne de lui baiser la main !

Mason se tourna vers son frère. Catastrophe ! Pete était sur le point de tomber amoureux ! Jamais Victoria ne le prendrait au sérieux ; il risquait d'avoir une sévère désillusion.

Sage se rassit, impénétrable.

– J'ai toujours pensé qu'il faudrait que je tue cet empêcheur de tourner en rond, un de ces jours.

Bon sang ! songea Mason. *Est-ce que tout le monde au ranch est amoureux de Victoria McKenna ?*

– Mes frères et moi sommes prêts à nous mettre au travail, annonça-t-il à Stonewall. Enfin, si Doonie a fini son petit déjeuner...

– Laissez-le donc manger à sa faim ! grommela Ruby. Il a besoin de se remplumer. Comment tu t'appelles, petit ? Doonie ? Eh bien, Doonie, que dirais-tu d'un peu de marmelade pour accompagner les galettes ?

– Ouah ! Super !

Doonie jeta un coup d'œil à son frère puis ajouta vivement :

– Merci, m'dame.

– Allez-y, les hommes. Doonie, Sage et moi, on va rester ici un moment pour digérer. Tu fais rien, l'Ecureuil ? Mets donc l'eau à chauffer pour la vaisselle, avant de partir.

Les Mahaffey suivirent Stonewall jusqu'au corral pour voir les chevaux à dresser, mais Mason avait l'esprit ailleurs. L'aube se levait à peine, pourtant une lampe brûlait à la fenêtre de la cuisine. Sans un mot d'explication, il abandonna ses frères pour se diriger vers la maison.

La nuit avait été longue. A la fenêtre, Victoria regardait le jour pointer vers l'est, tandis que le cri du coq se répercutait contre le flanc de la montagne. Elle avait bien essayé de reposer son esprit comme son corps, mais ses idées bouillonnantes l'avaient obligée à se lever. Encore maintenant, bien qu'elle essayât de ne penser à rien, elles revenaient la tarabuster. Comment supporterait-elle ces étrangers dans sa propre maison ? Comment parviendrait-elle à rester calme, à réfléchir clairement, avec tous ces gens autour d'elle ?

Elle alla s'occuper du café. Aujourd'hui, elle travaillerait au potager. Toutefois, était-il raisonnable de laisser la demeure aux mains destructrices de Dora ? Elle soupira, exaspérée. Il fallait pourtant qu'elle trouve un endroit tranquille où elle pourrait élaborer un plan pour se sortir de ce pétrin. Elle était horriblement mortifiée d'avoir permis à Mason de la tenir dans ses bras cette nuit, et plus encore d'avoir aimé se trouver serrée contre lui.

Victoria jeta un regard noir à la pendule, sur la cheminée. Pour l'amour du ciel ! C'était la première fois depuis des années qu'elle oubliait de remonter le mécanisme, et le balancier était immobile, sans vie. Elle ouvrit le verre et tourna la clé six fois. Cela suffirait pour la faire marcher jusqu'au soir, où elle recommencerait, comme d'habitude. Mais pour l'instant, elle ignorait quelle heure il était !

– 5 h 30.

La voix venait de la porte, et Victoria se retourna vivement pour voir Mason ranger une montre de gousset en or dans sa poche. *Oh, bon sang !* se dit-elle. *Pourquoi ai-je les jambes en coton ?*

Elle s'appuya à la cheminée, cherchant une réplique calme et brève, mais elle était sans voix. Elle fit tourner lentement les aiguilles, en prenant soin d'attendre la sonnerie à l'heure et à la demie. Sentant le regard de Mason sur elle, elle leva les yeux, mal à l'aise.

– Les garçons et moi avons pris notre petit déjeuner avec les ouvriers. Doonie y est encore. Ruby essaie de le gaver de marmelade et de galettes.

– Avez-vous expliqué la raison de votre présence au ranch ?

– Je n'avais pas l'intention d'en parler, mais j'y ai été forcé.

– Que voulez-vous dire ? Vous avez eu des ennuis ?

– Pas vraiment. Il y a un type, Kelso, qui a tendance à discuter les ordres de Stonewall. Je lui ai fait savoir que j'avais quelque intérêt au bon fonctionnement de la propriété et que je me rangeais du côté du régisseur.

– C'est tout ?

– C'est tout.

Mason remplit de café la tasse qui se trouvait à la place qu'il occupait la veille ainsi que celle de Victoria, sans lui demander son avis, puis il s'assit à table en jetant à la jeune fille un regard discret. La robe rose qu'elle portait ce matin-là avait une couleur un peu fanée due à de nombreux lavages, mais elle rehaussait son teint et moulait joliment son buste. Elle était encore plus ravissante que la veille.

Il mourait d'envie de dénouer sa tresse, de sentir sa chevelure couler entre ses doigts. Il se rappelait la douceur de Victoria entre ses bras, tandis qu'il la contemplait, incapable de se détacher de ces traits délicats, des yeux immenses un peu cernés qui trahissaient une nuit sans sommeil, du semis de taches de rousseur sur son nez.

– J'irai en ville demain pour parler à mon avoué, déclara-t-elle en s'asseyant près de lui. Nous devons régler notre problème avant l'hiver.

– Je viendrai avec vous, rétorqua Mason, tiré de sa rêverie.

– Vous voulez dire que vous partirez pour ne pas revenir ?

– Non, Victoria. *Je* viendrai avec vous, mes frères et sœurs resteront au ranch.

Il vit ses doigts se crisper sur la tasse. L'ombre de ses longs cils ajoutait de la fragilité à son visage, et il fut submergé par une vague de tendresse devant son désespoir. Il avait soudain envie de la protéger, d'empêcher tout mal de l'atteindre, pourtant il devait trouver un foyer pour sa famille, et il se sentait déchiré.

– Alors, allez au diable ! Je m'y rendrai seule.

Elle avait le regard amer, les dents serrées.

– Je ne peux pas vous donner ce que vous souhaitez, Victoria, dit-il d'une voix grave, avec une tendresse inattendue.

Il lui prit la main sur la nappe.

Furieuse de son impuissance, elle se dégagea
d'une secousse.

– Vous le pourriez, mais vous avez vu ce que papa
a fait de cet endroit. Quelle que soit la somme que
vous avez payée à Robert... c'était au-dessous du
prix, n'est-ce pas ? l'accusa-t-elle. Jamais je n'aurais
dû accepter de vous amener ici. J'aurais mieux fait
d'aller directement chez M. Schoeller, tant que
j'étais en ville !

– Pourquoi ne l'avez-vous pas fait ? demanda-t-il
en se levant.

Elle refusait de le regarder.

– Je n'en sais rien, marmonna-t-elle.

– Rendez-vous à l'évidence, Victoria. Nous reste-
rons... J'ai essayé de trouver une solution et je suis
arrivé à deux possibilités. Soit vous m'épousez et
vivez ici avec moi, soit vous vous construisez un
autre ranch un peu plus loin dans la vallée.

Il marqua un léger silence.

– Avouez que vous étiez bien, dans mes bras, hier
soir, reprit-il. Nous pourrions être heureux ensemble, fille dorée.

Victoria demeura un instant statufiée avant de
bondir sur ses pieds.

– Reconstruire une maison sur mes propres terres ? Vous épouser pour pouvoir rester dans la

demeure de mon père ? Sortez ! Sortez ! cria-t-elle, au bord de l'hystérie.

Les poings serrés, elle luttait pour reprendre son sang-froid et, malgré ses yeux brillants de larmes, elle se tenait toute droite avec une dignité naturelle.

– Vous êtes... un vaurien, monsieur Mahaffey, dit-elle lentement.

– On m'a déjà dit pire, miss McKenna, répliqua-t-il tandis qu'il passait devant elle pour quitter la pièce.

Pendant un bon moment après qu'il fut sorti, elle eut l'impression qu'elle allait exploser en millions de petits morceaux. Alors elle se dirigea vers la pendule dont elle fixa le balancier qui oscillait régulièrement et, comme de coutume, ce calme mouvement l'apaisa peu à peu.

– *J'y arriverai. Je les supporterai quelque temps*, murmura-t-elle.

C'était ça ou quitter tout ce qu'elle aimait, tout ce qu'elle avait toujours connu. Or cela, elle n'y survivrait pas.

– Victoria ?

La jeune femme fit volte-face, furieuse d'être surprise dans un moment de faiblesse, et toute son hostilité se lut sur son expression tandis qu'elle fusillait Nellie du regard. L'adolescente se tenait timidement sur le seuil, une ébauche de sourire aux lèvres, les yeux suppliants. Victoria oublia toute rancune devant le petit visage émouvant.

– Ne me regardez pas comme ça, je ne vais pas vous frapper ! dit-elle avec brusquerie.

76

– Je suis désolée...

– Et vous n'avez aucune raison d'être désolée !...
Oh ! excusez-moi, Nellie. Je ne voulais pas crier.
Nous aurions pu être amies... dans d'autres circons-
tances.

– Il me semble avoir entendu la voix de Mason...

– En effet, mais il n'est plus là.

Victoria alla remettre quelques bûches dans la cuisinière. Elle réfléchissait mieux quand elle avait les
mains occupées.

– Vos frères ont déjeuné avec les ouvriers. Je vais
m'occuper de notre repas.

Nellie était venue la rejoindre près du fourneau.
Victoria n'avait pas remarqué qu'elle était si petite,
et soudain, elle se sentit immense, gauche.

– Puis-je vous aider ?

– Non, je suis habituée à m'activer seule. Vous
vous sentez mieux, ce matin ?

– Beaucoup mieux, merci. Oh, Victoria, vous
ne pouvez savoir comme c'est bon d'être avec mes
frères et Dora ! J'ai cru que je mourrais dans ce
grenier sans jamais les revoir.

Sa voix se mettait à trembler, et elle alla s'asseoir
à table.

A court de commentaires, Victoria demanda :

– Dora s'habille ?

– Elle dort encore. Mason lui a infligé une bonne
remontrance, hier soir, et elle a pleuré jusqu'à ce
que le sommeil ait raison d'elle. Elle n'a pas fait
exprès de casser le confiturier. Elle voulait me le

montrer parce qu'elle le trouvait joli, mais ensuite, elle n'est pas arrivée à s'excuser.

– J'aimerais vous dire que ça n'a pas d'importance, mais ce serait mentir. Les parents de ma mère le lui avaient apporté en cadeau un jour où ils étaient venus nous voir, et je l'adorais.

Elle servit deux tasses de café en attendant que l'eau se mette à bouillir pour le porridge.

– Je surveillerai Dora, je vous le promets, Victoria.

Victoria était étonnée de ressentir une telle sympathie pour cette jeune fille qui risquait de la chasser de chez elle.

– Voyez-vous, Nellie, parfois j'ai l'impression de devenir folle. Pourquoi est-ce que je me rends malade pour un confiturier, alors que je vais peut-être perdre le ranch tout entier ?

– Je ne sais que vous répondre, dit Nellie, au bord des larmes. Pour nous, c'est comme un rêve réalisé. Mason est venu nous chercher pour nous emmener dans une nouvelle demeure où nous pourrions former une véritable famille. Il a dit que nous devrions travailler dur pour remettre ce ranch en état. Il ne s'attendait pas à ce qu'il a trouvé, Victoria. Il ne s'attendait pas à trouver quelqu'un comme vous.

– Pourtant, je suis bien là, soupira Victoria avec lassitude.

Elle se leva, alla jeter des céréales dans l'eau bouillante. Il devait y avoir une solution... autre que celles proposées par Mason. Avait-il pu imaginer qu'elle accepterait de l'épouser ? Il s'en sortirait bien, de cette manière ! Il serait assuré de garder le ranch... M. T. Mahaffey n'était donc pas aussi sûr de son bon droit qu'il voulait bien l'affirmer ! se dit-elle avec satisfaction.

Elle y repensa un peu plus tard quand elle se rendit dans la petite pièce qui servait naguère de bureau à son père. Elle s'arrêta sur le seuil. L'odeur de tabac blond, les vêtements accrochés au portemanteau, la paire de bottes près de l'étroite couchette où avait dormi son père après la mort de sa femme, tout portait l'empreinte de Mason et confirmait qu'il avait bel et bien l'intention de rester au ranch.

Les livres de comptes étaient ouverts sur la table, et le faible niveau de pétrole dans la lampe disait qu'il avait veillé fort avant dans la nuit.

Curieusement, au lieu d'en être irritée, Victoria éprouva une sorte de fierté. Au moins, il constatait qu'elle n'était pas une écervelée. Elle avait tenu les registres pendant plusieurs années avant la mort de son père, et elle savait qu'ils étaient parfaitement à jour. Mais ils lui appartenaient. Impulsivement, elle les prit pour les emporter dans sa chambre où elle les enferma à clé dans son coffre.

Quand elle ressortit, elle trouva Nellie et Dora près de la porte d'entrée en train de regarder en direction du corral.

– Je vais voir Ruby. Vous voulez venir ?

Elle ne pouvait s'empêcher d'être gentille avec Nellie, malgré son hostilité envers Mason.

Les yeux de la jeune fille se mirent à briller de joie.

– Bien sûr ! N'est-ce pas, Dora ?

Sans un mot, sans un sourire, l'enfant hocha la tête. Nellie lui avait fait sa toilette, et les taches de rousseur étaient plus visibles sur son petit nez retroussé. Dans son regard se lisait plus de chagrin que de rancune, et Victoria se demanda ce que lui avait dit Mason après l'incident de la veille.

Quelques cow-boys étaient accoudés à la barrière du corral, et, comme elles approchaient, elles entendirent des acclamations quand un mustang brisa sa longe et galopa vers le centre du terrain. Victoria conduisit ses compagnes vers un endroit libre, grimpa sur la traverse inférieure de la barrière, accrocha ses bras en haut, imitée par Dora et Nellie.

L'un des jumeaux chevauchait l'animal. Mais pas pour longtemps ! Quelques secondes plus tard, il alla mordre la poussière. Il se précipita aussitôt vers la barrière pour se mettre hors de portée du mustang furieux. Quelqu'un, dissimulé dans le nuage de poussière soulevé par les sabots du cheval, parvint à le prendre au lasso et à l'amener à l'autre bout du corral, tandis que le jumeau devait endurer les affectueux sarcasmes de son frère.

– C'était Pete ou Clay ? demanda Victoria.

Nellie plissa les yeux dans le soleil.

– D'ici, je ne saurais le dire. En général, Pete a un bandana rouge, mais ils n'en portent ni l'un ni l'autre, aujourd'hui.

– Regardez ! Mason va essayer ! s'écria Dora, retrouvant brusquement sa verve.

Les jumeaux tenaient le mustang tandis que Mason se mettait en selle.

– Je n'aime pas ça ! murmura Nellie sans quitter ses frères des yeux.

Mason prit son assiette, rabattit le bord de son chapeau, tout son corps tendu, sa chemise ouverte jusqu'à la taille. Il enroula les rênes autour de son poing ganté et glissa les pieds dans les étriers. Un instant, son regard croisa celui de Victoria, puis il pencha la tête pour parler à l'un des jumeaux.

– Maintenant ! lança-t-il enfin.

Les garçons se ruèrent vers la barrière pour échapper aux sabots de la bête sauvage. Le cheval, surpris, hésita une fraction de seconde avant de bondir en l'air comme un ressort. Il se cabra puis retomba sur ses jambes raidies. Les spectateurs hurlèrent leurs encouragements, étonnés que le cavalier eût résisté à cet accès d'humeur. Le mustang demeura quelques secondes immobile, se demandant pourquoi le poids était toujours sur son dos. La compréhension vint enfin, et avec elle une nouvelle manifestation de fureur.

Victoria, la gorge nouée, vit Mason balancé comme un pantin. A un moment donné, l'animal faillit culbuter en arrière ; il battit l'air de ses antérieurs et retomba sur le sol. Plus Mason se maintenait sur la bête, plus celle-ci s'affolait, et on avait l'impression que l'un ou l'autre allait se briser les reins. Victoria parvint à contenir son agitation jusqu'à ce que le cheval fonce droit sur elles. Criant, elle sauta au sol, entraînant Dora avec elle. A l'instant où monture et cavalier semblaient sur le point de s'écraser contre la barrière, Mason parvint à le faire changer de direction. Les yeux du mustang roulaient follement, et il se cabra de nouveau, environné d'un nuage de poussière. Nellie, que quelqu'un avait descendue à terre, était revenue sur la barrière.

– Attention, Mason !

Victoria entendit le bois éclater quand le cheval rua contre la barrière, à l'autre bout du corral.

– Il saute ! cria quelqu'un. Il va sauter !

Victoria étouffa de la main un cri d'angoisse en voyant l'étalon partir au triple galop, mais Mason se pencha en avant quand le cheval s'enleva de terre. Bien que la scène n'eût duré que deux ou trois secondes, jamais Victoria n'oublierait ce spectacle : le cheval, queue et crinière au vent, narines palpitantes, yeux flamboyants, et Mason, les cheveux aussi noirs que la robe du mustang, mince et robuste, se détachant sur le bleu pur du ciel.

– Bravo ! Youpee ! Il l'a eu !

Les hommes, enthousiastes, jetaient leurs chapeaux en l'air et se donnaient des claques dans le dos.

Le cavalier et sa monture disparurent vers les collines. Mais Victoria revoyait l'instant où ils étaient restés suspendus dans l'espace. Les bras qui tenaient les rênes étaient-ils bien ceux qui l'avaient bercée la veille ? Cet homme avait-il vraiment murmuré : « Ne pleurez pas, fille dorée » ?

– Vous pouvez regarder, maintenant, miss. Cette

brute a besoin de se défouler. Il ne se débattra plus, quand il sera épuisé.

Sage se tenait près de Nellie qui avait toujours les mains sur les yeux.

– Sage ! Je croyais que vous étiez blessé ! s'écria Victoria, heureuse de chasser Mason Mahaffey de son esprit.

– Presque rien. Deux égratignures.

Sage regardait Nellie qui scrutait l'horizon.

– C'est son homme ? demanda-t-il sans détour.

Victoria demeura un instant interdite.

– Son frère, répondit-elle enfin. Nellie, voici Sage Harrington. Il passe pas mal de temps au ranch depuis cinq ans. C'est bien ça, Sage ?

Il porta la main à son chapeau pour saluer Nellie avant de répondre :

– Sans doute, madame. Mais cette fois, j'ai demandé à Stonewall de m'embaucher pour de bon.

Victoria éclata de rire.

– Je n'aurais pas cru vous entendre un jour prononcer ces paroles ! Vous répétiez que jamais vous n'aimeriez assez un endroit pour avoir envie d'y rester.

Sage sourit.

– J'aurais mieux fait de la boucler. J'ai voulu m'installer quelque part, mais je n'ai rien déniché d'aussi bien qu'ici. On dirait que vous avez trouvé un partenaire, madame, reprit-il, sérieux. Je m'adresse à lui, ou à Stonewall ?

La colère revint, cuisante.

– Un partenaire ? C'est Stonewall le régisseur, Sage. C'est de lui que dépend votre engagement.

– Bien, madame.

C'était sans doute la conversation la plus longue que Victoria ait eue avec Sage, pourtant il s'attardait, jetant de fréquents coups d'œil à Nellie qui, paupières baissées, tortillait ses mains sur son tablier.

Victoria avait toujours soupçonné Sage d'être un tueur à gages, bien qu'elle n'eût jamais entendu dire qu'il eût loué ses services ni qu'il eût des rapports avec les hors-la-loi de la région. Ce solitaire était arrivé un jour au ranch, et Ruby s'était prise d'affection pour lui. Elle le régentait, le chouchoutait, le cajolait pour qu'il effectue chez elle les bricoles que Stonewall refusait de faire. Il avait appris la poterie chez les Indiens et avait réalisé plusieurs objets pour elle. C'était aussi un remarquable sculpteur sur bois, et parfois il offrait à Ruby un minuscule cheval, ou un chien, ou encore une statuette de Stonewall, ou d'elle. Mais le plus souvent, il jetait la pièce dans le feu avant qu'elle soit terminée.

– Tu vas bien, petite sœur ?

C'était Clay, puisqu'il regardait Nellie avec sérieux.

– Tu n'as pas l'air dans ton assiette...

– J'ai eu peur pour Mason, répondit-elle d'une voix un peu voilée.

Sage, les yeux rivés sur la jeune fille, semblait avoir le souffle coupé. Les yeux de Nellie, ombrés d'épais cils noirs, avaient la couleur d'un ciel d'été, sa chevelure, d'un châtain soyeux, était nouée en chignon sur la nuque, et son teint translucide, son petit nez, sa bouche enfantine étaient irrésistibles. Il la contemplait depuis quelques secondes quand elle se tourna vers lui. Aussitôt, elle baissa les yeux, effarouchée.

– Mason ne craint rien, assura Clay. Il va faire sortir le feu de cet animal. Veux-tu t'asseoir ?

– Je suis un peu essoufflée, c'est tout. Où est Dora ?

– Ruby l'a prise en main, intervint Victoria. Je les ai vues disparaître toutes les deux dans la cuisine, et je soupçonne Ruby de lui préparer un plantureux goûter.

Elle s'adressa à Sage, qui ne pouvait détacher son regard de Nellie :

– Ruby n'aime rien tant que nourrir les gens, n'est-ce pas ?

– Oui, madame, dit-il d'une voix douce qui contrastait avec sa haute stature. Bon, il vaudrait mieux que j'y aille, si je veux parler à Stonewall.

Avec un geste à son chapeau, il s'éloigna en boitillant.

– C'est l'un de vos ouvriers agricoles ? demanda Clay avec une pointe d'irritation.

– Il ne travaille pas ici à temps plein, mais il est honnête. Mon père l'aimait bien, Stonewall et Ruby l'apprécient aussi, rétorqua vivement Victoria.

– Je n'aime pas la façon dont il regardait Nellie.

– Clay... protesta la jeune fille.

– Nellie est ravissante, pourquoi n'aurait-il pas le droit de l'admirer ?

Clay prit la mouche.

– Je ne veux pas qu'un sale hors-la-loi reste bouche bée devant ma sœur !

– Sage n'est pas un hors-la-loi !

– Clay, je t'en prie, ne fais pas d'histoires ! le supplia Nellie.

– D'accord. Mais je te ramène à l'intérieur. Tu sembles épuisée.

Il entraîna sa sœur en la soutenant à la taille, et Victoria les entendit s'entretenir à voix basse tandis qu'ils s'éloignaient.

Heureuse Nellie ! songea-t-elle. *Trois frères pour la protéger...*

Elle vit Sage entrer dans le baraquement. Elle ne lui avait jamais prêté grande attention, ce n'était qu'un hôte épisodique du ranch parmi d'autres. En y repensant, elle se dit qu'il avait bel et bien contemplé Nellie comme s'il ne se lassait pas du spectacle. Elle se demanda d'où il venait. Ses vêtements étaient ceux du chercheur d'or classique, jean, chemise de coton, veste en daim, mais toujours très propres. Ses bottes étaient lustrées et l'étui de son fusil en excellent état. Toutefois, ses armes, se souvint-elle, semblaient avoir beaucoup servi.

Sage s'était un peu étoffé depuis qu'elle le connaissait. Cinq ans auparavant, c'était un jeune homme dégingandé d'une vingtaine d'années, que Ruby avait pris sous son aile protectrice. Victoria se rappelait aussi que son père aimait bavarder avec lui sur le porche du baraquement, mais jamais elle ne l'avait vu dans la maison.

Un martèlement de sabots la tira de ses réflexions. Mason et sa monture revenaient au ranch. Elle se hâta de rentrer, refusant de s'avouer qu'elle avait attendu à dessein, afin de s'assurer que Mason Mahaffey n'avait pas été désarçonné par le mustang indompté.

5

Il n'y avait personne dans le baraquement. Sage s'allongea sur sa couchette, les bras croisés sous la nuque.

A vingt-cinq ans, c'était un homme robuste et bien découplé dont les yeux bleus contemplaient froidement l'univers. Dans ses moments de détente, uniquement lorsqu'il était seul, il avait parfois une expression un peu étonnée, comme s'il ne savait pas bien ce qu'il cherchait.

Quelque chose d'étrange venait de lui arriver. Le visage de cette jeune fille, Nellie, avait forcé la carapace d'insensibilité derrière laquelle il s'était désormais réfugié. Il ne voulait plus aimer, désirer, dépendre de qui que ce soit. Temps et distance n'avaient aucun sens pour lui, seul comptait l'instant présent.

Il s'autorisait rarement à évoquer cette journée de sinistre mémoire. Il se rappelait souvent tel ou tel événement qui avait précédé, lorsque, avec ses parents et Becky, il voyageait dans la longue caravane de chariots, sans pouvoir toutefois le replacer exactement dans la chronologie.

En revanche, il était sûr de ce qui s'était passé après qu'ils se furent séparés de la caravane à Fort Bridger. Sa mère était tombée malade, et les six autres chariots avaient continué leur route sans eux, espérant échapper ainsi à une épidémie – le choléra, peut-être, ou une autre maladie contagieuse.

C'était quelques jours plus tard qu'une carriole toute déglinguée était venue s'installer à l'autre bout de la clairière. Son père avait aimablement accueilli le vieux Ramsey et ses trois fils, dont le plus jeune, qui avait environ l'âge de Sage, était un peu demeuré.

Edward Harrington, d'un naturel calme et avenant, possédait une force extraordinaire, tant physique que morale. Enclin à ne voir que le bon côté des gens, il était également amoureux de la beauté. Dès qu'il en avait le temps, il peignait ce qui retenait son attention – un oiseau, une fleur, la montagne...

Sage s'agita sur le lit de camp. Il ne voulait pas se remémorer le matin où son père avait éclaté d'un rire joyeux en serrant sa femme dans ses bras lorsqu'il avait constaté que la fièvre était tombée.

– Nous partirons dès demain. Tu as vu nos bœufs, près de la rivière, fiston ?

Les chevaux étaient entravés près du campement. Comme les Indiens ne s'intéressaient pas aux bœufs, on les laissait vagabonder librement.

Sage avait alors quatorze ans, Becky huit. Ils étaient descendus vers la rivière ensemble, puis ils s'étaient retournés pour regarder les chariots. Tout était calme. Pour une fois, les Ramsey, qui se reposaient à l'ombre, n'étaient pas en train de se chamailler. Le vieux était adossé contre un antique sac de couchage roulé, les mains pendant entre les genoux, le chapeau rabattu sur son visage couvert de barbe. De temps à autre, sans même relever la tête, il crachait entre ses dents un jus noirâtre. Les deux aînés étaient étendus près de lui, et le cadet jouait dans la boue près des roues avant. Cette scène demeurerait gravée pour toujours dans l'esprit de Sage.

Armé de son fusil, il s'était remis en route, Becky sur ses talons. Son père avait échangé une paire de bœufs épuisés contre d'autres plus fringants à Fort Bridger. Ils possédaient aussi deux bons chevaux de selle. Lui ou son père, celui qui ne conduisait pas le chariot, en montait un, et on attachait le second à l'arrière.

Sage n'avait pas vu les animaux de trait là où il croyait les trouver. L'après-midi était bien avancé, et l'air avait fraîchi quand un gros nuage avait masqué le soleil. Sage commençait à regretter d'avoir laissé Becky l'accompagner. Ils étaient à présent loin du campement et, lorsque la pluie s'était mise à tomber, ils avaient cherché refuge sous un rocher en surplomb. A la fin de l'averse, il faisait trop sombre pour qu'ils puissent retrouver leur chemin. Ç'avait été une longue nuit froide, plus glaciale encore à l'aube. Becky était pâle, épuisée, ses yeux brillaient anormalement.

– Je me sens pas très bien, Sage, avait-elle dit.

Un peu plus tard, elle avait demandé :

– C'est comment, le paradis ?

Il avait alors compris qu'elle était très malade. Elle brûlait de fièvre, elle avait la diarrhée, d'horribles spasmes lui déchiraient le ventre. Sage, son fusil sur l'épaule, l'avait prise dans ses bras et, vacillant dans la boue, il était retourné vers les chariots.

Il ne se souvenait plus très bien de ce qui s'était passé ensuite. Il savait seulement qu'il n'en pouvait plus en arrivant près du campement. Il criait, il tentait de courir, mais il n'en avait plus la force.

Ses parents n'étaient pas levés, il n'apercevait aucune fumée. Pourquoi ne le voyaient-ils pas ? Soudain, il avait eu un pressentiment : il s'était passé quelque chose d'atroce.

Il n'y avait plus qu'un chariot dans la clairière, où s'éparpillaient leurs maigres possessions. L'un des paysages de son père gisait dans la boue, troué, le bureau de chêne de sa mère était renversé, les tiroirs éventrés.

Sage avait posé Becky à terre et s'était dirigé vers l'arrière du chariot. Ses parents semblaient dormir, mais ils avaient la gorge tranchée, et leurs sangs se mêlaient. Sage avait été envahi d'une haine formidable qui avait balayé tout le reste.

Aujourd'hui encore, les souvenirs de cette journée étaient flous. Il était demeuré près de sa sœur, lui passant un linge humide sur le visage, refusant de laisser l'immonde silence l'engloutir, ne voulant pas songer à ce qui l'attendait.

Becky était morte le lendemain peu avant l'aube. Elle avait parlé du verger que sa mère planterait dans l'Oregon, puis elle s'était tue, et Sage avait somnolé un instant. Quand il s'était réveillé en sursaut, la fillette avait rendu l'âme.

Trois jours plus tard, les deux bœufs étaient revenus et Sage les avait attelés. Avant de partir, il s'était recueilli un moment sur les tombes qu'il avait creusées et avait juré de venger les siens.

– Ils ont même pas volé l'argent, p'pa ! avait-il crié. Ils voulaient seulement ces satanés chevaux !

Sa quête avait duré un an, mais, pour finir, il avait tué trois des quatre hommes. Le demeuré avait disparu, et Sage l'avait oublié. Il avait confié l'argent que cachait son père sous le matelas à un officier de Fort Bridger afin qu'il le lui place dans l'Est. Il avait toujours eu dans un coin de sa tête l'idée d'acheter un petit ranch quelque part, mais il n'avait jamais trouvé d'endroit où il eût envie de passer le reste de son existence, aussi continuait-il à parcourir le pays, revenant régulièrement au ranch Double M parce que Ruby était la seule personne qui fût toujours heureuse de le voir.

Le temps avait atténué sa peine ; pourtant, quand il avait vu Nellie s'appuyer sur son frère, cela lui avait cruellement rappelé la douce petite Becky et il s'était senti très seul, comme cela ne lui était pas arrivé depuis longtemps.

– Tu vas bien, Sage ? Ruby m'envoie prendre de tes nouvelles.

Stonewall venait vers lui dans le cliquètement de ses éperons.

Sage se redressa.

– Je vais bien. J'avais envie de te parler. Je voudrais me faire embaucher pour de bon au ranch.

– Sans rire ? Je te l'ai déjà proposé, tu as toujours refusé. Qu'est-ce qui t'a fait changer d'avis ?

– Sais pas. Je me suis sans doute dit que, quitte à me faire descendre, autant que ce soit pour la bonne cause. Je me suis fourré au milieu d'une querelle, et avant que je comprenne ce qui m'arrivait, les deux camps me tiraient dessus.

– Eh ben moi, je serai content de t'avoir. Evidemment, il faut que j'en parle avec miss Victory.

– Et ce Mahaffey, c'est qui ? Un parent ?

Sage grimaça en posant sa jambe blessée sur le sol.

– Non. Qu'est-ce que tu penses de lui ?

– Il est nettement supérieur aux autres. M'est avis que t'auras besoin d'aide pour tenir Kelso.

– Il est réglo. Il va se calmer.

– Non, il brûle de l'intérieur. Un jour, il explosera.

Sage passa la main dans ses cheveux, se leva.

– A cause de quoi, à ton avis ?

– Miss Victoria. Il est fou d'elle.

– Ruby pense aussi que c'est pour ça qu'il a des chardons sous la queue, plaisanta Stonewall.

Sage sourit – événement rarissime – et il en fut transfiguré.

– Ruby est la personne la plus sensée que je connaisse.

– Si t'étais un peu plus vieux ou elle un poil plus jeune, je croirais que tu en pinces pour ma femme !

– Et tu aurais probablement raison.

Stonewall enfonça son chapeau sur sa tête.

– Tu crois que tu seras sur pied pour le grand rassemblement du bétail ?

– Bien avant ! En attendant, il y a plein de cuirs dans la sellerie, qui ont besoin d'être graissés.

– D'accord, vas-y.

Mason se rasait devant le miroir qui surmontait la console de toilette du bureau. Pete se prélassait dans l'unique fauteuil.

– Demain, j'irai en ville avec miss McKenna. Tenez-vous à carreau, ton frère et toi. Je ne veux pas qu'un de ces types vous cherche noise.

Mason pencha la tête, fit glisser le rasoir le long de sa mâchoire avant de le rincer soigneusement.

– Que vas-tu faire en ville ?

– Victoria veut voir son avoué, et j'aimerais lui poser également quelques questions.

Il s'absorba dans sa tâche quelques instants avant de reprendre :

– Le dénommé Ike pourrait bien te donner du fil à retordre, si Stonewall s'éloigne.

– Et que penses-tu de Sage ? Clay l'a surpris à regarder Nellie, et il a failli lui en demander raison.

– De quoi se mêle-t-il ? Il n'y a pas de mal à regarder. Ta sœur est jolie, et les jolies filles sont rares, par ici. N'importe quel homme, dans la région, est prêt à donner sa vie pour protéger les femmes et les enfants. Non, c'est pour Clay et toi que je m'inquiète. Ne vous laissez pas acculer dans un coin isolé, restez avec les ouvriers réguliers et veillez bien sur Doonie.

– Clay et moi sommes plutôt dégourdis, Mason. Ça fait un bail que nous prenons soin de nous.

– Je sais, approuva Mason, et vous vous débrouillez comme des chefs. Mais maintenant, nous devons également penser à Nellie et à Dora.

– Et à Victoria.

Pete se leva et sortit sans un regard pour son frère.

Mason finit de se raser, nettoya ses instruments. Il entendait Nellie et Dora bavarder dans la cuisine, Victoria demander à Pete de lui apporter un seau d'eau. Un instant, il se crut dans une maison heureuse, normale. Mais c'était prendre ses désirs pour des réalités. Victoria se murerait dans le silence dès qu'il les rejoindrait, et si jamais elle ouvrait la bouche, ce serait pour répondre sèchement à une question.

Il enfila sa chemise, se brossa les cheveux et sortit dans le corridor.

Ruby, qui entrait par la porte de derrière, lui jeta à peine un coup d'œil avant de s'engouffrer dans la cuisine. Elle en ressortit aussitôt, accompagnée de Victoria, et il dut s'effacer pour les laisser passer. La jeune femme se dirigea vers le porche sans un regard ; Ruby se retourna et il lut une prière muette dans ses yeux.

Il les rejoignit en deux enjambées.

– Pourquoi cette hâte ?

– A cause de Kelso. Il a bu, mais il se calmera s'il sait que Victoria risque d'entendre ses rodomontades.

– Je croyais que Stonewall l'avait envoyé à Potter's Bluff ?

– Il y est pas allé.

Mason ralentit le pas pour rester à la hauteur de Ruby, mais Victoria se dépêchait dans le crépuscule ; une lumière brillait à la fenêtre de la cantine.

– Il n'y est pas allé ?

Mason posa la main sur le bras de Ruby qui s'arrêta.

Elle secoua la tête.

– Il cherche la bagarre, et Stonewall n'est pas de taille à le maîtriser. Il est orgueilleux, mais je vais pas rester là à le regarder se faire casser la figure par ce bon à rien. Je m'en vais lui trouer la peau !

– Ça ne sera pas nécessaire, Ruby. Stonewall n'est pas tout seul, ici. Allons-y !

Il la saisit par le coude et l'entraîna, mais elle avait du mal à suivre ses longues enjambées. On entendait déjà la voix furieuse de Kelso :

– Personne m'enverra à Potter's Bluff pour se débarrasser de moi ! J'étais là avec le vieux Marcus bien avant que t'arrives. Et j'veux pas m'en aller pour que tu montes miss Victory contre moi. T'es plus assez jeune pour diriger cette baraque, vieux débris !

– Tu es ivre, Kelso, dit calmement Stonewall. Va dessoûler sur ta couchette, on parlera demain.

– J'ai bu, mais j'suis pas ivre, et c'est pas un gros lourdaud qui m'enverra au lit.

Kelso se leva, l'air plus énorme encore que d'habitude. Il avait les yeux injectés de sang.

– Alors c'est moi qui vous l'ordonne ! déclara Victoria depuis le seuil d'une voix glaciale.

Kelso fusilla Stonewall du regard.

– Il a fallu que tu l'envoies chercher ! Tu t'abrites encore derrière miss Victory ! dit-il, menaçant, en s'approchant du vieil homme.

Il y avait une demi-douzaine d'ouvriers dans la pièce, et la plupart s'écartèrent, sentant ce qui allait arriver. Victoria vint se placer aux côtés de Stonewall.

– On vous avait dit d'accompagner Lud à Potter's Bluff. Nous n'avons pas besoin de gens qui ne suivent pas les ordres, ici. Rassemblez vos affaires et partez. Je vous paierai un mois supplémentaire.

Kelso la regardait comme s'il n'en croyait pas ses oreilles.

– Vous prenez son parti ? Vous me chassez ? cria-t-il, les traits contractés.

– Exactement. Quittez le ranch Double M et n'y remettez pas les pieds, énonça-t-elle à haute et intelligible voix.

– Vous... Vous...

Il marchait sur elle, la main levée.

– Kelso ! aboya Mason.

L'homme se figea.

– Touche à un seul de ses cheveux et je te tue !

Kelso jeta un coup d'œil désemparé autour de lui.

Sage, accroupi, le visait de son six-coups, et Mason Mahaffey se tenait dans l'embrasure, un revolver à la main.

Kelso, au prix d'un gros effort, baissa le bras.

– Restez en dehors de ça, marmonna-t-il d'une voix pâteuse à l'intention de Mason.

– T'as oublié que tout le monde aime miss Victory, dans ce pays, dit posément Stonewall. Tu portes la main sur elle, et tu signes ton arrêt de mort.

– J'allais pas lui faire de mal, mais elle a pas le droit de me parler comme ça, protesta Kelso.

– Elle a tous les droits ! intervint Mason.

– Vous, je vous ai dit de pas vous en mêler. Vous venez juste d'arriver, moi je suis là depuis presque dix ans.

– Si j'y avais été aussi, je t'aurais renvoyé la première fois que tu aurais discuté mes ordres, comme tu l'as fait ce matin avec Stonewall.

– Facile de parler avec un flingue à la main. Moi aussi, j'suis bon tireur.

Mason remit l'arme dans son holster et commença à défaire la boucle de sa ceinture, sans quitter des yeux le visage congestionné de Kelso.

– Tu n'es qu'un gueulard sans cervelle, reprit-il en tendant la ceinture à Pete. C'est fini pour toi, ici, Kelso. Stonewall ne veut plus de tes insolences, et miss McKenna ne te paie pas pour que tu te vautres dans l'alcool quand on t'a confié une mission.

Kelso sembla un instant déconcerté, puis il éclata d'un gros rire.

– Petit coq présomptueux ! Si je pose la main sur toi, je te tue !

Mason sentit remonter en lui son vieil attrait pour la bagarre. Il sourit.

– Tu es peut-être costaud, mais je parierais que tu t'es à peine battu une douzaine de fois dans ta vie. Moi, j'ai plus de cent combats à mon actif. Tu es gros, mou et stupide. Tu es un fort en gueule, rien d'autre. Je vais te faire avaler ta langue.

Un silence sépulcral régnait dans la salle.

– Non, Mason ! s'écria Victoria.

Sans crier gare, Kelso chargea, avec une rapidité surprenante pour un homme de sa corpulence. Mason le cueillit d'une droite qui lui écrasa les lèvres. Le coup en aurait rebuté d'autres, mais l'énorme bonhomme continua à avancer et assena son poing sur la mâchoire de Mason. Les deux hommes se dirigeaient vers la porte tout en luttant, et ils ne tardèrent pas à se retrouver dans la boue de la cour.

Mason enchaînait les coups, mais Kelso parvint à l'attraper à bras-le-corps pour le frapper en plein visage. Mason en vit trente-six chandelles. Du talon, il martela le tibia de Kelso qui recula, offrant une ouverture à son adversaire. Le sang gicla de son nez. Se protégeant la tête de son bras, il chargea de nouveau, mais Mason le prit aux épaules et, le faisant pivoter, l'envoya s'écraser contre le mur. Quand il se retourna, sonné, il reçut trois mauvais coups au plexus.

– Hourra ! Vas-y, Mason ! Achève-le ! criaient Pete et Clay.

Fou de rage, Kelso se mit à frapper des deux poings. Nez à nez, ils cognaient tous les deux sans relâche. Soudain, Mason se sentit projeté contre le mur, qu'il heurta de la tête. Il s'effondra. Kelso se précipita, le pied levé, pour lui éclater le visage ; Mason roula sur lui-même et se remit debout. D'un direct, il envoya son adversaire au sol.

Il vint s'accroupir près de lui.

– Relève-toi, gros tas de lard ! Ça ne fait que commencer !

Il lui infligea une série de coups secs au corps en essayant de se tenir à distance des énormes poings. Il avait les jambes de plomb, la respiration haletante.

Kelso parvint à le toucher à la tempe, mais Mason esquiva le coup suivant et l'atteignit à l'estomac. Kelso, le souffle coupé, recula tandis que Mason l'attaquait au visage.

Kelso tomba de nouveau, les yeux vitreux, dégoulinant de sang. Il parvint à se redresser, mais il n'en pouvait plus, et Mason le jeta de nouveau à terre.

La brute le regarda, à quatre pattes.

Quelques minutes auparavant il était l'homme le plus fort du ranch Double M ; à présent, non seulement il était battu, mais en plus humilié devant miss Victory, devant ses camarades. Jamais il n'oublierait ça !

– Tu me le paieras ! dit-il d'une voix rauque.

– Je veux que tu aies filé avant l'aube, répliqua Mason.

On lui fourra une serviette dans les mains et il s'essuya le visage. Dans le silence tendu, il observa les spectateurs.

– Si quelqu'un parmi vous n'apprécie pas la nouvelle tournure prise par le ranch, c'est le moment de le dire.

Silence.

– Je suis venu ici pour y rester, reprit-il, et je soutiens Stonewall. Soyez dévoués au ranch, faites votre travail, et vous n'aurez pas à vous plaindre.

Il se tourna vers Victoria qui se tenait près de la porte et, comme elle ne disait rien, il s'éloigna dans la nuit vers la maison.

Dora et Nellie l'accueillirent sur le porche.

– Oh, Mason ! Dans quel état tu es !

– J'espère que tu lui as cassé la figure ! cria Dora. C'est un vilain porc, voilà ce qu'il est !

Mason sourit tant bien que mal à sa petite sœur.

– Tu es la meilleure, ma chérie.

– Tu l'as eu, Mason ! Tu lui as défoncé sa sale tronche !

– Suffit, Dora ! coupa sévèrement Nellie. Les dames ne s'expriment pas ainsi.

– Je suis pas une dame, je suis une enfant !

Elles suivirent Mason à la cuisine, où il s'empara de la bouilloire. Tous trois s'engageaient dans le couloir quand Victoria entra en compagnie de Pete, de Clay et de Doonie. Mason disparut dans sa chambre.

Victoria alla chercher une bouteille de whisky, des linges propres et se dirigea vers le bureau.

Mason, devant la table de toilette, portait une serviette ensanglantée à son visage. Il leva les yeux quand Victoria posa bruyamment la bouteille.

— Juste ce dont j'avais besoin ! s'exclama-t-il avant de boire à la régalade.

Victoria lui prit le flacon des mains.

— Asseyez-vous, vous salissez mon plancher.

— Bien, madame...

— Dora, va chercher une cuvette à la cuisine.

La petite fille partit en courant.

— Je suppose que vous attendez des remerciements.

— Je ne suis pas assez fou pour ça !

Une étincelle amusée s'allumait dans l'œil de Mason.

— Vous n'aviez aucun droit de vous mêler de ça !

— Vous croyez que Stonewall est en état de se battre ? Au cas où vous ne l'auriez pas remarqué, il n'est plus tout jeune !

— Il n'y aurait pas eu de bagarre ! s'entêta Victoria.

— Kelso était d'humeur agressive. Et ça aurait bien pu être à l'arme à feu. Sage avait sorti son six-coups.

— Kelso est au ranch depuis longtemps. Il n'avait jamais posé de problèmes avant l'année dernière.

Victoria lui arracha la serviette des mains.

— Vous auriez besoin de quelques points de suture.

Il ignora le commentaire.

— Et je suppose que vous ignorez la cause de son aigreur ?

– Comment le saurais-je ? C'est Stonewall qui s'occupe des ouvriers agricoles. Maintenant, allongez-vous. Je vais vous recoudre. A moins que vous ne préfériez que ce soit Ruby qui s'en charge.

Mason obéit, et Victoria versa une bonne rasade de whisky sur la plaie. Il ne put retenir un cri.

– Bon Dieu !

– Oui, monsieur Mahaffey ?

– Ça vous fait plaisir, hein !

– Presque autant qu'à vous de vous battre. Maintenant, restez tranquille ou je dis à Pete de s'asseoir sur votre ventre.

Il chercha son regard.

– Vous avez déjà recousu des blessures ?

– Seulement sur des chevaux et des vaches, répondit-elle, dédaigneuse.

Il sourit, et cela lui fit mal. Alors il eut une grimace de douleur qui fut plus pénible encore.

Victoria demanda à Nellie d'apporter une lampe supplémentaire, et elle entreprit de préparer fil et aiguille. Doonie et Dora se tenaient sur le seuil, les jumeaux observaient la scène par-dessus leurs têtes. En levant les yeux un instant, Victoria eut l'impression d'être au sein d'une famille. Sa famille.

Mason ne broncha pas quand elle perça la peau avec l'aiguille et, comme elle se penchait davantage sur lui, il perçut une odeur de cannelle – ou de clou de girofle ? Il ne la quittait pas des yeux, il aimait l'avoir ainsi toute proche. Il n'avait jamais connu de femme comme elle, parfois petit chaton bien calme, d'autres fois chat sauvage qui risquait à tout instant de sortir ses griffes.

– Ne me défigurez pas, dit-il doucement.

Elle haussa les sourcils.

– Dois-je ajouter la vanité à la liste de vos défauts ?

– Est-ce une longue liste ?

Sans prendre la peine de répondre, Victoria continua sa tâche d'une main sûre. Quand elle en eut fini, deux solides points de suture fermaient la plaie.

– Des compresses d'eau froide devraient résorber l'enflure.

On entendit claquer la porte d'entrée et, quelques secondes plus tard, Ruby pénétrait dans la pièce. Victoria lui lança un coup d'œil inquiet.

– Rassurez-vous, Victory. Tout va bien. Kelso a eu son compte, et Sage le surveille. Ah ! je vois que vous avez recousu la plaie de Mason. C'est pour ça que j'étais venue. Une vilaine coupure.

Elle examina l'entaille de près.

– Beau travail. Il faut des compresses d'eau froide... Tu t'en occupes, ma cocotte ? ajouta Ruby à l'intention de Dora qui s'était approchée d'elle.

Elle prit la petite fille contre elle.

– Je pourrai venir te voir demain, Ruby ? demanda l'enfant.

– Bien sûr, ma belle. Maintenant, je dois y aller. J'étais juste venue aux nouvelles.

Elle se pencha sur le lit.

– Merci, souffla-t-elle, de façon à n'être entendue que de Mason et de Victoria.

Celle-ci regarda la petite main qui s'était glissée dans la sienne.

– Hum ! Ça sent bon, par là ! Tu crois que c'est du sirop de cassis ? demanda-t-elle en poussant Dora hors du bureau.

Doonie et les jumeaux suivirent, tandis que Nellie ramassait les linges souillés avant de sortir et de fermer la porte derrière elle, laissant Victoria seule avec Mason. La jeune femme rangea ses intruments dans la mallette de cuir et elle allait se retirer quand Mason déclara :

– Je sais ce que vous pensez.

Il s'était assis au bord du lit.

Elle se retourna, haussa les épaules.

– Vous êtes là depuis seulement vingt-quatre heures, pourtant vous avez déjà séduit Ruby. Et après, qu'est-ce que cela change ? Je suis toujours propriétaire de ce ranch.

– A votre avis, combien aurait-il fallu de temps aux autres pour se rebeller, une fois qu'ils auraient vu Kelso avoir raison de Stonewall ?

– Qui vous dit qu'il aurait eu le dernier mot ? C'est vous qui avez voulu le combat. Kelso se serait calmé.

– Vous êtes la femme la plus têtue que j'aie jamais rencontrée ! Bon sang, j'ai fait ça pour empêcher une fusillade ! La situation échappait à tout contrôle, et Stonewall n'aurait pas tenu bien longtemps. Vous ne comprenez pas ?

– J'aurais engagé quelqu'un pour le seconder. Je n'ai pas besoin de vous ici, je veux que vous partiez.

Elle baissa les yeux afin de dissimuler sa rage, sa

peine. Pourvu qu'il ne devine pas à quel point elle était blessée qu'il se fût acquis si rapidement la sympathie de Ruby !

– Victoria, reprit-il doucement, je vais me répéter : j'ai l'intention de rester. J'avoue que ce ranch est dix fois plus important que je ne l'avais imaginé, cependant je l'ai payé, j'y ai amené mes frères et sœurs. Ce ne sont d'ailleurs que mes demi-frères et sœurs. Ma mère est morte à ma naissance, mais la femme que mon père a épousée ensuite est devenue ma mère, dans tous les sens du terme. Je l'aimais autant que j'aimais mon père, et je m'occuperai de leurs enfants dans ce ranch jusqu'à ce qu'ils soient en âge de voler de leurs propres ailes. Je ne partirai pas d'ici, et eux non plus.

Victoria avait vécu quelques journées chargées en émotions et, en regardant le sombre visage blessé, elle eut soudain envie de se délester du fardeau qu'elle portait depuis si longtemps. Elle avait voulu résister parce qu'elle avait Ruby et Stonewall auprès d'elle, parce qu'elle était persuadée que le bon droit triompherait. Il semblait à présent qu'elle se fût trompée sur toute la ligne. Que représentait un *lieu*, au fond ? L'important était ce que l'on possédait dans le cœur. Son père était venu s'installer ici, elle irait s'installer ailleurs.

– Très bien, murmura-t-elle, le regard soudain atone.

Mason considéra ses yeux inexpressifs, sa bouche sans vie, sa tête penchée.

– Très bien quoi, Victoria ?

– Très bien, c'est tout. J'irai en ville demain, je verrai ce que dit M. Schoeller. S'il me conseille de renoncer, je renoncerai.

– Comme ça ?

Elle haussa les épaules.

– Comme ça.

Elle se dirigea vers la porte.

– Il va falloir payer Kelso, dit-il.

Victoria prit dans sa poche une clé qu'elle jeta sur le bureau avant de sortir.

Mason entendit ses pas dans le couloir, la porte de sa chambre se ferma doucement.

Il se rallongea, jurant dans sa barbe.

6

Victoria se réveilla de son cauchemar la bouche sèche, le visage moite, mais soulagée – ce n'était qu'un mauvais rêve. Un rêve dans lequel elle sanglotait de désespoir.

Elle se leva, encore tremblante, fit une rapide toilette avant d'enfiler une chemise de flanelle, sa jupe-culotte et ses bottes. Après avoir natté ses cheveux, elle fourra quelques objets dans une sacoche de cuir, prit son chapeau à la patère de l'entrée et sortit sur le porche. Elle avait entendu des voix en passant devant la cuisine, mais elle ne chercha pas à savoir qui s'y trouvait.

Elle aimait beaucoup cette heure de la journée ; l'atmosphère était transparente, le soleil matinal tiède sur son visage.

Elle observa le corral, assez calme car la plupart des hommes étaient déjà partis vaquer à leurs occupations, et ceux qui restaient se préparaient à s'en aller. Comme elle se dirigeait vers la cabane de Stonewall, elle vit Hitch Willis, qui servait à la fois de forgeron et de vétérinaire, sortir de l'un des hangars. Elle l'appela.

– Ma jument baie est-elle réveillée, Hitch ?

– Oui, m'dame. Vous voulez que je vous la selle ?

– S'il vous plaît. Je vais en ville.

– Tout de suite ?

En jetant un coup d'œil par-dessus son épaule, elle aperçut Stonewall et alla à sa rencontre.

– Bonjour !

– Bonjour, Victory.

– Kelso est-il parti sans faire d'histoires ?

– Il paraît qu'il s'en est allé une heure avant l'aube. Ça m'ennuie pour lui, parce qu'il était chez nous depuis longtemps, mais il était devenu difficile, ces derniers temps.

– C'est mieux ainsi, dit Victoria afin de clore le sujet. Je me rends en ville, aujourd'hui. Je tâcherai de rentrer avant la nuit, mais si c'est impossible, je prendrai une chambre à l'hôtel *Overland*.

– Mason m'a dit que vous alliez voir votre avoué.

Victoria ne fit aucun effort pour masquer sa colère.

– Comment ça, Mason l'a dit ?

– Ce matin, quand il est venu prendre le petit déjeuner avec les garçons.

La jeune femme fixa en silence celui qu'elle avait toujours considéré comme son second père. Avec quelle facilité il acceptait la présence de Mason au ranch ! Elle en éprouva une souffrance plus forte qu'elle ne l'aurait cru.

– Au revoir, Stonewall, dit-elle calmement.

– Salut, Victory. J'suis content que Mason vous accompagne. Souvent, je m'inquiète quand vous êtes toute seule sur ce chemin.

Victoria se dirigea vivement vers le corral et prit les rênes de la jument des mains du palefrenier avec un sourire avant de se mettre en selle.

– Merci, Hitch.

Amère, elle éperonna l'animal qui s'élança en direction des collines. Les deux hommes la regardèrent s'éloigner, déconcertés.

Elle avait atteint l'embranchement de la route du col quand elle entendit un bruit de sabots derrière elle. Elle ne ralentit pas l'allure, ne se retourna pas. Lorsque Mason arriva à sa hauteur, elle lui jeta à peine un coup d'œil.

– Bonjour, dit-il.

Elle mit son cheval au pas pour le laisser passer, mais il adopta le même train. Il aimait sa façon de se tenir en selle, bien assise, les pieds solidement enfoncés dans les étriers, le dos droit.

– Vous auriez dû prendre un petit déjeuner. Vous n'avez rien mangé hier soir. Vous cherchez quoi ? A mourir d'inanition ?

– Ecoutez-moi bien, jeta-t-elle, glaciale, car je n'ai pas l'intention de me répéter : ce que je fais ne vous regarde absolument pas. Allez au diable et laissez-moi tranquille !

Sur ce, elle lança sa monture au galop. Quand elle fut un peu calmée, elle ralentit. La pente était abrupte, et elle permit à la jument de choisir son allure au milieu des éboulis de rochers et les grosses pierres. Chassant résolument Mason de son esprit, elle s'efforça de se concentrer sur le chemin.

Une demi-heure plus tard, elle atteignait le sommet du col, là où poussaient des résineux. L'air était vif, et elle frissonna tandis qu'elle descendait l'autre versant, un peu mieux abrité du vent. D'ici à un mois, le sentier serait couvert de neige, et quelques semaines plus tard il serait impraticable. Pour aller au ranch ou en partir, il faudrait emprunter la longue route de la vallée.

A mi-chemin de la ville, elle fit halte près d'un ruisseau pour abreuver sa jument. Mason fit boire son cheval sans lui adresser la parole. Victoria se remit en route comme s'il n'était pas là.

Peu après, ils se rangèrent sur le bas-côté afin de laisser passer deux hommes qui menaient un troupeau. Victoria les salua ; ils répondirent d'un signe de tête.

Quand elle s'engagea dans la grand-rue de South Pass City, Mason, à côté d'elle, observa l'animation qui régnait dans la ville. Deux haridelles tiraient une méchante carriole, on déchargeait des marchandises devant une échoppe, deux femmes qui sortaient de chez le boucher se dirigèrent vers le magasin général, un cheval bai chassait nerveusement les mouches au milieu de l'artère poussiéreuse tandis que son cavalier discutait avec un livreur.

Sans se soucier des regards admiratifs des hommes qui bavardaient devant le saloon, Victoria obliqua en direction des écuries tandis que les commères la fixaient sous les ruchés de leurs capotes.

Elle tendit ses rênes au vieil homme tout courbé.

– Ah, Claude, j'ai oublié de vous apporter la tarte aux airelles et j'avais même fait un sirop !

La bouche édentée se fendit en un grand sourire.

– C'est pas grave ! J'aurais jamais cru que vous reviendriez en ville si tôt, miss Victory. Vous étiez là y a à peine quelques jours.

– Je ne l'aurais pas cru non plus, Claude, et pourtant... Occupez-vous de Rosie, je vous prie. Je ne sais pas quand je viendrai la reprendre.

– Entendu, miss Victory, promit le vieillard avant de se tourner vers Mason. Vous voulez me confier votre cheval aussi ?

N'était-ce pas le même type qui suivait miss Victory l'autre fois ?

– S'il vous plaît. Miss McKenna et moi viendrons chercher nos montures dans le courant de l'après-midi.

Claude, déconcerté, regarda miss Victory qui s'était mise en route comme si elle n'avait jamais vu cet individu. Celui-ci se hâtait pour la rattraper. Bizarre...

Victoria marchait d'un bon pas, ses bottes claquaient sur le trottoir de planches. D'un signe de tête, elle salua deux cow-boys qui répondirent en soulevant leurs chapeaux. Ignorant la main de

Mason sous son coude, elle traversa la rue et, de l'autre côté, se dégagea d'une secousse avant de se diriger vers l'officine qui jouxtait la banque. Mason se baissa pour passer sous l'enseigne qui indiquait *Avoué*, et la suivit. Victoria fut soulagée de voir que le rideau était levé et que la porte n'était pas verrouillée.

M. Schoeller, assis derrière son bureau dans un fauteuil de cuir fatigué, leva les yeux en entendant du bruit. C'était un homme grand et sec dont l'abondante chevelure commençait à se clairsemer. Ses traits étaient taillés à la serpe, mais son regard bienveillant disait toute l'affection qu'il portait à sa visiteuse. Il se leva, lui tendit la main.

– Content de vous voir, miss Victoria.

– Bonjour, monsieur Schoeller, répondit-elle avant d'ôter son chapeau. J'aimerais vous parler seule à seul.

Mason fit un pas en avant.

– Mason Mahaffey.

L'avoué accepta la main offerte en murmurant, visiblement désorienté :

– Mason Mahaffey ?

– Puis-je vous parler en particulier ou non, monsieur Schoeller ? insista Victoria, impatientée.

– Mais certainement, miss Victoria.

Il débarrassa une chaise de quelques livres poussiéreux pour la tirer vers le bureau.

Mason attendit qu'elle fût assise pour s'approcher.

– Miss McKenna est contrariée par ma présence,

mais ce que vous avez à lui dire m'intéresse au premier chef, aussi ai-je résolu d'assister à votre entretien. Je sais que ce n'est pas très régulier, et vous pouvez envoyer chercher le shérif qui me jettera dehors, mais je vous promets, si vous le faites, une scène que les gens de cette ville n'oublieront pas de sitôt.

— C'est à miss Victoria de décider, décréta l'avoué en croisant les doigts. Si elle veut que j'en réfère au shérif, je me plierai à sa volonté.

Victoria, grinçant des dents, gardait obstinément les yeux baissés. Mason sortit de sa chemise une liasse de papiers. Il y sélectionna deux documents qu'il posa sur le bureau.

— Ceci est l'acte de propriété du ranch Double M que j'ai acheté à Robert McKenna en Angleterre.

— Je sais qui vous êtes, et je suis au courant de la vente, monsieur Mahaffey. J'effectue des recherches concernant la légalité de cette transaction. Saviez-vous que Marcus McKenna avait rédigé juste avant sa mort un second testament dans lequel il léguait tous ses biens à sa fille ?

— A ma connaissance, les grands-parents maternels de Robert avaient prêté à Marcus McKenna l'argent nécessaire à l'achat du ranch.

— Mon père les a remboursés ! intervint Victoria.

— On n'a pas trace de ce remboursement, en Angleterre, objecta Mason.

— Je suis venue en ville avec mon père lors de la dernière échéance, et nous sommes allés dîner à l'hôtel *Overland* pour célébrer l'événement !

– Je ne fais que répéter ce que l'on m'a dit, Victoria.

M. Schoeller examinait avec attention les papiers que lui avait remis Mason. Il toussota, embarrassé, et Victoria eut un brusque pincement au cœur.

– D'après ces documents, il semblerait que votre revendication soit valide, monsieur Mahaffey. Toutefois, il reste cette histoire de dernier testament. Je vais, bien sûr, écrire en Angleterre.

Victoria se pencha en avant.

– Quand pensez-vous obtenir une réponse, monsieur Schoeller ?

– Lorsque la cour de justice itinérante commencera sa session d'hiver. Dans un mois, peut-être plus.

– Et s'il apparaît que le testament est valide ?

– Alors il restera le problème de l'argent que Marcus devait aux grands-parents de Robert. Apparemment, M. Mahaffey a acheté non seulement le ranch mais aussi la reconnaissance de dettes.

Victoria vit la pièce tournoyer autour d'elle, et elle dut faire un gros effort de volonté pour se ressaisir.

Les doigts qui agrippaient la poignée de sa sacoche de cuir tremblaient si visiblement qu'elle les dissimula de son autre main.

– Ainsi, dans un cas comme dans l'autre, je suis perdante ? souffla-t-elle.

– Non. Il nous reste un recours. Je vais faire vérifier l'authenticité de ces papiers et m'occuper de cette histoire de prêt. Cela prendra du temps, Victoria.

La jeune femme se leva.

– Je vois...

Contournant Mason, elle se dirigea vers la porte tandis que l'avoué repoussait son fauteuil.

– Restez au ranch, Victoria, jusqu'à ce que tout soit réglé. Mais cela veut sans doute dire la plus grande partie de l'hiver.

– Au revoir, monsieur Schoeller.

Une lueur de détresse brilla fugacement dans ses yeux, puis elle esquissa un sourire et remit son chapeau.

Mason, jurant entre ses dents, récupéra ses documents et les fourra dans sa chemise.

Il sortit en toute hâte et vit la jeune femme entrer à la banque.

Victoria prit soin de changer d'expression avant de se présenter au guichet où elle sourit au caissier.

– Bonjour, monsieur Hartman.

– Miss McKenna ! Comment allez-vous ?

– Très bien. Nous allons bientôt organiser la transhumance du bétail, et je voulais m'assurer que vous disposiez d'assez de liquide pour que je puisse payer mes ouvriers. La somme habituelle suffira.

– J'en prends bonne note, miss McKenna.

Mon Dieu, pensait-il, *elle est plus jolie chaque jour !*

– Les fonds arrivent régulièrement, ces derniers temps, reprit-il. Il ne devrait pas y avoir de problème.

– Merci beaucoup, monsieur Hartman. A bientôt.

– Au revoir, miss McKenna. Vous restez quelques jours en ville ?

– Je ne sais pas encore. Au revoir !

Victoria sortit dans le soleil, rabattit son chapeau sur ses yeux et marcha d'un pas vif sur le trottoir. Mason la suivait, sans toutefois essayer de la rejoindre. Elle avait besoin de digérer la mauvaise nouvelle qu'elle venait d'apprendre chez l'avoué.

Comme elle arrivait au niveau des doubles portes qui donnaient sur le hall de l'hôtel *Overland*, elle dut s'arrêter pour laisser le passage à une vieille dame appuyée sur une canne.

A cet instant, un homme qui se trouvait à l'intérieur faillit lâcher la cigarette qu'il avait aux lèvres et sortit, béat d'admiration, pour la regarder de plus près. Il fut bousculé par un grand individu à la mine sombre qui ne s'excusa même pas de sa grossièreté.

Sans se rendre compte qu'un homme la fixait et qu'un autre la suivait, Victoria continua son chemin jusqu'à ce qu'elle remarque un restaurant tout récent. Bien qu'elle n'eût pas faim, l'endroit lui parut tranquille ; elle y réfléchirait à sa guise... et puis, il fallait bien qu'elle se nourrisse.

Il était à peine plus de midi, et un unique client occupait les lieux. Victoria s'installa, dos à l'entrée, sa sacoche posée sur la chaise voisine. Lorsque la porte s'ouvrit de nouveau, elle n'y prit pas garde. Elle admirait les transformations de la salle, naguère l'échoppe d'un boulanger qui, ayant fait fortune, avait élu domicile dans un local plus vaste de l'autre côté de la rue.

Il y avait six tables couvertes de nappes à car-

reaux, des rideaux assortis ornaient la moitié inférieure des fenêtres. Le sol étincelait et une pancarte
écrite à la main stipulait qu'il était « formellement
interdit de cracher par terre ».

Une grande jeune femme souriante, ses cheveux
auburn ramassés en chignon, sortit de l'arrière-
boutique.

– Désolée de ne pas avoir été là pour vous accueil-
lir. Je m'appelle Sally Kenny. Voilà à peine une
semaine que j'ai ouvert, je crains de ne pas être
encore rodée. J'ai du bœuf en daube et des galettes
de maïs en plat du jour.

– Ce sera parfait, murmura Victoria.

– Et pour vous, monsieur ? s'informa la femme en
se dirigeant vers une autre table. Nous avons aussi
une tarte à la crème.

– Je prendrai les deux, ainsi que du café.

La voix de Mason ! Si Victoria avait été moins bouleversée, elle se serait levée pour partir. Il ne la laisserait jamais tranquille ? Elle décida de ne plus penser à lui et s'efforça de se persuader qu'elle avait
faim.

L'autre client alla payer. La jeune femme rousse
lui sourit.

– A bientôt, j'espère, dit-elle, avenante.

Un instant, Victoria s'imagina à la place de la propriétaire du restaurant. L'activité était dans ses cordes, elle aimait cuisiner. Evidemment, il lui faudrait
un apport d'argent initial. Mentalement, elle fit le
compte de ce dont elle disposait dans son coffre-fort
au ranch. Bon sang ! Elle en avait donné la clé à

Mason la veille, afin qu'il pût payer Kelso ! Quelle idiotie ! Depuis qu'elle l'avait rencontré, cet homme la poussait à se conduire de façon stupide. Par exemple, se rendre au baraquement dans l'espoir de calmer Kelso.

Comme elle sentait son regard sur elle, elle s'agita, mal à l'aise. Encore une bêtise de s'être installée dos à la porte. Elle ne l'avait pas vu entrer ! Elle lissa ses cheveux, remonta le col de sa chemise, tentant inconsciemment de se dérober à sa vue.

Quand Sally Kenny vint la servir, une petite fille s'accrochait à sa jupe et jetait des coups d'œil timides à Victoria. Il était rare que celle-ci vît des enfants, sauf lors de ses visites en ville.

– Bonjour, dit-elle doucement.

– Réponds à la dame, Mélissa, dit sa mère. Excusez-la, reprit-elle, comme la petite fille n'obéissait pas, elle est un peu sauvage.

Elle posa devant Victoria un plat fumant qui, en d'autres circonstances, lui aurait paru délicieux.

– Je vais vous chercher un verre de babeurre, si vous voulez, proposa Mme Kenny.

Sur un hochement de tête de Victoria, elle s'éloigna vivement, l'enfant toujours pendue à sa jupe. Lorsqu'elle revint, elle était seule, et Mason la complimenta sur la qualité de son établissement. Que pensait la jeune femme de son visage tuméfié ? se demanda Victoria. Mais même ainsi, il était séduisant. Elle se prit à regretter de lui avoir mis des points de suture.

Toute à ses pensées rageuses, elle ne s'aperçut

même pas qu'elle avait terminé son plat. Quand Sally débarrassa l'assiette vide pour revenir avec une part de tarte à la crème, elle eut une brusque inspiration.

– Vous avez beaucoup à faire, ici. Envisagez-vous de prendre une employée ?

La jeune femme s'essuya les mains sur son tablier.

– Ce sera sans doute nécessaire quand les affaires marcheront mieux. Pour l'instant, je n'en ai pas les moyens.

– Mais si on vous offrait de vous seconder en échange du lit et du couvert ? Qu'en diriez-vous ?

– Eh bien... J'ai une petite chambre libre, là-haut. Oui, ça pourrait m'intéresser.

Mason se leva brusquement.

– Il n'est pas correct de laisser Mme Kenny croire que vous êtes à la recherche de travail quand ce n'est pas le cas, Victoria, dit-il avec colère.

Mme Kenny recula d'un pas, stupéfaite.

Victoria, hors d'elle, se dressa d'un bond, ses yeux lançant des éclairs de fureur et de haine. Non content d'avoir bouleversé son existence, il l'humiliait publiquement. Ne la laisserait-il donc jamais en paix ?

– Espèce de... de sale type ! Sinistre individu ! Dommage que Kelso ne vous ait pas laissé étendu pour le compte !

– Vous ne le pensez pas, Victoria, rétorqua-t-il avec l'ombre d'un sourire.

– C'est ce que vous croyez ! s'écria-t-elle en s'emparant de son chapeau et de sa sacoche.

Mason lança quelques pièces sur la table.

– Ma femme et moi avons un léger différend, madame, expliqua-t-il. Je vais l'emmener dehors pour qu'elle se calme.

Mme Kenny les regarda sortir, médusée.

Une fois dans la rue, Mason entraîna énergiquement Victoria vers l'écurie. Quand elle eut repris son souffle, elle planta ses pieds au sol, refusant d'avancer, et essaya de se dégager.

– Lâchez-moi ! siffla-t-elle. Lâchez-moi ou je hurle ! Savez-vous ce qui va vous arriver, si j'appelle au secours ? Les hommes vont se précipiter sur vous comme un essaim de guêpes. Et si je crie : « Au viol ! », vous serez aussitôt transformé en passoire.

– Mais vous n'en ferez rien, dit-il calmement. Venez, maintenant. Nous rentrons à la maison.

– A la maison ! Non mais, quel toupet !

– Aucune loi n'interdit à un mari de donner une bonne fessée à son épouse, Victoria, et n'importe qui éclaterait de rire si je vous en administrais une en affirmant que vous la méritez. Allons-y, à présent, ou c'est bien ce qui va vous arriver.

– Mais les gens me connaissent, ici ! Ils savent que nous ne sommes pas mariés !

– Je leur ai fait croire que je vous avais épousée à Denver, et avant qu'ils ne découvrent la vérité, nous serons loin.

– Bon sang, ça me dépasse ! Vous avez tout, et ça ne vous suffit pas ? Vous ne pouvez vraiment rien me laisser ?

– Si votre petite cervelle têtue acceptait de fonctionner normalement, vous verriez que c'est exactement mon but, vous laisser quelque chose, expliqua-t-il d'une voix patiente, comme s'il s'adressait à Dora.

Victoria grinça des dents de dépit.

7

Avant qu'elle eût compris ce qui lui arrivait, ils avaient quitté la ville. Mason était si près derrière elle qu'il lui était impossible de tourner bride. Quand ils atteignirent les pins, le chemin se rétrécit, l'air fraîchit. Les chevaux adoptèrent un trot régulier, et le seul bruit alentour était celui de leurs sabots sur le roc.

Juste avant qu'ils arrivent à la crête, Mason vint à la hauteur de Victoria. Le sentier s'était élargi, pourtant il était si proche que leurs jambes se touchaient presque.

– Arrêtons-nous quelques minutes pour laisser reposer les chevaux.

Elle lui lança un coup d'œil dédaigneux.

– Faites ce que vous voulez, moi, je continue.

– J'ai dit : arrêtons-nous, Victoria.

Il se pencha pour saisir sa bride.

– Suffit ! s'écria-t-elle en tentant de libérer sa jument.

Celle-ci, affolée, se mit à danser sur place.

– Taisez-vous et restez tranquille, petite sotte ! On nous suit.

Il attira la jument vers les arbres.

– Je n'en crois rien.

– Chut ! Ecoutez...

Après un long silence, elle murmura :

– Je n'entends rien.

– Moi non plus. Il n'y a même pas un oiseau, ici.

Il demeura immobile une bonne minute.

– S'ils étaient inoffensifs, ils se seraient déjà montrés. Ils attendent que nous ayons franchi le sommet. Qu'y a-t-il, sur l'autre versant ?

– Un endroit découvert, puis la piste contourne un énorme rocher.

– Très bien. Nous allons monter au pas jusqu'en haut, puis vous partirez au grand galop et vous arrêterez derrière le rocher. Ensuite, nous verrons bien ce qui arrivera.

Scrutant le sentier derrière eux, il sortit son arme et lui fit signe d'avancer.

Le sommet était formé d'un plateau d'une cinquantaine de mètres de long ; ils étaient à peu près à la moitié quand Mason cria :

– Maintenant !

Victoria donna des talons et Rosie s'élança vers le rocher.

– Vite ! Vite ! l'encourageait Mason.

Victoria n'eut pas le temps de se retourner pour voir leurs poursuivants tant elle avait de mal à se tenir en selle sur la pente. Elle allait atteindre le rocher quand elle entendit une balle siffler à ses oreilles. *Mon Dieu !* pensa-t-elle. *On nous tire vraiment dessus !*

Sous le choc, elle sentit une douleur à la jambe. La jument trébucha, tomba sur les genoux ; Victoria fit un vol plané et se retrouva à plat dos. Mason fut sur elle en une seconde. Il la tira à l'abri du rocher au moment où une balle s'enfonçait dans le sol. Victoria, le souffle coupé, tentait de reprendre ses esprits ; Mason, dissimulé derrière des épineux, scrutait les alentours.

Un nouveau coup de feu éclata, tout proche. Tirée par Mason, s'agrippant au rocher, Victoria tenta de se redresser, mais sa jambe céda sous elle, et elle se rendit compte qu'elle était poisseuse de sang.

Mason tira encore. Il n'y eut aucune riposte. Il risqua un coup d'œil. Aussitôt, une balle ricocha sur le rocher.

– Bon sang ! pesta-t-il. Ils nous ont pris au piège.

– Qui est-ce ? Des rôdeurs ?

– Qui que ce soit, ils sont drôlement sûrs d'eux !... J'ai achevé votre jument. Elle était blessée au ventre.

– Je crois que j'ai été touchée aussi, dit calmement Victoria.

Mason se tourna d'un bond vers elle.

– Quoi ? Seigneur, Victoria ! Où ?

– A la jambe, répondit-elle en ôtant la main de sa cuisse pour dévoiler le tissu imbibé de sang.

Mason s'agenouilla près d'elle.

– L'os est-il atteint ?

– Je ne crois pas. La balle a dû traverser la chair avant de s'enfoncer dans le ventre de Rosie. C'est à ce moment-là qu'elle est tombée, ajouta-t-elle, la voix tremblante.

– Il faut arrêter l'hémorragie. Pouvez-vous remonter votre jupe-culotte ?

– Pas question !

– Ne faites pas l'enfant ! aboya-t-il.

Il entreprit de déchirer la manche de sa chemise. Comme il n'y arrivait pas, il lui tendit son couteau.

– Aidez-moi. Dépêchez-vous ! Il faut que je surveille nos agresseurs.

Elle obéit et, quand ce fut terminé, il plaça son chapeau sur un bâton qu'il brandit au-dessus du rocher. Aussitôt, une balle s'écrasa sur la pierre.

– Salopards ! marmonna-t-il avant de revenir s'accroupir près de Victoria. Relevez votre jupe ou baissez-la, il faut faire un garrot.

Il vit que la balle avait emporté un bon morceau de chair et banda la plaie à l'aide de sa manche de chemise. Il ne ressentit pas la moindre gêne quand il remonta doucement la jupe sur les hanches de la jeune femme. Elle la reboutonna tandis qu'il regardait de nouveau les environs.

– Etes-vous faible, étourdie ? demanda-t-il avec sollicitude.

– Ça va, répondit-elle, appuyée au rocher, tout son poids portant sur sa jambe valide.

– Inutile de vous fatiguer, asseyez-vous. Vous avez très mal ?

– Je mentirais si je prétendais le contraire...

Elle le regarda en face pour la première fois de la journée. Malgré ses blessures au visage, il s'était rasé le matin.

– Avez-vous une idée de ce qui pourrait pousser ces types à nous attaquer ? demanda-t-il en l'aidant à s'asseoir.

– Peut-être quelqu'un m'a-t-il vue entrer à la banque et aura cru que j'avais de l'argent sur moi.

– C'est possible, en effet.

– Je sais me servir d'une arme, papa m'a appris.

– J'en suis heureux, mais nous n'avons pas beaucoup de munitions.

– Je suis désolée de ne pas vous avoir fait confiance tout de suite. Ils auraient pu nous tuer...

Il eut un petit sourire de biais.

– Je ne l'aurais pas permis ! Vous vous doutez bien qu'ils ne vont pas renoncer, poursuivit-il. Ils savent que nous sommes à pied. Cependant, nous n'aurions pas pu trouver de meilleure cachette. Ils n'ont aucune chance d'arriver par en bas à notre insu et ils ne s'avanceront pas à découvert. Ils attendront la nuit.

Victoria s'efforçait de paraître calme.

– Qu'est-il arrivé à votre cheval ?

– Il s'est emballé. Peut-être l'ont-ils tué.

Tout était silencieux. Mason guettait en vain le moindre son de bottes sur la roche, le bruissement du cuir contre les feuilles, le cliquetis d'une arme que l'on recharge. Rien. Pourtant quelqu'un les guet-

127

tait, c'était certain. Il eut soudain des sueurs froides. Comment allait-il sortir Victoria de ce guêpier ? Seul, en rampant, il aurait pu atteindre le couvert des arbres.

– Mason ! murmura Victoria. Un oiseau vient de s'envoler de ce buisson, là, comme s'il était effrayé.

– S'ils veulent nous prendre de flanc, ce sera par ce côté, renchérit Mason en se postant près d'elle, prêt à tirer.

Il avait l'habitude de se tenir en alerte, c'était ce qui l'avait gardé en vie durant la guerre. Accroupi près de Victoria, il veillait, la protégeant aussi de son corps. Comme elle était brave ! Pas le moindre signe de panique, pas de crise de nerfs.

Il étudiait méthodiquement le terrain quand, tout à coup, à une centaine de mètres, il vit un homme plonger derrière un arbre, puis bondir en avant. Mason visa, retint son souffle. Le tir manqua sa cible.

– Bon Dieu !

Il ne quittait pas des yeux l'endroit où l'homme avait de nouveau disparu ; au bout d'un long moment, percevant un léger mouvement, il visa encore, tira. Pas de coup de feu en retour, aucune indication qu'il eût atteint son but.

– Ils ne tenteront plus rien avant la nuit. Il faut que nous trouvions un moyen de nous sortir de là.

Il sentit une petite main se poser sur son dos.

– Ne vous inquiétez pas, je suivrai.

Mason se tourna vers Victoria. Elle était d'une

pâleur extrême, et soudain, la question de la propriété du ranch n'eut plus aucune importance. Il
savait seulement qu'il n'existait pas deux femmes
comme celle-ci. Belle, fière, calme, intelligente. Sans
doute pouvait-elle faire preuve également de douceur et d'abandon. Depuis le premier jour, elle
l'avait touché. Elle ne saurait jamais à quel point il
avait été bouleversé en l'entendant sangloter dans
cette chambre sombre. Et quand il l'avait tenue
entre ses bras, tiède sous sa fine chemise, il s'était
cru au paradis...

— Victoria...

Il ignorait pourquoi il avait prononcé son nom.
Elle le regarda dans les yeux.

— Ces hommes ont l'intention de nous tuer,
n'est-ce pas ? murmura-t-elle sans détourner le
regard.

— On dirait... Peut-être s'agit-il de Kelso. L'un des
deux bandits tirait sur vous, et l'autre sur moi.

— Non ! Jamais Kelso ne ferait ça ! C'est forcément
quelqu'un qui m'a vue aller à la banque.

Elle plia la jambe, retenant une grimace de douleur. Elle avait la cuisse en feu, la bouche sèche. Elle
avait lu quelque part qu'une terrible soif suivait la
perte de sang. Elle aurait donné n'importe quoi pour
un verre d'eau !

— J'ai réfléchi ; nous n'avons qu'un moyen de nous
en tirer. D'ici à une heure, le soleil sera tout près de
l'horizon, et son éclat sera trop aveuglant pour qu'on
voie quoi que ce soit. Cela nous permettra de mettre

une bonne distance entre nos poursuivants et nous avant même qu'ils se rendent compte que nous avons filé.

– Alors il vaut mieux que je ne m'engourdisse pas en restant assise, dit-elle, essayant de masquer sa peur par un sourire.

– Non, ne vous levez pas tout de suite.

– J'ai dit à Stonewall que je dormirais peut-être en ville. Il n'y a donc aucune chance que quelqu'un se mette à notre recherche, dit-elle d'une voix blanche.

– Nous ne pouvons espérer non plus que mon cheval retourne au ranch – à supposer qu'ils ne l'aient pas tué. Il n'y vit pas depuis assez longtemps.

– Rosie serait rentrée à la maison, souffla Victoria, émue.

Le soleil descendait toujours, projetant de longues ombres à l'endroit où attendaient les brigands. L'air fraîchissait de plus en plus. Mason vit Victoria réprimer un frisson. Il ôta sa veste.

– Vous avez froid parce que vous avez perdu beaucoup de sang. Tenez...

Elle leva les yeux vers lui et, un instant, il crut y lire... de l'affection ? de l'admiration ? Non. De la reconnaissance, voilà tout.

Elle glissa les bras dans les manches et serra le vêtement autour d'elle.

– Merci. Mais vous ?

– Je suis trop en colère pour avoir froid, répondit-il en souriant.

– Papa disait toujours : « Ne gaspille pas ton énergie à te mettre en colère. Mets-la tout entière au service de la réflexion. »

Le sourire de Mason s'élargit malgré sa lèvre tuméfiée. L'entaille à sa joue avait dégonflé, et dans quelques jours, Victoria enlèverait les fils avant d'y passer une pommade cicatrisante.

– A quoi pensez-vous, Victoria ? demanda-t-il doucement.

– Je me disais que j'allais devoir ôter les fils une fois à la maison.

Elle faillit éclater d'un rire nerveux. Sans doute ne rentreraient-ils jamais au ranch !

– Ça m'a fait un mal de chien quand vous m'avez planté l'aiguille dans la peau ! Je ne sais pas si je vous laisserai me charcuter encore ! Je suis certain que vous y preniez un plaisir sadique !

Victoria, envahie par une irrésistible envie de le toucher, leva la main. Il la saisit dans la sienne.

– Je n'irais pas jusque-là, avoua-t-elle avec un petit sourire, mais je reconnais que c'était l'occasion rêvée pour vous torturer un peu.

– J'ai toujours soupçonné les jolies femmes d'être un brin cruelles...

Il rit en la voyant s'empourprer.

Nous sommes complètement fous ! se dit-elle. *Nous voilà en train de marivauder alors que nous serons peut-être morts dans une heure !*

Mason, devinant son désarroi, l'aida à se lever. Elle tenta de s'appuyer sur sa jambe blessée et ne put retenir un gémissement.

– C'est seulement parce que je suis restée immobile trop longtemps, dit-elle en guise d'excuse. Je vais...

Elle fut interrompue par l'éclat d'une balle contre le rocher. Mason riposta aussitôt.

– Ils veulent s'assurer que nous sommes toujours là. C'est stupide de leur part, mais je préfère entrer dans leur jeu.

– Pourquoi ?

– Parce que, à présent, nous savons où ils se trouvent. Ils ne bougeront pas avant la nuit.

La main en visière, il se tourna vers le soleil.

– Cela ne tardera pas, maintenant. Comment vous sentez-vous ?

– Je serais incapable de courir.

– Je pensais plutôt ramper dans l'herbe. Y parviendrez-vous ?

– Oui.

Elle sentait le goût amer de la peur dans sa bouche, pourtant elle était envahie d'une grande paix, d'un désir profond de suivre cet homme. Elle pourrait tout supporter tant qu'il serait près d'elle.

– Je ne vous promets pas que nous y arriverons, murmura-t-il.

– Je sais, répondit-elle, tremblante.

Mason repoussa tendrement les cheveux qui lui tombaient sur le visage. Le plus joli visage qu'il lui eût été donné d'admirer. Il avait envie de la serrer contre lui, de la protéger.

– Victoria...

Elle ne bougea pas, et il effleura ses lèvres. Quand il releva la tête, elle avait les paupières closes ; elle les rouvrit aussitôt, et ils demeurèrent un instant envoûtés, puis il demanda dans un souffle :

– Prête ?

Elle acquiesça en lui prenant la main.

– Fixez le soleil, puis allongez-vous par terre. Dès qu'il touchera cette crête de granit, commencez à ramper. Je serai juste derrière vous. Quand nous arriverons à cette déclivité, près des buissons, j'aviserai. Peut-être devrons-nous courir, mais ne vous inquiétez pas, je vous aiderai.

– D'accord... J'aurais aimé que tout soit différent, Mason, que Robert ait vendu le ranch à un autre...

– Pas moi. J'ai le sentiment que le jour où j'ai rencontré Robert McKenna a été le plus chanceux de ma vie, rétorqua-t-il en souriant. Et pas à cause du ranch.

Le cœur de Victoria s'affola. Elle se sentit soudain légère, apaisée, intrépide.

Mason l'aida à s'allonger et elle serra les dents pour ne pas crier quand sa cuisse toucha le sol.

– Maintenant !

Elle obéit à ce murmure et commença sa progression en s'aidant de ses mains et de sa jambe valide.

Doux Jésus ! Mason est derrière moi, et s'ils tirent, c'est lui qu'ils atteindront en premier. Il a fait ça pour me protéger. Aidez-moi à avancer ! Faites qu'ils ne le tuent pas !

Le visage creusé par la douleur, elle progressait

dans l'herbe, levant sans cesse les yeux pour s'assurer qu'elle était masquée par le soleil. Chaque seconde lui semblait une heure. Elle s'empêchait de crier chaque fois que sa cuisse entrait en contact avec une brindille sèche ou une motte de terre. Elle suait à grosses gouttes, et les boutons de sa chemise avaient sauté.

Ils avançaient par à-coups. Mason devait poser son fusil quand il l'aidait à avancer. Il était conscient de l'effort que cela représentait pour elle, et son admiration était sans bornes. Pas un cri, pas une plainte. Se rendait-elle compte de l'énorme risque qu'ils prenaient, même si leurs chances d'échapper aux bandits augmentaient de minute en minute ?

Le terrain s'inclinait, et Mason jeta un rapide coup d'œil alentour. Encore quelques mètres, et ils pourraient obliquer vers un bosquet de trembles.

Avance, fille dorée, priait-il en silence. *Nous y arriverons, et ces salauds paieront. Je jure qu'ils paieront pour ce qu'ils t'ont fait !*

Comme ils atteignaient la partie la plus basse de la déclivité, la main de Mason se referma sur la cheville de la jeune femme. Elle s'immobilisa, puis lui lança un coup d'œil par-dessus son épaule. D'un signe de tête, il lui indiqua de prendre à gauche, et elle se remit en route, essayant de faire bouger l'herbe le moins possible. A tout instant, elle s'attendait à entendre la détonation d'une arme à feu.

Il lui sembla qu'une éternité s'était écoulée quand elle parvint enfin à la lisière des arbres. Elle accéléra l'allure.

– Doucement, chuchota Mason. Ne prenons pas le risque d'effaroucher un écureuil ou un oiseau. Continuez comme tout à l'heure. Vous avez été admirable.

Le compliment lui insuffla un regain de courage. Ils poursuivirent leur chemin pendant plusieurs minutes. Bien qu'ils fussent à couvert, Mason ne marquait pas de pause, et Victoria continuait d'avancer. Enfin, il lui toucha la cheville et elle laissa tomber la tête sur son bras, épuisée. Il rampa à sa hauteur et lui tapota l'épaule.

– Nous y sommes arrivés, souffla-t-elle, mi-interrogative, mi-affirmative.

– Nous y sommes arrivés, confirma-t-il. (Il sourit, puis se rembrunit.) Mais ne chantons pas victoire.

La jeune femme roula sur le côté, se tenant la cuisse à deux mains. Mason regardait le chemin qu'ils avaient parcouru, ce chemin de cauchemar. Victoria avait les mains en sang ; il la prit contre lui, inquiet de sa pâleur. Elle s'abandonna entre ses bras, les joues sillonnées de larmes, puis se redressa, déterminée.

Il lui releva le menton et essuya tendrement une larme qui perlait entre ses paupières closes.

– Je commençais à me dire que vous étiez faite de bois, qu'il n'y avait pas de femme derrière ce visage si féminin, murmura-t-il.

Elle se détourna pour reboutonner sa chemise, honteuse de lui avoir montré sa faiblesse.

Afin de la laisser reprendre contenance, il se leva.

Ils disposaient d'une bonne demi-heure avant que leurs assaillants comprennent qu'ils s'étaient échappés. Ensuite, ils n'auraient aucun mal à les suivre à la trace. Leur seule chance de salut était de progresser le plus possible afin que la nuit fût tombée avant qu'ils les aient rattrapés.

Victoria s'humecta les lèvres. *Elle est blanche comme un linge !* songea-t-il, désespéré. *Elle a perdu tant de sang qu'elle va s'évanouir si elle ne boit pas.*

Il s'accroupit près d'elle.

– Il faut y aller. Vous vous en sentez capable ?

Elle lui adressa un pauvre sourire.

– Le seul moyen de le savoir, c'est d'essayer, n'est-ce pas ?

Il l'aida à se relever. Quand elle prit appui sur sa jambe blessée, elle ouvrit la bouche sur un cri silencieux.

– Pouvez-vous m'accorder un répit ? demanda-t-elle.

– Nous n'avons plus le temps, Victoria, répondit-il d'une voix rauque.

Il mit son fusil en bandoulière, lui prit la main et glissa le bras sous son aisselle.

– Essayons comme ça. Si ça ne va pas, je vous porterai.

– Oh, non ! J'y arriverai !

Les premiers pas furent une véritable torture, puis leur marche prit un rythme étrange – un pas, un saut. Mason était étonnamment fort, elle sentait ses muscles d'acier. Au bout d'un moment, il lui proposa de faire halte, mais elle secoua la tête, et ils poursuivirent leur chemin.

L'air fraîchissait rapidement, comme toujours dans les montagnes après le coucher du soleil. Au bout d'interminables minutes, Mason s'adossa à un pin, Victoria appuyée contre lui.

– Je croyais avoir entendu du bruit, dit-il à son oreille.

Il resta un moment attentif avant de reprendre :

– Je vais vous porter.

– Oh, non ! Je vous promets d'aller plus vite !

– Je vous porte, insista-t-il. Prête ?

Il la souleva et elle passa les bras autour de son cou tandis qu'il progressait rapidement à travers les arbres. Il la sentait trembler de froid, et il ne put s'empêcher de se demander comment elle résisterait à la nuit.

– Y a-t-il de l'eau, par ici ?

Après avoir réfléchi, elle répondit :

– Une toute petite source, mais elle est encore à plus d'un kilomètre.

– Je pensais que mon mustang l'aurait peut-être trouvée. Il a été élevé dans la montagne. S'il est perdu, il cherchera de l'eau.

– Laissez-moi marcher, Mason, je vous en prie.

– Sommes-nous dans la direction de cette source ?

– Oui, mais laissez-moi marcher, répéta-t-elle.

– Tout à l'heure. Pour l'instant, parlez-moi.

Il y eut un petit silence.

– Je n'arrive pas à trouver quoi que ce soit à dire !

Il rit.

– Alors, chantez !

De longues minutes s'écoulèrent ; il avait presque oublié sa requête lorsqu'une voix, à peine plus qu'un murmure, s'éleva :

Petit cheval rouan, petit cheval rouan
Qui me ballotte de l'Orient à l'Occident.
Pour rester sur son dos, je serre fort les dents.
Petit cheval rouan, petit cheval rouan...

8

Il n'était pas question de faire du feu. Pour l'instant, ils avaient semé leurs poursuivants mais, même dans ce coin isolé, une fumée eût risqué de les trahir.

Ils s'approchèrent de la source avec des ruses de Sioux. Victoria en gémissait presque. Quand elle but enfin, la tête lui tourna, comme sous l'effet d'un vin capiteux.

Mason la soutint pendant qu'elle se désaltérait, puis il but à son tour, sans relâcher sa surveillance. Ils n'avaient pas encore gagné leur liberté, seulement un sursis. Au matin, les bandits seraient toujours là. Il avait cessé de se demander de qui il s'agissait et pourquoi. Il ne pensait plus qu'à sauver leur peau.

Victoria, épuisée et grelottante, se laissa tomber par terre près du minuscule filet d'eau. Elle avait horriblement mal à la jambe, et il lui semblait que toute sa vie se résumait en cette fuite éperdue.

– Nous ne pouvons rester là, Victoria, dit Mason en s'agenouillant à ses côtés. Il faut continuer.

– Je sais, murmura-t-elle en essayant de se redresser.

Il l'aida à se relever, le cœur débordant d'amour. Quelle femme ! S'il avait été seul, il aurait fait demi-tour pour affronter ses agresseurs. Il n'était pas dans sa nature de fuir, ni de se cacher, mais il devait penser à Victoria. Sa sécurité passait avant tout.

Il se risqua à siffler à l'intention de son cheval, puis il attendit, l'oreille aux aguets. Nul hennissement ne lui répondit. Enfer et damnation ! Il avait espéré retrouver le mustang près de la source.

– Si je pouvais vous trouver une cachette, je regagnerais le ranch et je serais de retour au matin avec des hommes et un chariot, murmura-t-il.

Victoria, le front appuyé sur son épaule, étouffa un cri de douleur. Elle demeura silencieuse si longtemps qu'il crut qu'elle ne l'avait pas entendu.

– Victoria...

Il plongea le regard dans ses yeux brillants comme des étoiles.

Bien qu'elle fût terrorisée à l'idée de rester seule, elle réprima les sanglots qui l'étouffaient.

– Si vous croyez que c'est le mieux...

A cet instant, il comprit qu'il serait incapable de la laisser. Elle pourrait se mettre à délirer, se jeter tout droit dans les griffes de ceux qui voulaient les tuer. Il l'attira de nouveau à lui afin de lui insuffler sa force.

– Non, je ne vous quitterai pas, Victoria. Ecoutez-moi, je ne vous quitterai pas ! chuchota-t-il.

Il sentit quelque chose de chaud sur sa chemise. Victoria pleurait. Il se maudit. Sans compter que l'idée était stupide. Ils avaient laissé derrière eux une trace d'un mètre de large, le dernier des imbéciles aurait deviné que l'un d'eux était blessé.

– Allons-y, dit-il gentiment. Voulez-vous boire encore ?

Victoria s'efforça de marcher le plus longtemps qu'elle put. Quand la douleur fut intolérable, Mason la porta de nouveau. Secouée de spasmes, elle s'accrochait à lui comme une enfant malade, ne cessant de répéter qu'elle était désolée d'être un tel fardeau.

Mason, soudain furieux à l'idée de ce qu'on lui avait fait, s'attaqua à la montagne. La rage décuplait ses forces. Il crut que ses poumons allaient éclater quand il arriva au pied d'un pin qui poussait à flanc de coteau. Il étendit Victoria sur un lit d'aiguilles.

– Mason... où sommes-nous ? demanda-t-elle en claquant des dents.

– Chut... Nous allons nous reposer. Ne bougez pas, je reviens tout de suite.

Rapidement, il couvrit sa trace de branches sèches, vérifia si l'endroit était bien protégé, puis revint avec une brassée de rameaux.

– J'ai froid...

Mason posa ses armes à portée de main et déboucla sa ceinture. Il s'allongea auprès de Victoria et dissimula leurs deux corps sous les branches. Quand il l'attira à lui, elle se réfugia dans ses bras. Il lui massa le dos, afin de la réchauffer un peu.

Un peu plus haut sur la colline, un écureuil se mit à jacasser. *Parle, petit*, pensa Mason. *Tant que tu parles, je sais que tu n'entends que nous.* Il n'y avait pas d'autre bruit, à part, de temps à autre, le son étouffé d'une pomme de pin qui tombait sur le sol.

Victoria était tendue comme la corde d'un arc. Il lui caressa le dos et les épaules et sentit ses muscles se dénouer. Elle demeura immobile un long moment, puis posa sa joue contre la sienne.

– Que ferons-nous quand le jour se lèvera ? souffla-t-elle à son oreille.

– Je ne sais pas. A quelle distance sommes-nous du ranch ?

– Papa disait que le col était environ aux deux tiers du chemin de la ville.

– Alors nous sommes à une dizaine de kilomètres du ranch.

– A peine. Vous auriez dû me laisser, Mason.

– Non.

– Croyez-vous qu'ils nous rejoindront ?

– Si c'est le cas, nous saurons qu'ils avaient autre chose en tête que le vol, puisque vous avez laissé votre sacoche de cuir attachée à votre selle.

Victoria avait l'esprit en ébullition.

– Kelso ne ferait jamais...

– N'y pensez plus.

– Mais je le connais depuis si longtemps ! protesta-t-elle, angoissée.

– N'y pensez plus, répéta-t-il en la serrant davantage contre lui.

Elle resta silencieuse quelques minutes, et il s'offrit le luxe de baiser sa joue.

– Je vous dois tant ! Vous auriez pu m'abandonner et...

Il se raidit.

– M'en croyez-vous capable ?

– Si vous y étiez obligé.

– Dites cela encore une fois, mon cœur, et j'aurai le choix entre vous donner la fessée... ou vous faire l'amour. Maintenant, restez tranquille et dormez.

Elle posa la tête au creux de son cou, et il éprouva un grand bonheur à la sentir si douce, si détendue dans ses bras. Il avait envie de lui ôter sa fine chemise, de caresser ses seins, mais il se contenta d'effleurer ses cheveux. Sa respiration était régulière. S'était-elle endormie ? Il ferma les yeux, les rouvrit aussitôt. Il voulait profiter de chaque minute et en garder le souvenir à jamais.

– Vous vouliez dire... m'embrasser ? souffla-t-elle.

– Si je commençais à vous embrasser, ma douce, je ne pourrais plus m'arrêter. J'en voudrais davantage.

– Davantage ?

– Oui. Dormez.

– Ma mère m'a parlé de ça, poursuivit-elle d'une voix de velours. Croyez-vous que je mourrai sans connaître ce « davantage », Mason ?

– Je crois au contraire que vous le connaîtrez très bientôt, mon cœur.

Quelques secondes plus tard, elle parut sombrer dans le sommeil, tandis que Mason restait en alerte, attentif au moindre bruit. Mentalement, il compta les munitions qui lui restaient, tenta de faire le point. Ils jouissaient d'une position stratégique. Au matin, il trouverait une cachette sûre pour Victoria et il irait au-devant de l'ennemi. Il en avait assez d'attendre !

Une fois durant la nuit, Victoria remua et poussa un cri de douleur. Mason se pencha sur elle.

– Rendormez-vous, ma chérie, tout va bien, murmura-t-il.

Ce serait peut-être la seule et unique nuit qu'elle passerait dans ses bras. Le lendemain, s'ils arrivaient à regagner le ranch, ils auraient les mêmes problèmes qu'avant à affronter.

Quand les oiseaux pépièrent, Mason devina que l'aube était proche. Il s'écarta avec précaution et fut surpris d'entendre Victoria déclarer :

– Je ne dors pas. C'est l'heure ?

– Vous allez rester là pendant que je pars en reconnaissance. Mais d'abord je vais encore couper quelques branches afin de vous couvrir. Ne bougez pas d'ici, quoi qu'il arrive !

Elle lui entoura le cou de ses bras.

– Pourquoi vous donnez-vous tout ce mal pour moi ? Promettez-moi de ne pas vous battre contre eux, Mason.

– Nous ne pouvons continuer ainsi. J'aurai plus de chances en les prenant par surprise.

La mèche rebelle qui lui tombait sur le front, la barbe de la veille, sa cicatrice, tout se mêlait pour lui donner un air diabolique qui contrastait avec la douceur de sa voix.

– J'ai peur pour vous !

– Et moi j'ai peur qu'ils ne nous trouvent ici. Donnez-moi un viatique, Victoria. Embrassez-moi.

Comme il plongeait dans les profondeurs ambrées de son regard, il fut emporté par un sentiment qui allait bien au-delà du désir physique.

Des lèvres d'une douceur ineffable s'offrirent aux siennes, et il les prit avec une ardeur qui la bouleversa. Il leur semblait à tous deux que leurs bouches, maintenant qu'elles s'étaient trouvées, étaient devenues inséparables.

Mason avait une soif inextinguible d'elle. Depuis toujours, il se languissait d'une femme qui serait sienne. Il l'avait enfin trouvée. Il baisa ses paupières, ses tempes, sa gorge.

Elle frémit quand il libéra sa bouche, le souffle court, le cœur battant.

– C'est votre premier baiser ? murmura-t-il.

– Oui.

Il sourit.

– J'en rends grâce à Dieu ! Je suis content que vous n'ayez connu aucun homme, que vous ayez vécu toute votre vie dans la vallée. Nul autre que moi ne vous touchera.

A force de volonté, il s'arracha à elle.

Frissonnante, elle attacha les boutons de sa chemise, tandis que Mason disposait les branches sur elle. Elle le contempla en silence pendant qu'il bouclait son holster. Il revint s'agenouiller près d'elle.

– Ne bougez pas d'ici, Victoria, répéta-t-il. Si je récupère mon cheval avant de les avoir trouvés, je reviendrai vous chercher, et nous rentrerons à la maison.

– D'accord. De grâce... soyez prudent !

Sans faire plus de bruit qu'un coyote, Mason dégringola la pente, puis s'accroupit, tendant l'oreille. Le ciel s'éclaircissait vers l'est et il attendit quelques minutes, le temps de graver les lieux dans sa mémoire, avant de pénétrer sous les arbres. Rien ne l'empêcherait de ramener Victoria au ranch.

Il s'arrêtait de temps à autre pour écouter, guettant un bruit insolite.

Au bout d'une vingtaine de minutes, il parvint à la petite source. A la pâle lueur de l'aube, il scruta les alentours. Rien ne bougeait. En silence, il se dirigea vers le minuscule ruisseau pour boire. Tout à coup, il entendit des martèlements de sabots sur la pierre et courut aussitôt dans les fourrés.

De sa cachette, il observa les cavaliers. L'un d'eux, le pisteur, cherchait leur trace, la tête penchée. Ils n'étaient pas pressés, car des signes leur disaient que Victoria était blessée, que Mason l'avait portée une partie du chemin. L'autre bandit avait la sacoche de la jeune femme, et Mason se figea de rage. Leur mobile n'était pas seulement le vol, mais aussi le meurtre !

Mason, soudain froid et lucide, sortit son fusil. Il était de nouveau au front ; c'était tuer ou être tué. Le pisteur étant le plus dangereux des deux, il choisit de pointer son arme sur lui. Jamais il n'avait tiré dans le dos d'un homme, et ce fut sans doute ce qui lui fit rater cette cible facile.

Le pisteur se retourna vivement, l'air surpris et effrayé, en dégainant son arme. Mason fit feu une nouvelle fois, et la balle traversa la poitrine du bandit dont le cheval heurta celui de son acolyte, détournant le tir du second brigand.

Choqué, Mason s'aperçut qu'il était blessé au bras. Il sortit son revolver. Comme l'homme chargeait en direction du buisson, il roula sur lui-même, plus pour éviter les sabots du cheval que pour se protéger des balles. Il tira à bout portant sur le brigand qui dégringola de sa selle tandis que le cheval s'enfuyait au triple galop.

Tout s'était passé en quelques secondes, et le silence retomba soudain, intégral.

Mason observa l'homme étendu sans vie à ses pieds. Il n'avait pas l'air d'un tueur à gages, plutôt d'un cow-boy qui veut gagner un peu d'argent.

Il cligna lentement des yeux. Pourquoi tout était-il toujours si calme, après un combat ? Il constata que sa blessure était superficielle, et il cherchait un moyen d'arrêter le sang quand un bruit de cavalcade pénétra son esprit embrumé. Il demeura un moment pétrifié avant de s'accroupir derrière un gros rocher pour recharger son fusil.

Les jumeaux firent irruption dans la clairière, ventre à terre, suivis par un troisième cavalier.

Partagé entre le soulagement et la contrariété devant l'imprudence de ses frères, Mason jaillit de derrière son abri.

– Bon sang ! J'aurais pu vous faire sauter la cervelle !

Les jumeaux s'arrêtèrent net, tandis que leur compagnon s'appuyait au pommeau de sa selle pour observer la scène. C'était un grand homme calme que Mason avait vu à la cantine du baraquement le premier matin où il y avait pris son petit déjeuner.

Clay mit pied à terre et examina la blessure de Mason.

– La balle est encore à l'intérieur ?

– Je n'en sais rien, il y a trop de sang.

– Où est Victoria ? s'inquiéta Pete.

– Un peu plus haut sur le chemin. Nous ferions mieux d'aller la rejoindre, elle a dû entendre les coups de feu.

Le grand homme descendit aussi de cheval et vint observer les deux morts.

– Vous les connaissez ? demanda Mason.

– Celui-ci, je l'ai déjà rencontré une ou deux fois, répondit-il en s'emparant de la ceinture et de l'arme du pisteur. Quant à l'autre, je ne l'ai jamais vu.

Pendant que Pete rassemblait les chevaux des bandits, Clay banda la plaie.

– Bon sang, gronda Mason, vas-y doucement, je ne suis pas une bête ! Et d'abord, qu'est-ce que vous faites ici ?

– Jim, que voilà, a ramené ton cheval hier soir, et ce matin nous nous sommes mis à ta recherche. Ensuite, nous avons entendu la fusillade. Que s'est-il passé ?

– Trop long à raconter. Il faut d'abord raccompagner Victoria au ranch. Elle est blessée à la cuisse, et elle a perdu beaucoup de sang. Je ne sais pas si elle sera capable de se tenir en selle. Peut-être vaudrait-il mieux que vous alliez chercher un chariot. Avez-vous de l'eau ? Elle meurt de soif.

— On peut mettre ces deux-là sur leurs chevaux et les ramener pour les enterrer, intervint Jim. Tout dépend si miss Victory peut monter.

Elle en était bien loin. Elle était si faible qu'il fallut l'aider à s'asseoir pour boire. Elle avait les traits tirés, et son visage portait des traces de larmes.

Pete s'élança immédiatement au grand galop pour aller chercher un chariot, suivi par Jim et les chevaux chargés des cadavres. Clay resta près de Victoria et de Mason.

— C'était Kelso ? demanda Victoria alors que Clay la couvrait de son manteau.

— Non. Deux autres types. Qu'est-ce qu'ils cherchaient, à votre avis ?

— Je n'en ai pas la moindre idée. Je suis heureuse que ce ne soit pas Kelso. Je le connais depuis que je suis toute petite. J'étais sûre qu'il ne ferait jamais une chose pareille, ajouta-t-elle d'une voix faible en fermant les yeux.

Clay fronça les sourcils ; le moment était mal choisi pour lui raconter ce qui s'était passé au ranch depuis son départ...

Nellie se tenait sur le porche, la brise plaquant sa jupe sur ses jambes, tandis que Victoria s'éloignait du ranch, suivie quelques minutes plus tard par Mason.

Pourquoi ne tombe-t-elle pas amoureuse de lui ? se demandait-elle. *Il est si bon, si séduisant !* Alors, tous leurs problèmes seraient résolus ; Victoria pourrait rester avec eux, dans sa maison, et Mason prendrait soin d'elle. Nellie noua ses bras minces autour du pilier et s'y appuya, se plongeant dans le monde imaginaire qu'elle s'était inventé afin de pouvoir supporter les années passées dans le grenier de Mme Leggett.

Un jour, un bel homme viendra me chercher et m'emportera sur son cheval. « Vous êtes belle, dirat-il, je ne puis vivre sans vous. » Nous suivrons un chemin bordé d'arbres jusqu'à un cottage couvert de lierre, et il me prendra dans ses bras pour franchir le seuil. Ce sera ma maison. Je ferai le ménage, je cuisinerai pendant que mon mari travaillera à l'extérieur. Parfois j'entendrai une hache fendre du bois, ou cliqueter le harnais d'un cheval qu'on attelle. Il rentrera pour souper, et il me fera tournoyer dans ses bras en me disant qu'il a attendu toute la journée le moment de m'embrasser. Après le repas, nous...

– J'ai faim, Nellie !

Dora sortit la jeune fille de sa rêverie.

– Tiens donc ! J'ai fait du porridge. Je pensais que Victoria mangerait quelque chose avant de se rendre en ville, mais elle vient de partir avec Mason.

– Elle a pas mangé hier soir. Et Mason non plus. Il reste plein de tarte. Je peux en prendre ?

– Oui, mais après ton porridge.

– Ensuite, j'irai voir Ruby.

– Pas avant de m'avoir aidée à ranger.

– Oh, zut ! C'est vraiment obligatoire ?

– Mason veut que je t'apprenne à t'occuper d'une maison. Nous allons ranger la cuisine et faire les lits, ensuite tu pourras aller chez Ruby.

Nellie chantonnait gaiement tout en vaquant à ses tâches. Pendant des années, la liberté d'évoluer dans une maison lui avait été refusée, et elle se plaisait à imaginer qu'elle était chez elle, pendant que Dora faisait les lits.

La journée était ensoleillée, et Nellie était heureuse de constater qu'elle était moins lasse et essoufflée qu'elle ne s'y attendait lorsqu'elle eut fini de mettre de l'ordre. Un sourire aux lèvres, elle prit sa petite sœur par la main pour sortir sur le porche.

– N'est-ce pas un endroit magnifique, Dora ?

– Ouais, mais on peut pas aller voir Ruby ?

– Il faut d'abord arroser les fleurs de Victoria. Oh, regarde, Dora ! Un lis ! Ça doit être beau, au printemps, quand tout est épanoui. Tu te rappelles les massifs de maman, Dora ? Non, bien sûr, tu étais trop petite. Tu ne te souvenais même pas de Mason !

– Je me rappelle maman. Je m'asseyais sur ses genoux.

– Mais non, tu n'avais que deux ans, tu ne peux pas t'en souvenir.

Dora dégagea sa main.

– Si !

La petite fille semblait sur le point de fondre en larmes.

– Chérie...

– Je me rappelle maman, Nellie, ne dis pas le

151

contraire ! Elle était comme Ruby, et je m'asseyais sur ses genoux, et elle me chantait des chansons, elle me disait que j'étais jolie.

Les grands yeux bleus fixaient Nellie avec défi, et quand une larme y apparut, elle la chassa sans cesser de regarder sa sœur.

— Dora, je ne voulais pas...

— Tu es comme tante Lily. Tu penses que je mens, que je ne serai jamais grande, que je suis laide. Ruby, elle, elle m'aime. Elle dit que si elle avait eu une petite fille, elle aurait aimé qu'elle me ressemble !

Nellie avait la gorge serrée. Elle ne s'était pas rendu compte à quel point l'enfant avait souffert entre les mains de la glaciale sœur de leur père.

— Excuse-moi, Dora. Je croyais que tu ne pouvais pas te souvenir parce que, moi, je ne me souviens pas de ce qui s'est passé lorsque j'avais deux ans. Et je n'ai rien de commun avec tante Lily. Je t'aime, Mason et les garçons t'aiment aussi. D'ailleurs, Mason nous a amenées ici pour prendre soin de nous.

Dora s'essuya les yeux de sa manche.

— Eh bien... oui, mais cette Victoria, elle veut pas de nous, et Mason ne la chassera pas. J'aimerais bien qu'il le fasse.

— Ça a toujours été sa maison, expliqua patiemment Nellie. Elle est née ici. Réfléchis, Dora. Elle ne savait pas que son frère avait vendu le ranch, et tout d'un coup sa vie a été bouleversée, comme la nôtre quand papa et maman sont morts. Mason lui laisse le temps de se retourner.

– Il l'aime. Plus que nous.

– Mais non ! Il l'aime peut-être, mais d'une manière différente. D'ailleurs, je l'aime bien, moi aussi, mais pas comme je t'aime.

– Moi, je préfère Ruby. Elle est drôle, elle me fait rire.

Dora eut ce sourire espiègle qui éclairait tout son petit visage.

– Allez, viens, on va chez Ruby !

Dora s'élança en avant et heurta de plein fouet un homme maigre qui sortait de la cantine.

– Je sais qui vous êtes. Vous êtes l'Écureuil ! s'écria-t-elle, tout excitée. On vous appelle comme ça parce que vous en avez toujours un avec vous. C'est vrai ? Ruby dit que vous pouvez apprivoiser n'importe quel animal sauf un cheval, parce que les chevaux sont plus intelligents que vous. Elle dit que...

– Dora ! s'écria Nellie, rouge d'embarras.

L'homme rit doucement.

– Ben... Ruby a raison sur certains points, dit-il en s'accroupissant près de Dora. J'ai la plus jolie petite fille que t'aies jamais vue. Elle s'appelle Clara, comme une danseuse que j'ai bien connue autrefois. Tu veux la voir ?

– Ouah ! Je peux, maintenant ?

L'Écureuil émit un son bas et presque aussitôt une petite tête fauve pointa par la poche de sa veste, ses yeux vifs fixés droit sur Dora.

– Oh ! s'exclama la petite fille. Qu'il est mignon !

– C'est pas « il », mais « elle ». Tu veux lui donner à manger ? Tiens.

Il posa quelques graines dans sa main.

– Elle va pas me mordre ?

– Non. Tends ta main et elle se servira. J'en ai une autre que j'appelle Granny parce qu'elle a des poils gris. Elle aime bien dormir dans mon sac de couchage.

– Je pourrai la voir ?

– Pour sûr !

Les yeux clairs croisèrent ceux de Nellie qui sourit.

– Y a aussi des chiots dans la grange, ajouta l'homme.

– Des chiots ! piailla Dora. Ruby m'en a pas parlé !

– Ruby le sait pas, ils viennent juste d'arriver.

L'écureuil rentra dans la poche, et l'ouvrier se redressa. Visiblement, il était ravi d'apprendre à Dora quelque chose qu'ignorait Ruby. Cependant il ne cessait de regarder Nellie, comme s'il craignait qu'elle ne mît un terme à la conversation.

– On peut les voir ? demanda-t-elle, récompensée par une lueur de plaisir dans le regard du vieil homme.

– Oui, vous n'avez qu'à venir avec moi.

Il contourna la cuisine, la petite fille gambadant autour de lui, radieuse. Nellie se hâta de les suivre.

La grange sentait bon les chevaux, le cuir, et ils se dirigèrent vers le fond en passant devant les stalles vides. Nellie entendit un sourd grondement avant d'apercevoir la grande chienne sur un lit de foin.

– Ça va, Belle. Personne veut de mal à ta progéniture, dit l'Ecureuil en se baissant pour la caresser. C'est juste une petite visite. Ces jeunes dames veulent voir tes bébés.

Comme ses yeux s'accoutumaient à la pénombre, Nellie vit une quantité de chiots collés au ventre de leur mère.

– Combien en a-t-elle ?

– Huit. Et y en a pas encore un seul de mort.

Dora, fascinée, se laissa tomber à genoux près de l'homme. Sans cesser de caresser la tête de la mère, l'Ecureuil prit un chiot qu'il lui donna avant d'en déposer un autre dans les mains de Nellie.

La jeune fille le porta à sa joue, émerveillée par sa douceur.

A cet instant, elle vit qu'un homme, dans une des stalles, la regardait. Il ne souriait pas et ne cessa de la fixer jusqu'à ce qu'elle se sentît rougir. Elle sut aussitôt qu'il s'agissait de celui qui l'avait soulevée de la barrière du corral quand le mustang de Mason s'était emballé. Elle était si troublée qu'elle s'aperçut qu'il avait bougé seulement quand il fut à un pas d'elle.

– Je voulais juste vous dire, mademoiselle, que vous êtes ce que j'ai vu de plus ravissant au monde.

Il avait une voix douce et si sincère qu'elle ne pouvait absolument pas se sentir offensée. Elle ne pensa pas non plus que l'Ecureuil et Dora avaient pu entendre ces paroles. Elle inclina légèrement la tête.

L'Ecureuil, en tendant la main pour reprendre le chiot, la ramena à la réalité.

– Belle s'inquiète de ne pas avoir tous ses petits.

Nellie le lui remit machinalement, incapable de penser à rien d'autre qu'à l'homme et à ce qu'il avait dit. Il était toujours là quand elle recula d'un pas tandis que l'Ecureuil se levait.

– Salut, Sage. Qu'est-ce que tu penses de la surprise que nous a faite notre brave Belle ?

– C'est du bon travail, mais à mon avis, tu étais déjà au courant quand tu l'as ramenée de la ville.

L'Ecureuil éclata de rire.

– J'avais des doutes, c'est sûr !

Nellie suivit l'Ecureuil et Dora hors de la grange en automate, Sage derrière elle. Comme ils sortaient dans le soleil, il s'arrêta et Nellie se tourna pour lui couler un regard timide entre ses cils. Le sourire de l'homme dessinait de fines rides autour de ses yeux, creusa des fossettes dans ses joues, lui donnant soudain l'air d'un gamin. Nellie lui sourit en retour, pleine d'un bonheur inexplicable.

Quelques minutes plus tard, quand elle arriva avec Dora à la porte de Ruby, elle souriait encore.

9

– Entrez ! cria-t-on de l'intérieur.

Dora se précipita vers Ruby, agenouillée près d'un coffre ouvert. Nellie observait de la porte la petite pièce confortable parfumée à la rose. La cuisine en occupait un bout, le séjour l'autre, mais l'ameublement était tellement disparate que l'on n'aurait pu dire où commençait l'un et où finissait l'autre. La pièce entière était un méli-mélo de tableaux, de peaux de bêtes, de vases, de sculptures sur bois. Il y avait même une dépouille de serpent au mur.

– Ah, te voilà ! Je t'avais bien dit que j'avais des colifichets, hein, ma cocotte ? Regarde-moi ça !

Ruby montra un large ruban pourpre.

– On va faire un gros nœud qu'on t'attachera dans les cheveux en laissant les pans retomber. Sapristi, qu'est-ce que tu seras jolie !

Elle se leva et Dora, un grand sourire aux lèvres, lui tourna le dos, docile.

– Est-ce qu'elle est pas ravissante, Nellie ? poursuivit Ruby. Celle-là, elle va devenir si belle qu'il lui faudra garder une cravache à portée de main pour éloigner les garçons !

– A moins que nous ne construisions une barrière autour d'elle, plaisanta Nellie.

– Elle pourrait danser sur scène.

Avec une étonnante légèreté, la rondelette Ruby prit les mains de Dora et l'entraîna dans une gigue effrénée, son ample poitrine tressautant, tandis qu'elle chantait d'une voix rauque :

> *Du whisky, du whisky !*
> *Le whisky, j'adore ça !*
> *J'en boirai*
> *Jusqu'à mon dernier souffle.*

Elles tourbillonnèrent dans la pièce et finirent par heurter une chaise où Ruby se laissa tomber avec la petite fille dans des éclats de rire.

– On est pas très aimables avec ta sœur, mon canard. Reste là et reprends ton souffle. Nellie, vous avez l'air de me considérer comme une folle, mais c'est pas le cas. Seulement, de temps en temps, j'ai besoin de me dégourdir les jambes, et j'aime danser. Evidemment, j'échangerais pas mon Stonewall contre une danse. C'est ce que je faisais, vous savez, je m'exhibais dans les cabarets, quand il m'a amenée ici. Cet endroit, c'est la seule maison que j'aie jamais eue, et la seule dont j'aie envie, depuis que j'ai posé les yeux sur mon Stonewall.

Elle bondit sur ses pieds pour attraper une aigrette accrochée au mur.

– Stonewall m'a rapporté ça, une fois qu'il était allé à Denver avec le vieux M. McKenna, et un autre jour, c'était ça, ajouta-t-elle en sortant du coffre un châle à franges qu'elle jeta sur ses épaules.

– Il est très joli. C'est lui aussi qui a fait ces sculptures ?

– Grand Dieu, non ! Il en serait pas capable. C'est Sage. Et j'en ai encore d'autres dans mon coffre ; regardez cette chouette perchée sur une branche. Est-ce qu'elle a pas l'air vivante ? Ce garçon peut reproduire n'importe quoi.

Elle prit un petit objet enveloppé d'un tissu qu'elle déballa avec soin.

– Vous avez jamais rien vu de plus beau...

Il s'agissait d'un oiseau en plein vol, le cou tendu, à peine plus grand que la main. Les détails en étaient exquis et le bois poli brillait d'un sourd éclat. Ruby le caressait avec amour.

– Il l'a fait pour moi quand je lui ai dit combien j'aimais voir les oies sauvages filer vers le nord au printemps.

– C'est magnifique ! s'écria Nellie. Si délicat !

– Je sais pas où le mettre pour qu'on ne risque pas de le casser, alors je le garde dans le coffre et je le sors de temps en temps pour le regarder.

– Si vous le suspendiez au plafond par un fil, vous l'auriez tout le temps sous les yeux, suggéra Nellie.

– Ça, c'est une bonne idée. Mais attendez de voir ce qu'il a fait d'autre...

Elle rangea soigneusement l'oiseau avant de sortir un plus gros paquet, qui dissimulait un buste d'homme.

– C'est votre mari !

– Pour sûr !

Ruby se poussa pour faire de la place à Dora.

– Tu sais ce qu'on va faire, ma cocotte ? On va demander à Sage de nous sculpter une tête de poupée, et on lui fera un corps en chiffon, on lui coudra un bonnet, des vêtements.

Elle leva les yeux vers Nellie.

– J'ai toujours souhaité avoir une petite fille comme celle-là. Je regrette que les choses soient ce qu'elles sont, qu'on soit sans doute obligés de partir avec Victoria. J'aimerais mieux qu'on puisse tous rester là.

Nellie laissa Dora, et elle rentra au ranch en repensant à ces paroles. Ruby n'avait pas d'enfant, et Dora prenait dans son cœur une place libre. Et puis Nellie songeait au grand homme au visage grave qui lui avait dit qu'elle était belle, qui s'était transfiguré par la grâce d'un sourire. Etait-il vraiment un hors-la-loi, comme le prétendait Clay ? Est-ce qu'il volait, tuait ? Mais un bandit n'aurait pas le goût de fabriquer des objets aussi délicats à partir d'un morceau de bois. Et puis, si Ruby et Victoria l'appréciaient, il ne pouvait être mauvais !

– Oh ! j'espère qu'il ne l'est pas, dit-elle à voix basse.

Elle s'appuya à la barrière de la cour, pensive. Qu'est-ce qui avait amené Sage au ranch ? Pouvait-il se contenter de cette vie à la dérive sans vouloir fonder son propre foyer ? Il était si calme, si triste. Elle se demanda ce qui l'avait rendu ainsi... Mais peut-être valait-il mieux qu'elle ne l'apprît jamais.

Elle leva les yeux vers le soleil. Presque midi. Qu'allait-elle faire du reste de la journée ? Dora jouait avec Ruby, et les jumeaux étaient partis dans la vallée avec Stonewall. Quant à Doonie, il était en compagnie de l'Ecureuil.

Je vais nettoyer toutes les lampes à pétrole avec du vinaigre, décida-t-elle. *Elles seront reluisantes quand Victoria rentrera.*

Elle prit une bassine sous le porche et pénétra dans la maison en chantonnant. Après avoir ranimé la cuisinière, elle se tourna vers le baquet d'eau pour y remplir la bouilloire de cuivre... et porta la main à sa bouche pour étouffer un cri.

Un homme se tenait sur le seuil, silencieux.

Nellie eut l'impression que son cœur allait exploser dans sa poitrine.

– Que voulez-vous ? demanda-t-elle au bout d'interminables secondes.

L'homme ne répondit pas. La peur s'empara de Nellie. C'était l'individu contre qui Mason s'était battu la veille, celui que l'on avait chassé du ranch. Il avait la bouche et le nez gonflés, des ecchymoses couvraient son visage, mais ce qui le rendait effrayant, c'étaient la haine et la rage qui brûlaient au fond de ses yeux.

Dans une sorte de brouillard, elle s'entendit répéter :

– Que voulez-vous ?

Toujours pas de réponse.

Nellie tentait de réfléchir. *Il ne fera rien ici. Si je crie, on m'entendra.* Pourtant la panique l'envahissait. *Pourquoi ne parle-t-il pas ?* Plus il demeurait silencieux, plus elle avait peur, comme si une main invisible lui coupait la respiration.

– Où est miss Victory ?

Nellie respira, soulagée de l'entendre enfin se manifester.

– Elle est allée en ville, lâcha-t-elle vivement.

– En ville ? répéta-t-il, comme s'il ne la croyait pas.

– Oui, ce matin, avec Mas...

Elle s'interrompit et recula vers la cuisinière, la bouilloire serrée contre elle comme un bouclier. Il ne la quittait pas des yeux.

– D'où vous venez ?

– Du Colorado.

Nellie aurait peut-être dû appeler Dora, ainsi l'homme aurait pensé qu'elle n'était pas seule dans la maison. Il avait le visage tendu, en alerte. Il savait qu'il n'y avait personne d'autre ! Depuis combien de temps était-il là ?

– Il faut que je prépare le repas, dit-elle aussi posément que possible. Mes frères vont arriver.

– Ils sont partis à cheval avec Stonewall.

– Ils rentreront... bientôt.

– Non, répondit-il en la détaillant des pieds à la tête d'un regard insolent.

Luttant contre une vague de nausée, Nellie essayait de trouver une échappatoire.

– Vous feriez mieux de vous en aller. Victoria ne sera pas contente, si elle vous trouve là.

– Qu'est-ce que vous en savez ? J'la connais depuis plus longtemps que vous.

Nellie pâlit davantage.

Un mauvais sourire passa sur le visage de l'homme.

– Ça fait bien longtemps que j'ai pas embrassé une jolie fille.

– Non !

Une peur sans nom s'emparait d'elle, lui coupait les jambes. Comme l'homme se détachait de la porte pour avancer sur elle, un hurlement lui monta à la gorge. Se libérant enfin de la paralysie de l'angoisse, elle courut de l'autre côté de la table et se précipita vers la sortie mais, plus rapide, il la rattrapa et lui fit faire volte-face.

Le cri de Nellie fut étouffé sous de grosses lèvres avides. Il l'écrasait contre lui, une main sur la nuque, l'autre autour de sa taille. Elle tenta de se débattre – en vain. Il forçait sa bouche, l'envahissait brutalement. La bouilloire tomba au sol.

– Bouge pas ! gronda-t-il.

Dans un brouillard de douleur et d'humiliation, elle sentit des doigts rudes sur son sein. *Mon Dieu, faites que je me réveille, que tout cela soit un cauche-mar !* Toute force l'abandonnait. Etait-elle en train de mourir ?

Kelso mit un moment à comprendre qu'elle s'était

évanouie. Enfin il releva la tête. Elle avait la bouche ensanglantée, et il lui sembla qu'elle respirait à peine. Il en eut la nausée.

Ce n'était qu'une gamine. Qu'est-ce qui lui avait pris ? Bon Dieu, il risquait la corde ! Tout ce qu'il voulait, c'était parler à miss Victory, lui raconter sa version de l'histoire, lui rappeler qu'il était au ranch depuis trop longtemps pour qu'on le jette dehors. Il voulait juste voir miss Victory ! Il avait abandonné tout espoir de gagner un jour ses faveurs... Seigneur, et si cette fille mourait, si on le surprenait ? Ruby risquait de faire irruption n'importe quand. Alors on l'abattrait comme un chien ! Kelso essaya de ravaler sa peur et d'oublier qu'il venait de commettre la plus grosse bêtise de sa vie.

– Va au diable ! marmonna-t-il à l'intention de la jeune fille inconsciente.

Il la lâcha tout à coup comme si elle lui brûlait les mains et elle s'effondra au sol.

Pris de panique, il se précipita vers le porche. Il observa un instant les alentours, puis s'éloigna rapidement. Son cheval se trouvait bien là où il l'avait laissé et il fila au triple galop.

Maudit sois-tu, Stonewall, pour avoir tout déclenché ! Et toi aussi, Mahaffey. Je te tuerai, fils de garce ! Sans Stonewall, j'aurais été régisseur, et miss Victory m'aurait considéré différemment.

Une demi-heure plus tard, arrivé en haut d'une colline, il vit un cavalier solitaire, l'objet de sa haine, qui se dirigeait vers lui.

Nellie revint à elle, se rendant vaguement compte qu'elle était allongée par terre et que sa bouche lui faisait mal. En même temps que la conscience, la peur remonta en elle, surtout quand elle s'aperçut qu'elle saignait. L'homme ! Elle se releva tant bien que mal. Où était-il ? *Oh, pourvu que j'aie le temps de m'enfuir avant qu'il revienne !* Elle alla à la porte en vacillant.

– Ruby ! Ruby !

Elle dégringola les marches et se retrouva sur les genoux.

– Ruby !

Elle se redressa, se dirigea vers la barrière, tomba de nouveau. Elle se releva, tenta de courir, mais elle n'avait pas fait deux pas que de solides bras l'enserraient.

Secouée de sanglots, elle s'accrocha désespérément à cette bouée de sauvetage.

– Un homme... Il y a un homme... Il m'a...

Elle leva son petit visage décomposé vers les yeux bleus troublés.

– Nellie, que s'est-il passé ? De qui parlez-vous ?

Les larmes se mêlaient au sang qui coulait de ses lèvres, et elle enfouit sa tête contre la poitrine de Sage.

– Quel homme, Nellie ? insista-t-il. Qui vous a fait du mal ? demanda-t-il tandis qu'une rage aveugle s'emparait de lui.

– Il était... dans la maison, balbutia Nellie.

Sage se détacha d'elle.

– C'est fini, maintenant. Je vais voir...

– Non ! Je vous en prie !

Elle le tenait à la taille ; sans lui elle se serait effondrée.

Sage la souleva, et la tête de la jeune fille tomba sur son épaule, tandis qu'il la portait vers le cottage de Ruby, conscient de sa fragilité, de sa vulnérabilité.

Ruby et Dora, qui les avaient vus arriver, coururent à leur rencontre.

– Qu'est-ce qu'il y a ? demanda la petite fille. Nellie est de nouveau malade ? Pourquoi vous la portez ? Elle peut pas marcher ?

– Pour l'amour du ciel, Sage, que s'est-il passé ? renchérit Ruby, le souffle court.

Elle vit qu'il avait une expression de rage froide – meurtrière – et son cœur fit un bond dans sa poitrine.

– Je n'en sais rien, mais regardez-la, grinça-t-il. Elle dit qu'il y avait quelqu'un dans la maison... Je le tuerai, je le tuerai !

– Mon Dieu ! Entrez, tous les deux, et essayons d'en apprendre plus avant de parler de meurtre.

Sage déposa Nellie dans le grand fauteuil à bascule de Stonewall et lui caressa doucement la joue. Elle lâcha enfin son cou. Honteuse, humiliée, elle n'osait le regarder, et elle se mit à trembler convulsivement.

– Qui était-ce, Nellie ? Qui vous a blessée ?

– L'homme contre qui Mason s'est battu. Il était

à la porte, puis il s'est jeté sur moi... dit-elle d'une voix à peine perceptible.

– Kelso ? Bon Dieu !

Il se dirigeait déjà vers la porte. Ruby le retint par le bras.

– Sage ! L'Ecureuil a dit que Kelso était parti de bonne heure ce matin. C'était peut-être un rôdeur, ou...

Sage se dégagea d'une secousse.

– Nous verrons bien.

Ruby le vit traverser la cour en faisant jouer son pistolet dans le holster, et elle secoua la tête, inquiète. Si Kelso était dans les parages, il y aurait de la bagarre. Elle retourna auprès de Nellie.

– Là, là ! dit-elle en l'obligeant à la regarder. Va me chercher un linge mouillé, Dora, ma belle. Ce salaud vous a-t-il frappée ? Si c'est le cas, Sage le tuera. Il ne supporte pas qu'on manque de respect à une femme.

– Je ne... sais pas. Je crois que je me suis évanouie. Quand je suis revenue à moi, j'étais par terre.

Ruby et Nellie comprirent au même instant l'importance de ce qui avait pu se passer, et la jeune fille baissa la tête sur sa robe. Le bouton du haut avait été arraché, elle ne se souvenait pas...

– Ruby... gémit-elle.

Sans hésiter, Ruby retroussa sa robe. Elle poussa un soupir de soulagement en voyant les sous-vêtements intacts.

– Il s'est rien passé de grave, ma chérie. Ne vous tourmentez pas pour ça. J'ai jamais vu un homme qui prendrait le soin de remettre une culotte en place après avoir fait ce que nous avons craint.

– Pourquoi il s'occuperait de la culotte de Nellie ? demanda Dora, les yeux écarquillés.

– C'est pas de ton âge, oublie ça, répondit Ruby en riant.

Mais Dora n'oubliait pas. Dès que Sage revint dans la pièce, elle déclara de sa petite voix claire :

– La culotte de Nellie est en place, alors personne ne lui a fait ce que craignait Ruby.

Nellie gémit en se cachant le visage, tandis que Ruby lui lançait un regard compatissant.

– Il n'y avait plus personne dans la maison, annonça Sage. J'ai bien regardé partout.

Il se tenait près de Nellie, mais elle refusait obstinément de croiser ses yeux.

– Inutile de lui demander de quel côté il s'est enfui, Sage, parce que je crois qu'elle a tourné de l'œil pendant qu'il la maltraitait. Elle a les lèvres fendues et le visage irrité par sa barbe, mais je crois pas qu'il ait fait autre chose.

– Bon Dieu, je vais lui trouer la peau, à ce fils de garce !

Il allait sortir quand Ruby le rappela.

– Tu ne peux pas nous laisser, Sage. Stonewall compte sur ta présence au ranch pendant qu'il s'absente, tu le sais.

Elle le fixait d'un regard anxieux, espérant contre toute attente le détourner de son projet de vengeance.

Sage se pétrifia, luttant visiblement contre son désir de se lancer aux trousses de Kelso.

– Puis-je lui parler un instant seul, Ruby ? demanda-t-il enfin d'une voix presque suppliante.

Ruby l'observa longuement. Elle aimait ce garçon. Non, pas un garçon, un homme. Elle doutait qu'il se fût jamais comporté en enfant. Il était ce qu'elle chérissait le plus au monde après Stonewall, et sans doute le lui rendait-il bien. Elle aurait de la chance, celle qui l'épouserait un jour. Et s'il avait envie de parler avec la gentille petite Nellie, elle ne s'y opposerait pas.

– Pour sûr. Dora et moi, on va aller voir si tout est normal dans la maison. Nellie a besoin de se débarbouiller. Mouille-lui une serviette. Viens, Dora, on a des choses à faire.

– Quelles choses ? Tu devais me raconter la fois où tu avais dansé sur une table pour gagner une pépite d'or.

– C'est promis. Suis-moi.

Sage demeura silencieux à contempler Nellie jusqu'à ce qu'il n'entende plus les voix de Dora et de Ruby. Alors il alla humecter un linge et revint s'agenouiller près de la jeune fille.

Très doucement, il tourna son visage vers lui. Elle avait les yeux rouges, les lèvres gonflées, mais elle était toujours belle à couper le souffle. Il lui essuya les paupières avec délicatesse.

– Regardez-moi, Nellie. C'est fini, n'ayez plus peur.

– Je sais. Mais... jamais je n'aurais cru qu'une chose pareille m'arriverait !

Elle ferma les yeux comme pour chasser ce souvenir.

– Il a posé ses sales pattes sur vous ? demanda Sage d'une voix enrouée.

– Il... Juste un peu, répondit-elle en rougissant violemment.

– Il ne reviendra pas. Il sait que ce serait signer son arrêt de mort, déclara Sage en lui serrant le bras. Ça va mieux ?

Elle hocha la tête tout en essayant de discipliner sa chevelure.

Il dut deviner sa gêne, car il murmura :

– Vous avez des cheveux splendides, Nellie, ne les cachez pas à cause de moi.

Il saisit la petite main fermée sur ses genoux, et elle ne protesta pas. Il se demanda si elle entendait les battements de son cœur.

Nellie ne pouvait se détacher de lui. Il avait les yeux pleins de chaleur, et les siens brillaient encore de larmes. Elle se sentait un peu étourdie, tremblante, tandis qu'il caressait doucement sa main.

– Jamais je n'aurais imaginé avoir l'occasion de vous parler si rapidement.

Elle se détourna, gênée, et posa les yeux sur la chouette de bois.

– Ruby m'a montré vos sculptures, dit-elle d'une toute petite voix. Je les aime beaucoup, surtout celle-ci.

– Je vous en ferai une.

Elle s'empourpra.

– Ce n'est pas la peine !

– Mais si ! A condition que vos frères soient d'accord.

Il mourait d'envie de plonger les mains dans ses cheveux brillants, d'essuyer les dernières traces de larmes sur ses joues.

Elle le regarda comme si elle le voyait pour la première fois. Il avait les cheveux sombres et bouclés, des sourcils droits, un nez au contour net, des yeux pleins d'ombre. Jamais Nellie ne s'était trouvée aussi proche d'un homme, et elle aurait aimé prendre son visage entre ses mains, le supplier de ne pas être triste.

– Pourquoi ne le seraient-ils pas ?

Il lui adressa un pauvre sourire qui la bouleversa.

– Ils risquent de penser que je ne suis pas une bonne relation pour vous.

– Et c'est le cas ?

Nellie elle-même fut surprise d'avoir osé poser la question.

– Ils doivent me prendre pour un hors-la-loi, ou un maraudeur.

– Et c'est le cas ? répéta-t-elle.

– Maraudeur, oui. Hors-la-loi, non. Jamais ma tête n'a été mise à prix.

– C'est bien ce que je pensais.

Elle se détourna, prise d'une brusque timidité.

– Viendrez-vous encore parler avec moi ?

Il attendit sa réponse avec anxiété, espérant ne pas s'être montré trop hardi.

– Eh bien...

Leurs regards s'accrochèrent, et elle ne put cacher son plaisir.

– Pourquoi y tenez-vous ? poursuivit-elle.

Quelle question idiote ! Il va me prendre pour une coquette en mal de compliments !

Il observait son petit visage mobile et son cœur battit encore plus fort.

– Parce que je vous ai cherchée toute ma vie, dit-il d'une voix intense, chargée d'émotion.

– Sage...

Elle tourna sa paume contre la sienne, et des doigts rudes enlacèrent les siens.

– Dites encore mon nom, Nellie, je vous en prie ! Dites-le encore !

Elle avait le souffle court.

– Sage, Sage...

C'était un merveilleux cadeau qu'elle lui faisait, et les yeux du jeune homme s'éclairèrent, un grand sourire illumina ses traits tandis qu'une bulle de joie éclatait dans la poitrine de Nellie.

Il l'attira à lui. Docile, elle se leva.

– Bonjour, Nellie Mahaffey, murmura-t-il.

– Bonjour, Sage...

– Harrington.

– Sage Harrington.

De nouveau la vague de joie. Cette intimité avec un homme qu'elle venait juste de rencontrer mais qu'elle avait l'impression de connaître depuis toujours était l'instant le plus poignant de toute sa vie.

– Quel âge avez-vous ? demanda-t-il.

– Dix-huit ans.

– Vous paraissez plus.

Elle ouvrit de grands yeux étincelants. Comme elle se taisait, il ajouta :

– J'en ai vingt-cinq.

– Il vaudrait mieux que je rentre. Ruby...

Elle se dirigea vers la porte, et il lui tint le bras jusque sur le seuil. Quand il la lâcha, elle se sentit abandonnée.

Il la raccompagna jusqu'à la maison. Dora et Ruby sortirent aussitôt sur le porche, comme si elles les guettaient.

– Merci, souffla Nellie quand il prit congé.

Une fois dans sa chambre, elle s'allongea, emplie de lassitude. Son visage était douloureux, ses cheveux emmêlés, mais, légère, heureuse, elle revoyait les bras de Sage autour d'elle, sa main sur la sienne. Oh ! être la femme de cet homme, effacer la peine de ses traits, dormir près de lui, porter ses enfants, l'aimer... Elle rougit, leva les mains à ses joues, honteuse. *Tu perds la tête, Nellie Mahaffey ! Tu le connais à peine !*

Cependant, malgré ses propres remontrances, elle resta là à rêvasser jusqu'à ce que Dora fasse irruption dans la chambre.

– Nellie ! Nellie ! Dépêche-toi ! Pete et Clay viennent de ramener Stonewall, et Ruby pleure !

Nellie se redressa si vite qu'elle eut un étourdissement.

– Que se passe-t-il ?

– Je sais pas, mais il est plein de sang. Partout !

Dora voulut se précipiter pour rejoindre Ruby, mais Nellie la retint tandis que Pete et Clay, aidés de Sage, portaient Stonewall dans la petite maison.

Pete vint ensuite les rejoindre, et Dora le bombarda de questions.

— Qu'est-ce qu'il a ? Il est mort ? Pourquoi il saigne comme ça ?

— Crois-tu que je devrais proposer mon aide ? intervint Nellie plus calmement.

— Non. Clay et Sage s'occupent de lui. Quelqu'un a bien failli le battre à mort. Quand on l'a trouvé, Clay et moi, on a eu toutes les peines du monde à le hisser sur le cheval. J'espère qu'il s'en sortira ! Il est dans un triste état !

— Nellie aussi, on l'a battue ! s'écria Dora. Sa lèvre est fendue, mais sa culotte est en place.

— Dora ! Quand donc apprendras-tu à te taire ?

Les yeux plissés, Pete vit enfin la bouche gonflée de sa sœur, ses joues enflammées.

— Quoi ?... Qu'est-il arrivé ici ?

Il ne fut pas facile de raconter, avec les incessantes interruptions de Dora, mais quand Nellie en eut terminé, Pete hocha la tête, incrédule.

— Bon sang, ça n'arrête pas, dans ce coin !

Pourtant la journée n'était pas finie. Une heure avant la nuit, Jim Lyster arrivait avec le cheval de Mason.

10

Quand Victoria se réveilla, il faisait presque nuit. Le soleil avait disparu à l'horizon, laissant la place à ce crépuscule qu'elle aimait tant. La couverture remontée jusqu'au menton, elle enfouit la tête dans l'oreiller. C'était si bon d'être protégée, dorlotée ! Elle avait été étonnée par la sollicitude et l'affection des Mahaffey. Cela lui avait permis de se rendre compte aussi qu'elle commençait à *s'attacher* à eux. Et elle se sentait trop bien pour s'en soucier...

Nellie entra sans bruit dans la chambre.

– Vous allez mieux ?

– Oui, je vous remercie, mais je meurs de faim !

– Bravo ! Je vais vous apporter du ragoût. Résultat d'efforts conjugués, ajouta la jeune fille en pouffant. Les miens et ceux de Donnie. Il a sûrement fait la cuisine pour le vieil homme avec qui il vivait, car c'est un fameux cordon-bleu.

Victoria sourit.

– A vrai dire, je serais capable d'avaler n'importe quoi !

– Alors je ferais mieux d'aller en sauver un peu avant que Mason n'ait léché la casserole !

– Comment va son bras ?

– Chaque fois que je fais allusion à sa blessure, il me répond que ce n'est rien. Ruby dit qu'il est têtu comme une mule, et je suis bien de son avis.

Victoria rejeta la couverture, posa les pieds au sol et faillit crier de douleur. Ruby avait soigneusement désinfecté et bandé sa blessure, aussi, lorsqu'elle ne bougeait pas, elle ne ressentait qu'une gêne sourde. Elle demeura immobile au bord du lit, tremblante.

– Mieux vaudrait rester couchée, déclara Mason qui se tenait sur le seuil.

Il la contemplait, dans sa chemise de flanelle, ses longs cheveux blonds défaits, ses petits pieds nus sur le tapis, et elle rougit.

– Ma chambre n'est pas un moulin ! Vous ne frappez jamais avant d'entrer ?

Pourquoi fallait-il qu'il fût là au moment où elle se sentait si fragile, si vulnérable ?

Il s'approcha de sa sœur qui, à côté de lui, semblait minuscule.

– Tu ferais mieux de la nourrir avant qu'elle nous morde, lui dit-il.

Nellie mit les poings sur ses hanches.

– Elle a raison, tu aurais pu frapper !

Mason la fixa avec une feinte sévérité.

– Tu as choisi ton camp, on dirait.

– Je sais simplement ce qui est convenable,

Mason. Je vais chercher de quoi vous restaurer, Victoria, si cette grande brute n'a pas tout avalé.

Elle disparut avant que Victoria n'eût trouvé un prétexte pour la retenir.

Une étincelle s'alluma dans les yeux de Mason.

– Votre caractère indépendant semble avoir déteint sur ma petite sœur !

– Il est temps qu'elle s'endurcisse un peu. Elle en aura besoin, si elle vit avec ses frères ! lança Victoria en remontant la couverture sur elle.

Mason s'assit au bord du lit et elle remarqua seulement qu'il avait le bras en écharpe. De sa main valide, il caressa la chevelure si brillante, mais elle se dégagea d'une secousse.

– Non ! Vous ne devriez pas vous trouver là avec moi... dans cette situation.

– Pourquoi ? Vous en avez envie et moi aussi.

– Pas du tout ! Vous avez un sacré toupet de dire ça, juste parce que...

Il sourit.

– Votre bouche est trop jolie pour proférer des mensonges.

Elle pâlit, et leurs regards s'affrontèrent.

– Vous êtes l'homme le plus irritant qu'il m'ait été donné de rencontrer.

– Et vous, la femme la plus ravissante que j'aie eu le plaisir de connaître.

– Arrêtez, Mason !

Le rire de Mason se transforma en grimace de douleur, et il se détourna.

– Bien fait pour vous ! s'écria-t-elle.

Cependant, tout son visage exprimait l'inquiétude.

– Vous êtes très fort pour donner des conseils, mais vous n'en écoutez aucun. Vous devriez être au lit.

Les yeux bleus pétillaient, malicieux, et elle frissonna.

– Le vôtre ?

Elle rougit jusqu'à la racine des cheveux. Où voulait-il en venir ? Il était presque certain d'obtenir le ranch, alors à quoi bon flirter avec elle ? Elle lui était immensément reconnaissante de lui avoir sauvé la vie, voilà tout. Elle refusait de l'aimer, elle ne voulait même pas le trouver sympathique, ni se laisser entraver par son affection pour lui ou sa famille.

– Pas de panique ! reprit-il, amusé. Je n'ai pas l'intention de vous sauter dessus. Pas maintenant...

– Vous pensez que je suis ce genre de femme ? A cause de quoi ?

– Oh, protesta-t-il en grimaçant de nouveau, ne me faites pas rire, ma chérie, c'est trop douloureux !

« Ma chérie » ! Pour qui se prend-il ?

– C'est bien fait !

Elle était si troublée qu'elle ne se rendit même pas compte qu'elle se répétait.

Nellie revenait, précédée d'une délicieuse odeur. Si elle jugea étrange que son frère fût assis au bord du lit d'une jeune femme en chemise, elle n'en montra rien.

– Doonie m'a aidée à préparer ça, puis il a filé rejoindre l'Ecureuil, quant à Dora, elle ne quitte plus

Ruby. Alors il reste beaucoup de ragoût. Si tu en veux encore, Mason...

Victoria observait Nellie. Elle avait changé, en quelques jours. Quand Mason l'avait portée dans la maison, ce matin, Nellie avait pris les choses en main, elle avait chassé les hommes de la chambre, l'avait déshabillée et lavée en attendant que Ruby vienne panser sa blessure. Victoria n'avait pas reçu de soins plus doux depuis la mort de sa mère, et elle avait pleuré toutes les larmes de son corps.

— Plus tard, sans doute, répondit Mason. Pour l'instant, je vais veiller à ce que Victoria se nourrisse convenablement. Avoir l'estomac plein la rendra peut-être un peu plus aimable !

Il la provoquait, mais elle était bien déterminée à ne pas entrer dans son jeu. Ce qui n'était pas le cas de Nellie.

— Tu es injuste, Mason. Elle a toutes les raisons d'être contrariée, après ce qu'elle vient de vivre. Ne l'écoutez pas, Victoria.

Du pied, elle approcha un tabouret sur lequel elle posa le plateau.

— Mangez votre content, et avec une bonne nuit de sommeil par là-dessus, vous vous sentirez mieux. J'ai du pain de maïs dans le four, ajouta-t-elle en s'essuyant le front de sa manche. Je vais vous en chercher, ainsi qu'un verre de lait.

— Merci, Nellie, mais vous n'êtes pas obligée de vous donner tant de mal.

— J'y tiens, Victoria. Je suis sûre que vous en feriez autant pour moi.

Nellie semblait pleine de volonté, mais elle dut s'appuyer au chambranle.

– Ne vous surmenez pas, Nellie, reprit Victoria. Je sais que vous avez été malade...

– Rassurez-vous. Je demanderai aux garçons de m'aider. Si vous entendez de véhémentes protestations, ce seront les jumeaux. Quant à Dora et à Doonie, je ne suis pas certaine de parvenir à leur mettre la main dessus !

Elle sortit, les yeux brillants de détermination.

– Merci, murmura Mason.

– De quoi ?

– D'être ainsi avec Nellie. Il y a si longtemps qu'elle n'a pas eu d'amie !

– Eh bien...

Victoria cherchait en vain une réponse cinglante.

– Eh bien, j'ai de l'affection pour elle. Il est impossible de ne pas l'aimer, avoua-t-elle à contrecœur.

– Mangez, et ensuite nous parlerons.

Victoria ne se fit pas prier, elle avait l'estomac dans les talons. Si seulement Mason ne restait pas là, à la regarder ! Elle ne put s'empêcher de le lui dire.

– Mais j'aime vous contempler, rétorqua-t-il, impitoyable. Allez, mangez !

– Vous me rendez nerveuse. Je ne suis pas habituée à avoir des gens dans ma chambre, marmonna-t-elle. Oh, j'aimerais que vous n'ayez jamais mis les pieds dans ce ranch !

– Ça va changer. D'ici à quelques semaines, vous vous demanderez comment vous avez pu vivre si longtemps sans moi ! affirma-t-il en lui effleurant la joue. Mais nous en discuterons quand vous aurez terminé votre assiette.

Par orgueil, elle ignora sa caresse, pourtant son cœur battait la chamade. Elle fut immensément soulagée quand il se leva enfin pour se diriger vers la fenêtre, et elle attaqua son repas de bel appétit. Nellie fit une apparition avec le pain et le lait, mais ressortit aussi vite en disant qu'elle allait chercher la lampe. Victoria n'avait même pas remarqué qu'elle ne se trouvait pas sur sa table de chevet.

La jeune fille ne tarda pas à revenir, et la lumière, à travers le verre étincelant, illumina la chambre. Elle se pencha pour murmurer à l'oreille de Victoria :

— Si vous avez besoin du seau de toilette, je trouverai un prétexte pour chasser Mason d'ici.

Victoria acquiesça, et Nellie, une lueur espiègle dans les yeux, s'adressa à son frère :

— Clay désire te voir, Mason.

— A quel sujet ?

— Comment le saurais-je ? Vous autres, les garçons, vous ne me confiez rien, je ne suis qu'une fille après tout, riposta-t-elle avec suavité.

— Dis-lui que je suis ici. Si c'est tellement important, qu'il vienne me rejoindre.

— Non ! crièrent les deux jeunes filles d'une seule voix.

— Bon sang, Mason Mahaffey, reprit Nellie, tu es bien comme papa, l'entêtement fait homme ! Victoria est trop fatiguée pour discuter avec toi. Va voir ce que te veut Clay !

Dès qu'il eut enfin obtempéré, elle s'affaira, véritable mère poule.

– Nom d'une pipe ! Les hommes manquent parfois totalement de sens commun !

Quand elle fut de nouveau installée dans son lit, deux gros oreillers dans le dos, Virginia soupira.

– Je dois être plus faible que je ne le pensais. Merci, Nellie. Si je vous semble un peu ingrate, c'est que, à part Ruby, personne ne s'est occupé de moi depuis si longtemps que je ne sais plus très bien comment me comporter.

– Ne vous tracassez pas. Moi, il y a bien longtemps que je ne me suis pas occupée de quelqu'un que j'aime, et cela me fait plaisir. Y a-t-il quelque tâche à accomplir dans la maison ?

– Non. Simplement ne laissez pas vos frères vous épuiser. Ils peuvent bien manger avec les ouvriers. Je serai sur pied dès demain.

– Ne vous souciez de rien, Victoria, ni pour la maison ni pour vos chers objets. J'ai fermé à clé la porte du salon, et personne n'y pénétrera sans votre autorisation.

Victoria sentit des larmes lui monter aux yeux. Elle ne voulait pas de la gentillesse, de la compréhension des gens qui allaient lui arracher sa demeure.

– Tout sera bientôt à vous, Nellie. J'ai vécu ici si longtemps que j'attache trop d'importance aux choses matérielles. La nuit dernière, quand j'étais sûre que j'allais mourir, je ne pensais ni au salon ni à mon épinette !

– Calmez-vous, Victoria. Mason trouvera une solution équitable, j'en suis sûre.

Nellie prit le plateau. Sur le seuil, elle se retourna pour adresser un sourire à Victoria, et celle-ci eut un élan d'affection pour la fragile jeune fille.

Mason apparut dès qu'elle ouvrit la porte.

– Clay n'est pas dans la maison et il est hors de question que je le cherche partout ! grommela-t-il, irrité.

– Ah bon ? Il a dû se rendre au baraquement, répondit Nellie avec un clin d'œil complice en direction de Victoria.

Mason observa un instant la jeune femme, lovée sous l'édredon, et son expression s'adoucit.

– Vous souffrez ?

Victoria secoua la tête. L'avoir près d'elle la bouleversait tant qu'elle ne pensait plus du tout à sa blessure.

Il vint s'asseoir au bord du lit. Troublée, elle posa les yeux sur son bras bandé.

– Ruby a-t-elle de nouveau examiné votre plaie ?

– Deux fois. Elle y a fourré je ne sais quoi et maintenant ça sent horriblement mauvais.

Victoria sourit.

– Je connais cette odeur, elle a mis la même chose sur ma jambe. Elle ne jure que par cet emplâtre.

– Alors nous allons bien ensemble !

Comme elle se détournait, Mason songea qu'elle paraissait plus jeune de profil que de face. Le petit nez droit, les lèvres pleines, les pommettes hautes, le menton obstiné, tout en elle était délicieusement enfantin. Pourtant son parfum, mélange de lavande et de savon, était bien féminin, et diablement séduisant. Comme le reste de sa personne, d'ailleurs.

– Victoria, il faut que je vous dise ce qui s'est passé en notre absence, dit-il d'un ton grave.

Il lui raconta comment Kelso s'était caché dans la maison pour l'attendre, comment il avait molesté Nellie. Victoria secoua la tête, incrédule.

– Je ne peux pas croire qu'il se soit conduit de cette façon !

– Pourtant... Et ce n'est pas le pire, Victoria. Il a failli tuer Stonewall. Pete et Clay, qui l'accompagnaient, étaient partis à la recherche de quelques animaux égarés tandis que Stonewall rentrait au ranch. Ils galopaient pour le rejoindre ; Kelso a dû les entendre arriver, il s'est enfui. Heureusement, sinon il achevait Stonewall.

– Comment va-t-il ?

– Il est plutôt mal en point. Il a le nez cassé, quelques côtes fracturées, des dents en moins et il ne peut plus ouvrir les yeux. Il ne sera pas sur pied avant un bon moment.

– Pourquoi ne m'a-t-on rien dit ce matin ? demanda-t-elle, mécontente.

– Je n'ai pas voulu. Il fallait que vous vous reposiez.

– Vous n'aviez pas le droit de me le cacher !

– J'en avais parfaitement le droit, et vous le savez, dit-il fermement. Sage voulait se lancer à la poursuite de Kelso, mais Ruby l'a persuadé de rester au ranch.

– Pauvre Stonewall !

Victoria se redressa dans le lit.

– Je dois aller le voir. Sortez, que je puisse m'habiller.

– Il n'en est pas question, vous ne bougerez pas de cette chambre.

Il la repoussa vivement contre les oreillers.

– Je connais Stonewall, il va s'inquiéter, se demander ce que nous allons faire.

– Mais non. Il le sait très bien.

– Je ne parlais pas de vous, mais de Ruby et de moi, il se sent responsable de nous deux.

– Je lui ai promis de m'occuper de tout.

– J'en suis sûre ! gronda-t-elle, outragée. Moi, je pourrai travailler dans ce restaurant, en ville, mais que deviendront Stonewall et Ruby ? Il ne sera peut-être plus jamais capable de travailler, et je vois mal le grand Mason Mahaffey s'encombrer d'un poids mort !

Il lui saisit le poignet.

– Vous avez de la chance, ma petite fille, que nous soyons tous les deux amochés, sinon je vous infligerais la fessée de votre vie.

– Lâchez-moi ! Vous m'avez peut-être sauvé la vie, mais cela ne vous donne pas le droit de me maltraiter. Vous ne valez pas mieux que Kelso !

– Taisez-vous ! Je ne vous maltraite pas, j'essaie seulement de fourrer un peu de bon sens dans votre petite tête vide. Vide... mais ravissante, ajouta-t-il, radouci. Bientôt, en effet, je poserai la main sur vous, Victoria. Sur vous tout entière, et vous en serez heureuse.

Elle vira à l'écarlate.

– Vous êtes l'homme le plus prétentieux de la Création !

– Pas prétentieux, Victoria... sûr de moi.

– Mais vous êtes fou ! Je vous connais depuis quelques jours à peine. Pour qui me prenez-vous ? L'une de ces gourgandines du saloon ?

Il répondit d'un petit rire.

– Ce n'est pas drôle ! s'indigna-t-elle.

– On voit que vous n'êtes pas beaucoup sortie d'ici, ou alors vous comprendriez à quel point c'est cocasse, mon cœur.

– Cessez de m'appeler comme ça, et sortez de ma chambre !

– Pas encore. Nous n'avons pas fini.

– Je n'ai plus envie de vous écouter.

Elle avait l'air d'un petit chat sauvage.

– Dommage pour vous. Si nous devons être partenaires jusqu'à ce que la justice ait statué sur notre affaire, il faut que je vous raconte un peu où nous en sommes.

Il y avait dans le regard bleu une lueur moqueuse qui lui donna envie de frapper, mais elle se contenta de pincer les lèvres.

– J'ai discuté avec Ruby et Stonewall. Ils veulent rester ici, près de vous. Ils vous considèrent comme leur fille.

– Je le sais, inutile de me le rappeler ! aboya-t-elle.

Il ne tint pas compte de l'interruption :

– Stonewall ne pourra pas remonter à cheval de sitôt, mais il connaît bien le ranch, et j'ai beaucoup à apprendre de lui.

– Ce n'est donc pas par générosité que vous avez décidé de les garder, mais par intérêt.

Elle lui lançait un regard brillant de larmes amères.

– Les deux, admit-il avec sincérité. Et vous restez aussi, Victoria. Dans cette maison, où je pourrai vous avoir à l'œil et vérifier si vous vous comportez correctement.

Il avait ajouté cela pour la défier, elle le savait parfaitement, mais elle partit au quart de tour.

– Que craignez-vous ? Que je revienne en douce, comme Kelso ? Que je vous attire dans un guet-apens ? Que je brûle la maison ?

Elle se sentait puérile, déraisonnable... Tant pis ! Elle avait envie de rester au ranch, mais était-ce au point de le laisser diriger sa vie, pour qu'il se serve d'elle afin de maintenir la paix dans cette région infestée de hors-la-loi ?

– Non, pas du tout, répondit-il, exaspérant de calme. Je vais vous dire ce que Stonewall et moi envisageons. Sage sera chargé du rassemblement. C'est un gars plein de bon sens, et les ouvriers l'apprécient. Lud est brave, mais il n'a pas un tempérament de chef. Stonewall et Ruby seront ici chez eux tant que j'aurai mon mot à dire au ranch Double M.

– Et savez-vous si cela durera longtemps ?

Elle n'abandonnerait pas si facilement !

– J'ai d'ores et déjà mon mot à dire, Victoria, vous le savez parfaitement. Cessez d'imaginer le contraire.

Il lui tenait toujours le poignet, et il l'obligea à desserrer les doigts pour que leurs paumes soient jointes.

– Il faut que nous parlions de ce qui s'est passé hier.

Le cœur de Victoria fit un bond.

Va-t-il me rappeler que j'ai dormi dans ses bras, que je l'ai embrassé, que j'ai pleurniché comme une petite fille à l'idée qu'il me laisse seule ? S'il ose, je mourrai de honte... Je devrais hurler, lui dire de partir !

– Quoi encore ? demanda-t-elle d'une voix lasse.

Son regard paisible, pénétrant, semblait voir au plus profond d'elle et, troublée, elle se mordit la lèvre. Comme elle essayait de dégager sa main, il la serra davantage.

– Lâchez-moi, dit-elle d'une petite voix tendue.

– Non.

Les yeux baissés sur leurs mains unies, il prit une profonde inspiration.

– Jim Lyster m'a dit que l'un des hommes qu'il avait enterrés aujourd'hui, le pisteur, possédait des papiers le désignant comme Bob Cash, de Denver. Jim connaît ce nom. Apparemment, Cash a été juge, autrefois ; cependant, après quelques affaires louches, il a eu des démêlés avec la justice. L'autre individu avait de l'argent en poche, mais aucune pièce d'identité. Avez-vous une idée de qui aurait pu les envoyer nous tuer, l'un ou l'autre ?

– Je pense que personne ne les a envoyés ; ils m'ont vue entrer à la banque et ils nous ont suivis pour nous dévaliser.

Elle parlait machinalement, l'esprit ailleurs.

Je le connais à peine, pourtant je suis là, près de lui, au lit, en tenue de nuit, je lui parle. C'est un étranger, et il me semble que j'ai toujours connu ses traits, sa silhouette, sa façon de se mouvoir, le son de sa voix.

Toute raide, elle regardait droit devant elle.

– Victoria ?

Il tourna son visage vers lui, cherchant dans son regard l'explication à cette soudaine distance.

– Je pensais à Stonewall, mentit-elle d'un ton mal assuré.

– Vous êtes fatiguée. Vous irez mieux après une bonne nuit de sommeil.

Il la contemplait avec une telle tendresse qu'elle en eut le cœur chaviré. Il ôta un de ses oreillers.

– Installez-vous mieux, je vais vous border, dit-il comme s'il s'adressait à une enfant.

Curieusement docile, elle obéit. Quand il rabattit la couverture sur ses bras, elle eut envie de lui caresser la joue.

Il est tellement gentil, parfois. Comme maintenant, comme hier, quand j'avais mal à la jambe, quand j'avais froid. Il faut que je m'en souvienne, parce que ça ne se reproduira peut-être plus.

Elle se rappela sa voix chaude, rassurante, pendant qu'il la réconfortait.

— Le matelas est bien plus confortable que les aiguilles de pin, murmura-t-il avant de souffler la lampe.

Victoria demeura immobile à tenter de discerner son visage dans la pièce obscure. Il se leva, s'appuya sur son bras valide pour se pencher sur elle.

— Vous allez mieux, maintenant !

Elle se sentit en sécurité, comme la nuit précédente, allongée contre lui.

— Oui.

Il effleura son front de ses lèvres tièdes.

— Nous savons tous les deux que ce qui nous arrive est merveilleux, profond, réel. J'en ai été certain la première nuit, quand je suis venu vous rejoindre ici. Nous ne pouvons rien contre ça, fille dorée, alors ne luttez pas, murmura-t-il à son oreille.

Les secondes s'écoulaient, et elle ne savait que faire, emprisonnée sous la couverture, sous ce corps d'homme. Une vague de plaisir mêlé de peur la parcourut quand elle sentit ses lèvres courir sur son visage, chercher sa bouche, la trouver.

Son baiser, tendre et sensuel, la mena aux portes de l'oubli.

Elle respirait à petits coups, le sang en feu, la joie dans tout le corps. Soudain, ce n'était plus de tendresse qu'elle avait envie, mais de quelque chose de plus fort. Elle ondulait doucement, le poussait à augmenter la pression de ses lèvres, gémissait en tentant de libérer ses bras pour les nouer autour de son cou, pour l'attirer davantage à elle.

– Chut, ma chérie. Ne bougez plus, ou je serai incapable de m'arrêter. Je meurs d'envie de me glisser sous les draps avec vous, de m'allonger contre votre corps si doux. Restez tranquille, mon amour.

Il enfouit le visage dans le creux de son cou, et elle l'entendit prendre de grandes inspirations pour se calmer.

Enfin il releva la tête, déposa un petit baiser sur sa joue.

– Désolé, mon cœur. Je ne voulais pas que ça aille si loin. Vous comprenez à présent pourquoi vous ne pouvez pas me quitter ? murmura-t-il avec une sorte de désespoir. Ou pourquoi je ne peux pas vous quitter ?

Il baisa doucement ses lèvres une dernière fois avant de se lever, de remonter les couvertures sous le menton de la jeune femme.

Victoria vit son ombre traverser la chambre, entendit le bruit de la porte qui se refermait. Elle fixa longuement le battant, puis ses lèvres formèrent silencieusement les mots qu'elle ne dirait jamais en plein jour : « Je vous aime. »

11

Kelso, le dos à la porte, était installé au *Saloon de la Dernière Chance*, un verre à la main. Il n'avait pas pensé avant d'arriver en ville que la nouvelle des événements survenus au ranch Double M avait pu le précéder. Quand l'idée lui en avait traversé l'esprit, il avait failli décamper en vitesse, mais le tenancier, un bon ami de Stonewall, l'avait accueilli cordialement. S'il avait eu vent de ses méfaits, Kelso aurait déjà été dehors, le nez dans la poussière... ou en route pour un lynchage !

Kelso avala son verre d'un trait. Il envisageait de rester ici un jour ou deux, et ensuite de partir vers le sud avant l'arrivée du froid.

Plus jamais il ne pourrait remettre les pieds au ranch. S'il ne s'était pas attaqué à Nellie, il aurait peut-être eu une chance de faire comprendre son point de vue à miss Victory, mais après cette agression et la correction infligée à Stonewall, il n'était plus question qu'il reste dans la région, ni même qu'il emprunte le chemin des Hors-la-loi. Stonewall et miss Victory étaient fort respectés, et il risquait de tomber sur quelqu'un qui se sentirait obligé de les venger.

Kelso regrettait surtout d'avoir brutalisé Nellie et de ne pas avoir attendu Mahaffey pour le descendre.

Comme il se servait un second verre, il parcourut la salle des yeux. Quelques hommes accoudés au bar, une tablée de joueurs de cartes et un étranger assis seul dans un coin. Kelso se roula lentement une cigarette. Il n'était pas pressé, on ne l'attendait nulle part.

– Hé, Kelso, qu'est-ce que tu fais en ville ? Tu devais pas t'occuper des bêtes au ranch Double M ? tonna le barman.

Toutes les têtes se tournèrent vers Kelso qui grimaça un vague sourire.

– Si, mais j'ai donné ma démission. Y a plus de place pour moi depuis que le nouveau est arrivé.

– Quel nouveau ? Ça serait pas ce mauvais coucheur qui accompagnait miss Victory l'autre jour ? On aurait dit qu'il s'était battu et qu'on lui avait réglé son compte !

– Ouais, j'm'en suis chargé ! rétorqua Kelso, qui ne perdait jamais une occasion de se vanter.

– Stonewall a pas dû être content de te perdre. Il t'aime bien.

Kelso marqua une pause, le temps de chasser un vague sentiment de culpabilité et de réveiller sa haine contre Mahaffey.

– Le vieux Stonewall prendra sans doute sa

retraite avant l'heure. M'avait laissé entendre que miss Victory m'engagerait comme régisseur, mais ce Mahaffey est arrivé. C'est un peu l'associé de miss Victory, et elle lui obéit. Il se fiche pas mal de ce qu'ont fait les hommes pour le ranch. C'est lui qui dirige, maintenant.

Kelso était très content de lui. D'ici à une semaine, la nouvelle aurait fait le tour de la région.

Maintenant que les gens avaient de quoi alimenter leurs conversations, ils se désintéressaient de lui, et c'était bien ainsi. Il resta devant sa bouteille, un peu perdu. L'idée de ne plus jamais revenir au ranch le rongeait. Il se serait occupé du domaine bien mieux que Stonewall. Et puis il avait attendu des années que miss Victory le remarque. Il n'arrivait pas à croire qu'elle l'ait chassé ! Il s'était crevé à trimer sur le ranch, et elle lui ordonnait de partir !

– Puis-je me joindre à vous ?

Kelso leva les yeux vers l'étranger. Il avait une longue cigarette dans une main et une bouteille du meilleur whisky du saloon dans l'autre. Petit, blond, le cheveu clairsemé, il portait des moustaches cirées et les vêtements les plus élégants que Kelso ait vus, depuis son costume à fines rayures jusqu'à sa chemise de soie et la lourde chaîne d'or qui barrait son gilet. Un vrai dandy.

– Non. Je tiens pas à votre compagnie, gronda-t-il.

– Vous changerez sans doute d'avis quand vous aurez entendu ce que j'ai à vous dire. Et c'est plutôt difficile de converser dans ces circonstances.

L'homme prit une chaise et s'assit en jetant un regard navré autour de lui.

Il a du cran ! Mais pas de cervelle. Je pourrais bien lui écraser ses blanches petites mains d'un seul coup de crosse ! Qu'est-ce qu'il ferait, alors ?

– Vaudrait mieux partir d'ici avant que je m'énerve.

L'étranger poussa la bouteille vers lui.

– Vous trouverez cet alcool bien supérieur à celui que vous êtes en train de boire, j'en suis certain.

Il avait un accent bizarre, et Kelso devait faire un effort pour comprendre ce qu'il disait.

– C'est pour être marrant que vous parlez comme ça ?

L'homme eut un sourire qui parut vaguement familier à Kelso.

– Bien sûr que non. J'arrive d'Angleterre.

– C'est où, ça ?

– A un monde de l'Amérique, Dieu merci ! répondit l'étranger en prenant le plafond à témoin.

– J'sais pas où vous voulez en venir. Vous parlez, mais vous dites rien, en réalité.

– C'est vrai. Tout à fait vrai. Je vais aller droit au but. Etes-vous capable de diriger le ranch Double M ?

La question frappa Kelso de plein fouet.

– Qu'est-ce que ça veut dire ? Bon Dieu, qu'est-ce que vous voulez dire par là ?

– Je suis Robert McKenna, fils et héritier de Marcus McKenna. Et je vous demande de ne pas divulguer mon identité... Pas encore.

– Divulguer ? Ça veut dire quoi ? grommela Kelso dont le cœur se mettait à battre plus vite.

Le fils du vieux Marcus ! Il y avait de quoi avoir les jambes coupées !

– Que vous ne devez dire à personne qui je suis, répondit Robert en dissimulant son amusement.

– Pourquoi ? Vous avez honte ?

– Absolument pas ! répondit vivement Robert. Mais seuls les fous révèlent leurs plans avant d'être prêts à les mettre à exécution.

Vexé, Kelso marmonna :

– Qu'est-ce que vous me voulez ?

– Je vous ai entendu parler au tenancier, et je me suis dit que vous étiez peut-être celui qu'il me fallait. J'ai besoin d'un homme de confiance pour gérer le ranch quand j'en aurai pris le contrôle.

Robert n'en croyait pas sa chance ! Il tombait justement sur un ouvrier rancunier et chassé du ranch dans cet établissement minable !

Comme Kelso ne répondait pas, il lui servit de l'alcool avant de regarder autour de lui afin de s'assurer qu'on ne les entendait pas.

– Je ne suis pas surpris que vous vous soyez querellé avec ce Mahaffey. C'est un individu sans scrupules. Il essaie de nous déposséder du Double M, ma sœur et moi. Il prétend que je lui ai vendu la propriété, il exhibe des actes de vente, mais ils sont fabriqués de toutes pièces, car le ranch nous appartient, à Victoria et à moi. Il y a une semaine, j'ai envoyé deux hommes demander à ma sœur de me rejoindre en ville, ils ne sont jamais revenus. J'irais bien moi-même, mais je suis certain que, grâce à Mahaffey, je ne sortirais pas vivant de la vallée !

— J'irai pas, si c'est là que vous voulez en arriver ! protesta Kelso.

Robert ignora l'interruption.

— Je suis inquiet pour ma sœur.

Il marqua une pause avant de reprendre :

— J'ai entendu dire que le Double M emmenait son bétail...

— Ouais.

— Chez un négociant, à une quarantaine de kilomètres vers le sud.

— Ouais.

— Donc, on peut raisonnablement imaginer que Mahaffey s'absentera un certain temps du ranch, n'est-ce pas ?

— Ouais.

Robert tentait de contenir son irritation. Quel sinistre imbécile ! Depuis qu'il était arrivé dans cette satanée région, il n'avait pas rencontré une seule personne capable d'aligner deux phrases.

— Je suis certain que vous avez beaucoup d'amis. En connaissez-vous un qui serait capable de passer un message à Victoria ?

— P't-être bien.

— Si nous parvenons à attirer ma sœur en ville, nous arriverons certainement à lui faire entendre raison. Mais il faut d'abord l'éloigner de Mahaffey.

Kelso remarqua que l'étranger disait « nous ». C'était bon de se sentir impliqué dans ses projets, pourtant il valait mieux jouer cartes sur table et lui expliquer la situation.

– J'peux pas rester dans le coin. J'ai salement cassé la figure à Stonewall Perry, et il a plein de copains.

Robert faillit parler et fixa son verre, pensif.

– Qui vous a vu le faire ? demanda-t-il enfin.

– Personne. Mais Stonewall, lui, s'il est pas mort, il sait.

– Donc c'est sa parole contre la vôtre ?

– Ouais.

– Si vous deveniez le nouveau régisseur du Double M, qui douterait de vous ?

Kelso tira une longue bouffée de sa cigarette, une étincelle avide dans le regard.

– Vous êtes sérieux ?

– Je n'ai pas l'habitude de parler en l'air. J'ai en Angleterre un domaine dont je dois m'occuper moi-même, alors j'aimerais conclure ici, laisser le ranch en de bonnes mains et rentrer chez moi.

– J'connais peut-être quelqu'un.

– Pour porter une lettre à ma sœur ?

– Ouais.

– Quelqu'un qui saura quand Mahaffey s'en va avec le bétail ?

– Ça, c'est pas un secret.

– J'ai un homme de main qui lui réglera son compte... sauf si vous préférez vous en charger.

– Vous voulez dire le tuer ?

– Voyez-vous un autre moyen de vous débarrasser de lui ?

La voix de McKenna s'était durcie et Kelso eut une vision fugitive de l'homme qu'il était réellement, derrière ses beaux vêtements et ses manières onctueuses. Froid, dangereux, intelligent.

– Je m'en fiche si vous le tuez, mais je veux pas qu'on fasse de mal à miss Victory. C'est tout.

Ce crétin s'est entiché d'elle! pensa Robert. *L'amour est une excellente raison pour devenir meurtrier... et être pendu ensuite!*

– Moi non plus, mon vieux, c'est pourquoi je me donne tout ce mal. Ma sœur est une jeune fille naïve, incapable de résister à la force de persuasion d'un homme comme Mahaffey. Il va lui prendre le ranch, l'argent, et il la laissera à la rue, sans le sou.

Robert assista, enchanté, à l'effet qu'avait ce discours intentionnellement dramatique sur son interlocuteur éméché.

– J'connais un autre type qui se débarrasserait bien de Mahaffey. Il vient en ville de temps en temps pour voir les petites femmes. Je vais guetter son arrivée.

– Dans combien de temps sera-t-il là, à votre avis?

– Quelques semaines.

– Pas plus tôt?

– Si vous avez pas besoin de lui avant que Mahaffey soit parti avec le bétail, ça presse pas.

– Y a-t-il quelqu'un dans les environs qui risque de nous causer des ennuis?

– Ouais. Un nommé Sage. Un vrai fils de garce. On sait jamais où il va frapper. Il voudra me faire la peau, si Stonewall lui dit que c'est moi qui l'ai tabassé.

– Vous serez capable de le maîtriser, déclara Robert, confiant.

– Pour le reste, c'est pas difficile. Vous avez qu'à répandre le bruit que Mahaffey veut chasser miss Victory de chez elle, et vous aurez une centaine de hors-la-loi qui lui tireront dessus. Ils toucheront pas un cheveu de miss Victory.

– Non, je dois d'abord parler à ma sœur ! s'écria Robert avant d'avaler une grande gorgée de whisky.

Surtout ne pas montrer à ce débile combien ma situation est désespérée.

Robert avait pris l'argent de Mahaffey contre de faux papiers, il fallait le tuer avant qu'il ne découvre la supercherie. Et Victoria aussi. Ensuite, le ranch serait à lui. Il le vendrait et repartirait en Angleterre, riche. Lorsqu'il aurait remboursé ses dettes de jeu, il pourrait enfin commencer une nouvelle vie.

Il adressa un sourire complice à Kelso. Encore deux minutes, et cette brute lui mangerait dans la main.

– Victoria doit venir en ville, insista-t-il. Je veux qu'elle soit en sécurité, loin de Mahaffey. Au cas où notre affaire ne se déroulerait pas comme prévu, vous comprenez. Je sais me montrer convaincant, même par courrier. Si votre ami parvient à délivrer la lettre à ma sœur, il y aura cent dollars de plus pour vous.

Maudits soient Cash et ce simple d'esprit qui l'accompagnait, pestait Robert. S'ils avaient fait leur travail, Victoria serait morte, Mahaffey aussi, et c'en serait fini des problèmes. Il ne s'était pas attendu à trouver sa demi-sœur encore au ranch. Pourquoi n'était-elle pas allée habiter en ville quand le nouveau propriétaire avait pris possession du Double M ? L'aventure ne tournait pas comme prévu.

– Si c'est ce que vous voulez, dit Kelso en haussant les épaules.

– Exactement, confirma Robert en se levant. Je réside à l'hôtel *Overland* sous le nom de Malcolm Granville. Prévenez-moi dès que votre ami arrivera en ville.

Il paya le tenancier et sortit.

Kelso le suivit des yeux. Un arrogant petit dandy, mais quelle importance ? Il repartirait dans son pays, et Kelso, qui s'était fait chasser du Double M, y reviendrait en vainqueur. Il imaginait déjà la tête de Sage Harrington quand il lui dirait de ramasser ses affaires et de ficher le camp. Bon sang ! Il espérait que Stonewall était au cimetière, qu'il n'avait pas vécu assez longtemps pour raconter qui l'avait rossé. Quant à la fille... Mahaffey mort, la fille s'en irait aussi, et on oublierait tout.

Une heure auparavant il voyait son avenir en noir, mais il ne tarderait pas à prouver à tout le monde qu'on ne se débarrassait pas comme ça de lui !

Sage, sous un ciel bas, menait le chariot. Il détestait conduire un chariot presque autant qu'il détestait les jours gris et pluvieux. Il était revenu au ranch pour réparer le cerclage d'une roue, et la seule bonne chose qu'il pouvait en tirer, c'était l'éventualité de voir Nellie. Depuis le jour où il l'avait arrachée à la barrière du corral, elle occupait tout son esprit.

Son visage s'adoucit tandis qu'il pensait à elle. Nellie le petit chien contre sa joue, Nellie qui le regardait timidement entre ses cils. Nellie sur le porche, le vent plaquant sa jupe contre ses jambes, Nellie effrayée, en larmes...

Il se rembrunit. Kelso l'avait molestée, il avait failli assassiner Stonewall, et cela lui donnait des instincts meurtriers. Sage avait un tempérament explosif, caché la plupart du temps sous une nonchalance factice. Il perdait rarement son sang-froid, mais quand ça se produisait, c'était redoutable.

Toutefois, depuis qu'il la connaissait, elle, il ressentait une sorte de paix. Qu'avait donc cette minuscule jeune fille vêtue d'une robe passée pour l'émouvoir à ce point ? Il en avait connu, des femmes, certaines convenables, d'autres que l'on appelait des grues, et il ne voyait guère de différences entre elles. Mais Nellie était spéciale. Dès l'instant où il avait posé les yeux sur elle, il avait su que sa vie était transformée à jamais.

Il sourit en se rappelant les paroles de Ruby. Elle était bien la seule de qui il pût les accepter. N'importe qui d'autre aurait reçu son poing dans la figure.

– Tu as eu des tas d'ennuis et tu t'en es sorti, tu as dressé des chevaux sauvages, attrapé des bouvillons au lasso, dépecé des buffles et dormi avec des Indiens. Il est temps, mon garçon, que tu prennes une femme, que tu t'installes pour avoir une nichée.

Tandis qu'il guidait l'attelage vers le baraquement, Sage songeait à Ruby. La première fois qu'il était venu au ranch, elle avait bavardé avec lui sans poser de questions, se contentant de lui parler de Stonewall et d'elle, d'expliquer comment elle était arrivée là. Ensuite, elle s'était toujours montrée heureuse de le voir, reconnaissante de ce qu'il faisait pour elle. La chouette n'était même pas très réussie. Et l'oie sauvage, qu'elle gardait soigneusement dans son coffre, avait un cou trop long par rapport à son corps.

Perdu dans ses pensées, Sage s'aperçut que la pluie tombait à verse seulement lorsqu'il vit une gouttière dégouliner du bord de son chapeau. Il arrêta le chariot devant l'appentis qui servait de forge. Hitch sortit en claudiquant.

– T'as des problèmes avec une roue ? J'peux peut-être t'aider, je m'y connais un peu.

– Avec plaisir, merci. Comment va Stonewall ?

– Couci-couça.

Hitch remit du charbon dans le foyer de la forge.

Les soufflets fuyaient et l'enclume était abîmée, mais Sage parvint à mettre une bande de fer autour de la roue et à la souder, grâce à l'aide de Hitch. Le travail aurait été plus satisfaisant avec de bons instruments, mais enfin cela tiendrait. Il remit la roue dans le chariot.

– Tu vas pas retourner là-bas ce soir, Sage ?

demanda le vieux en dételant les mules pour les conduire vers la mangeoire.

– J'y avais pensé, mais finalement rien ne m'y oblige.

Le vent était mordant. Dans quelques semaines, ce ne serait plus la pluie qu'il balaierait, mais la neige. Sage était heureux d'avoir une excuse pour dormir sur son lit au baraquement plutôt que dans un sac de couchage sous le chariot. Il prit un seau d'eau dans le tonneau de chêne dont il replaça soigneusement le couvercle, puis il se rendit à la cabane pour faire un brin de toilette et se raser. Il enleva sa chemise sale, en choisit une bordeaux avec des boutons de nacre qu'il rentra dans sa ceinture avant de boucler son holster.

C'était à la fois étrange et agréable d'être seul dans le bâtiment. Tout le monde était dans la vallée, à l'exception de Hitch et des jumeaux. Même le jeune Doonie travaillait, comme assistant de l'Ecureuil. Sage était impressionné par les Mahaffey, par leur ardeur à la tâche, leur efficacité.

Mason avait pris les rênes des mains de Stonewall sans que les ouvriers émettent la moindre protestation. Il s'affairait à leurs côtés, respecté et apprécié de tous. Au début, les jumeaux avaient rouspété à l'idée de rester au ranch, mais Mason s'était montré intransigeant. On ne pouvait laisser les femmes seules avec Hitch et Stonewall.

Sage regarda la grande maison. Une lumière brillait à la fenêtre de la cuisine, et il se demanda si c'était Nellie qui préparait le souper. Il eut soudain une conscience aiguë de sa solitude. Quelle impression cela faisait-il que quelqu'un cuisine pour vous ? Et de s'installer après le repas devant la cheminée pendant que votre épouse vous racontait sa journée ? Et ensuite, de la tenir dans vos bras, de lui faire l'amour ?

Sage saisit son manteau de toile cirée et se dirigea en courant sous la pluie vers la cabane de Ruby. Il s'ébrouait lorsqu'elle ouvrit la porte.

– Te voilà enfin ! Stonewall t'avait vu arriver, et j'ai mis un couvert de plus.

– Hum... Ça sent bon !

Sage sourit en effleurant le ruban qu'elle avait noué à son chignon.

– Non seulement elle cuisine bien, mais en plus elle est ravissante ! reprit-il.

– J'croyais t'avoir dit de pas toucher à ma femme, gamin ! gronda Stonewall depuis son fauteuil à bascule.

Ruby pencha la tête, une étincelle joyeuse dans les yeux, son bon visage tout plissé de sourire. C'était le même jeu chaque fois que Sage lui rendait visite.

– Tais-toi, Stonewall Perry ! dit-elle en feignant l'irritation. Tu m'as pas parlé de mon ruban, j'ai même l'impression que tu ne l'as pas remarqué.

– Mais si !

– Alors, pourquoi t'as rien dit ? Viens t'asseoir, Sage, et bavarde un peu avec mon homme. Il est d'une humeur de chien, depuis qu'il est obligé de rester inactif toute la sainte journée.

– Je me suis jamais autant reposé de ma vie, marmonna Stonewall.

Sage prit soin de ne pas regarder le visage blême du régisseur, ses joues creusées, ses yeux profondément enfoncés sous les sourcils broussailleux. Sa peau s'affaissait, tant il avait maigri, et de nouveau Sage fut envahi de cet irrésistible désir de vengeance.

– Nous serons prêts à faire le grand voyage dans une huitaine de jours.

Stonewall roula une cigarette, l'alluma avant de tendre papier et tabac à Sage.

– Mason a envoyé quelqu'un pour donner le compte au bouvier ?

– Oui, Lud, comme tu lui avais conseillé.

Stonewall grommela son approbation.

Ruby s'affairait tout en jetant de fréquents coups d'œil à son mari. Elle était désolée de le voir trop faible pour faire un pas tout seul. Quand on le lui avait amené, sanglant et brisé, elle n'avait pensé qu'à le garder en vie. A présent, elle brûlait de haine et elle s'était promis de le venger.

Sage l'aida à approcher la table du fauteuil de Stonewall, et ils dégustèrent un repas de bœuf frit que Sage termina jusqu'à la dernière bouchée. Ensuite, il s'appuya à son dossier et sourit à Ruby.

– Si vous n'étiez pas déjà prise, je jure que je vous courtiserais.

– Eh bien, je suis prise, Sage Harrington, mais il y en a d'autres qui sont libres, par ici.

– Allons, ma belle, la gronda gentiment Stonewall. Cesse de jouer les marieuses. Chaque fois que Nellie vient nous rendre visite, Sage, Ruby chante tes louanges. Elle fait croire à cette petite que tu es capable de décrocher la lune.

– J'ai rien raconté de tel, Stonewall Perry, protesta Ruby, gênée. Ecoute, Sage, j'ai seulement dit que...

On frappa doucement à la porte, et Nellie entra, un grand carré de toile cirée sur la tête, une cruche à la main. Elle demeura un moment sur le seuil, hésitante. Ces trois personnes qui semblaient surprises de la voir se doutaient-elles qu'elle avait vu Sage arriver, puis se rendre chez Ruby et Stonewall ? Un instant, elle regretta d'avoir trouvé une excuse pour venir, mais déjà Ruby était près d'elle.

– Quelle bonne surprise ! Nous voilà avec deux visiteurs, ce soir, Stonewall ! Et il y a tant de jours où on est tout seuls ! Qu'est-ce que vous avez là, petite ?

Nellie était heureuse de ce bavardage. Elle avait croisé le regard de Sage quand elle était entrée, mais à présent elle prenait soin de l'éviter.

– Je vous ai apporté du beurre frais.

– C'est vraiment gentil, n'est-ce pas, Stonewall ? Il n'aime rien tant que le beurre qui sort de la baratte, ajouta Ruby en prenant le pot des mains de Nellie. Et ça tombe à point !

Elle posa à l'aveuglette un torchon sur la jatte de beurre qui trônait déjà au milieu de la table.

– Ça sera parfait avec les biscuits qui sortent du

four et du miel ! déclara-t-elle. Qu'en penses-tu, Sage ?

– Sûrement !

Les mots parvenaient à Nellie au milieu des battements assourdissants de son cœur. Oh, elle n'aurait pas dû venir ! Elle ne trouvait absolument rien à dire, et elle n'osait pas regarder Sage.

– Eh bien... il faut que je m'en aille.

– Vous venez tout juste d'arriver ! Rien ne presse ! Sage, donne ta chaise à Nellie et viens t'asseoir sur le banc près de moi.

Sage bondit sur ses pieds, mais Nellie protesta, écarlate.

– Non, non, je dois rentrer.

Elle attrapa sa capuche à la patère où Ruby l'avait accrochée. Elle était encore trempée, mais elle s'en moquait, elle voulait seulement échapper au regard intense d'un bleu profond. Elle était à la porte quand Sage la rejoignit, son ciré à la main.

– Je vous raccompagne.

– Bonne idée, Sage, intervint Ruby, debout derrière le fauteuil de son mari. Vous êtes assez couverte, Nellie, ou vous voulez que je vous prête un châle ?

– Ça va, je vous remercie. Vous... Je peux rentrer seule, murmura-t-elle à l'intention de Sage.

Dieu, son cœur allait éclater !

– J'y tiens, mademoiselle.

– Evidemment qu'il y tient ! renchérit Ruby. Vous n'allez tout de même pas partir toute seule dans la nuit. Vous risquez de... euh, de...

– C'est bon, chérie, il y va. Inutile d'en rajouter, pouffa Stonewall.

– Tu es vraiment insupportable, Stonewall Perry ! Si tu l'ouvres encore, je te fais avaler ton chapeau...

– Merci pour le souper, Ruby, coupa Sage. Je repasserai tout à l'heure voir si tu as un message pour Mason, Stonewall. Je suppose que je partirai à l'aube.

Sage ouvrit la porte et Nellie sortit, tandis que Stonewall riait de nouveau. Ruby appela Sage.

– Prends ton temps ! Nous n'allons pas nous coucher tout de suite.

12

Dès que la porte fut fermée, Nellie se mit à trembler convulsivement, la gorge nouée, incapable de parler. La pluie ruisselait de la gouttière et la lueur d'un éclair révéla de gros nuages noirs. Elle rabattit la toile cirée sur sa tête.

– Ne partez pas tout de suite, dit calmement Sage.

Elle demeura immobile. Elle aurait voulu briser ce mur, lui dire qu'elle avait envie de rester, de bavarder avec lui, mais c'était impossible.

– Je ne devrais pas vous parler, reprit-il, sombre. Je ne suis pas le genre d'homme que doit fréquenter une jeune fille comme vous.

– Alors pourquoi êtes-vous là ?

Elle était soudain en colère, plus contre elle que contre lui.

– Pourquoi ne devriez-vous pas me parler ? continua-t-elle. Je suis une adulte !

– Je ne suis pas quelqu'un de recommandable. Seulement un loup solitaire qui marche sur deux pattes au lieu de quatre. Certains me traitent de mauvais garçon.

Derrière l'ironie, Nellie devinait l'ampleur de son désarroi, de son amertume.

Ils étaient face à face, séparés par un rideau de pluie dont le son était apaisant, et le tonnerre s'éloignait vers les canyons.

Nellie frissonna.

– Vous avez froid. Voulez-vous rentrer chez Ruby en attendant que l'orage se calme ?

– Et vous ? souffla-t-elle, le cœur serré.

Surprise, elle l'entendit rire.

– Ma parole, pourquoi en aurais-je envie ? J'étais là à me demander si j'aurais la chance de vous apercevoir, et vous êtes apparue à la porte !

Une bulle de joie lui monta à la gorge.

– De toute façon, Ruby serait bien capable de nous renvoyer sous la pluie.

Cette fois, il éclata franchement de rire.

– Elle s'est donné tant de mal pour nous rapprocher ! Nous ferions aussi bien de nous asseoir un moment. Il y a un banc, par là.

Ils se dirigèrent vers le bout du porche.

Nellie se sentait si heureuse qu'elle joignit son rire au sien. Elle s'assit, et il s'installa en écran entre elle et la pluie.

– Vous allez être trempé, dit-elle.

– Non, regardez...

Il prit le carré de toile cirée et le posa sur eux deux. *Nellie ! Nellie !* Il n'arrivait pas à croire qu'il était là dans le noir avec elle, si proche qu'il sentait sa cuisse contre la sienne, et elle était si frêle, si confiante ! Comme il la sentait frémir, il posa un bras autour d'elle pour la serrer davantage contre son épaule.

– Vous avez froid, Nellie ?

Elle frissonna de plaisir à l'entendre prononcer son nom. Jamais elle ne s'était sentie si merveilleusement vivante, et ce n'était certes pas de froid qu'elle tremblait.

– Non, murmura-t-elle. Sage ?

Elle se tourna vers lui, mais il faisait trop sombre pour distinguer son expression. Elle sentait seulement son souffle sur son visage.

– Vous me trouverez stupide, si je vous dis que je frissonne... d'émotion ?

– Pas plus que moi.

Il parlait d'une voix douce dont les vibrations se répercutaient en elle. Si seulement elle avait le courage de poser les mains sur sa poitrine ! Il était mince mais robuste, et la cuisse contre la sienne était dure comme de l'acier.

– Jamais je n'ai été aussi près d'un homme, dit-elle en pouffant comme une enfant. Et vous ? Avec une jeune fille, je veux dire.

– Non, mais j'aimerais le faire chaque fois qu'il pleut... avec vous.

Elle se laissa aller contre lui.

– J'espérais vraiment vous voir, avoua-t-il de nouveau.

Nellie eut un petit rire clair, et il lui prit la main.

– Pourquoi croyez-vous que je sois venue chez

Ruby ? J'ai cru mourir de honte, quand j'ai vu le beurre sur la table !

– Je n'ai même pas vu le beurre, je n'ai vu qu'une jolie jeune fille aux cheveux sombres sur le seuil.

Toute solitude évanouie, Sage se sentait léger pour la première fois depuis des années.

– J'étais si nerveuse, Sage ! J'étais persuadée que tout le monde comprendrait qu'il s'agissait d'un prétexte pour vous voir. Me trouvez-vous trop hardie ?

Elle se cacha le visage contre lui.

– Pas du tout ! J'aime tant vous l'entendre dire ! Depuis le tout premier instant, vous avez occupé toutes mes pensées. Il faut que je vous embrasse, Nellie. Vous voulez bien ?

Il ravala la boule qui lui montait à la gorge. Il n'avait jamais rien tant souhaité que protéger cette jeune fille magique. Il avait envie de l'emporter dans un endroit secret, où ils seraient seuls, où il la traiterait comme une reine.

Imbécile ! Elle ne répond pas, tu es allé trop loin...

– Je n'ai jamais embrassé un homme, dit-elle enfin d'une toute petite voix. Je ne saurai peut-être pas.

Il rit, soulagé, et glissa les mains sous son châle.

– Ce n'est pas très difficile.

– Ah ? Vous avez dû le faire bien souvent, je suppose.

– De temps en temps ; mais jamais je n'en ai eu envie comme en ce moment.

Elle leva le visage vers lui, et le cœur de Sage fit un bond dans sa poitrine. Le désir montait en lui, et, avec lui, une infinie tendresse. Nellie lui offrait ses lèvres en une invite inconsciente, et il les caressa doucement des siennes. Juste une amorce de baiser. Instinctivement, il sentait qu'il ne fallait pas la brusquer, malgré la passion qui le dévorait. Il posa la main sur sa joue et l'attira contre son épaule. Elle résista légèrement.

— Il y a dans votre poche quelque chose qui me fait mal, dit-elle.

Elle n'avait pas été aussi heureuse de toute sa vie, elle avait envie de se rapprocher encore, de le toucher, et elle se jura de le faire avant la fin de cette soirée de rêve.

Il la lâcha pour fouiller dans sa poche.

— Bon sang, j'avais oublié la chouette !

Il posa le petit objet de bois sculpté dans sa main.

— Je l'ai faite pour vous. Elle est moins grosse que celle de Ruby, mais c'est mieux.

Nellie l'enferma dans sa paume.

— Oh ! merci, il ne fallait pas... Je suis ravie ! J'ai hâte d'être à la maison pour la voir !

— Attendez ! dit-il en rabattant le ciré sur leurs têtes avant de gratter une allumette de l'ongle de son pouce.

Sous le fragile abri, Nellie contempla le minuscule animal de bois, admira la perfection des détails, jusqu'aux serres qui s'accrochaient à une branche. Comme l'allumette se consumait, elle souffla sur la flamme, puis elle caressa la joue si proche de Sage.

— Merci, répéta-t-elle. Je la garderai toujours. Ce sera mon plus précieux trésor.

– Nellie... Nellie...

De nouveau il prit ses lèvres, doucement, comme s'il avait peur de la blesser, sans hâte, avec délicatesse.

Quand elle passa la main sur sa nuque pour l'attirer à elle, il crut devenir fou. Se rendait-elle compte de la violence du désir qu'elle éveillait en lui ? Devinait-elle la force de caractère dont il devait faire preuve pour se retenir, s'empêcher d'écraser sa bouche, d'en explorer chaque contour ? Il s'autorisa un seul baiser passionné qui la bouleversa au point qu'elle s'enhardit jusqu'à lui caresser le torse.

Il repoussa la toile cirée, appuya sa joue contre le front de la jeune fille et aspira de longues bouffées d'air frais.

– Il faut que je rentre, murmura-t-elle sans bouger.

Il lui baisa les cheveux et elle retint son souffle.

– Je sais, répondit-il en se levant. J'ignore quand je reviendrai. Nous en avons encore pour une semaine avant de conduire le bétail à la vente.

Il enfouit les mains dans les cheveux si doux, en garda un instant une mèche entre ses doigts avant de la laisser retomber doucement sur la joue de Nellie.

– Il ne pleut plus, mais le sol est trempé. Je vais vous porter pour vous éviter de mouiller votre jupe.

Il l'enleva dans ses bras comme si elle était une enfant, et elle noua les mains autour de son cou, heureuse d'être un peu plus longtemps contre lui.

Comme il pataugeait dans la boue, elle rit.

– Vous ririez moins si je vous lâchais ! plaisanta-t-il.

– Impossible ! Je vous tiens si fort que vous tomberiez avec moi !

– Ne me tentez pas ! s'exclama-t-il en lui donnant un petit baiser sur la joue.

– Qui lave vos chemises, Sage ? Celle-ci sent si bon le savon !

– Moi, en général. Mais parfois Ruby en met quelques-unes avec sa propre lessive.

– Vous aimez beaucoup Ruby, n'est-ce pas ?

– Oui. Elle et Stonewall ont remplacé mes parents, en quelque sorte.

– Vous n'en avez pas ?

– Non. Ils sont morts.

Nellie eut le cœur serré.

– Vous me parlerez d'eux, un jour ?

– J'aimerais bien, répondit-il gravement.

Ils arrivaient devant la maison et Sage monta les marches.

Je voudrais ne jamais la poser à terre, pensait-il, tandis que Nellie se disait : *Je voudrais rester toujours dans ses bras.*

Sage la serra un peu plus.

– Cela vous ennuierait beaucoup si je vous embrassais encore une fois ?

Sous le ton désinvolte perçait une intense émotion.

– En avez-vous envie ? le taquina-t-elle.

C'était si nouveau, si merveilleux de pouvoir lui parler ainsi, sans retenue !

– Terriblement ! D'ailleurs, si vous refusez, je vous remmène près de cette flaque de boue, là-bas.

Leurs rires se mêlèrent, celui de Nellie, aérien, celui de Sage, bas, profond. Ils entendirent à peine la porte s'ouvrir.

– Nellie !

L'un des jumeaux surgissait sur le seuil.

– Qu'est-ce que vous faites avec ma sœur ? Posez-la immédiatement.

– Clay... Pete ! cria Nellie, morte de honte.

– Posez-la ! répéta Clay avec force. Que fait-elle dans vos bras ?

Sage déposa doucement Nellie à terre sans lui lâcher le bras.

– Je l'ai ramenée de chez Ruby afin qu'elle ne trempe pas sa robe, expliqua-t-il, patient.

– Vous en avez mis, du temps ! J'allais partir la chercher.

– Clay ! Je suis une adulte !

– Tu n'es qu'une gamine, comparée à un homme comme lui. Rentre à la maison !

– Non ! protesta Nellie.

– Allez-y, conseilla Sage en la poussant en avant. Comme elle refusait de bouger, il insista :

– Tout ira bien.

Ecarlate, Nellie finit par obéir. Sage se tourna vers son frère.

– Ne vous inquiétez pas. Je serais incapable de faire du mal à Nellie.

– Laissez-la tranquille. Compris ?

– Ne me donnez pas d'ordres, mon garçon, grinça

Sage. Vous veillez sur votre sœur, et c'est très bien, mais ne me poussez pas à bout.

— Ma sœur n'est pas faite pour un vagabond.

— Je suis bien d'accord.

— Par le diable, Clay, que se passe-t-il ?

Pete, qui sortait de la maison, vint se placer près de son frère.

— Je l'ai surpris avec Nellie. Il la tenait dans ses bras, et je lui ai dit de la laisser tranquille.

— J'ai le plus grand respect pour votre sœur, et je ne veux pas d'ennuis, mais dites à votre frère de mesurer ses paroles, gronda Sage, menaçant. Je ne veux pas que les instants passés avec Nellie soient salis par des mots.

— Ce sera à Mason de décider, rétorqua Pete. S'il décide que Nellie ne doit pas vous voir, il le dira. Viens, Clay, il vaut mieux qu'on ne se mêle pas de ce qui ne nous regarde pas, conclut-il en poussant fermement son frère devant lui avant de fermer la porte.

Sage demeura un moment immobile, puis il retourna vers la maison de Ruby. Un coyote hurlait dans la nuit, son cri aigu monta, répété par l'écho.

Sage était un peu perdu. Il ne s'exprimait pas facilement, pourtant il lui fallait trouver les mots pour convaincre les frères de Nellie, se dit-il, désespéré. Il devait les persuader qu'il aimait leur sœur d'un amour sincère. Hélas, tous les arguments lui semblaient vides, dénués de sens. Il venait d'apprendre qu'il était bien difficile de parler d'amour quand le sentiment était profond.

218

Il s'assit sur le banc où il s'était attardé avec Nellie pour rouler une cigarette. Comme il l'allumait, une chauve-souris vint tournoyer dans la cour, le vent se leva, froid sur son visage. L'hiver arrivait.

Il jeta le mégot dans la boue.

Il y a bien longtemps que je n'ai pas eu de maison, se dit-il. *Il me faudra du temps pour m'y accoutumer, mais j'y parviendrai. Juste quelques vaches, des chevaux. Surtout des chevaux. Rien de bien important, simplement un endroit à moi. Je veux voir mes chevaux dans ma prairie, ma femme qui m'attend, mes petits qui courent au-devant de moi. Un homme n'est pas vraiment entier quand il est seul, il a besoin d'une épouse pour qui travailler, à qui se confier. Comme Ruby et Stonewall.*

Sage continua à envisager non pas de retourner à son existence solitaire, mais de récupérer son argent placé dans l'Est, de convaincre Mason Mahaffrey qu'il serait un bon mari pour sa sœur. Une chose était claire dans sa tête : jamais il ne tenterait de séparer la jeune fille des siens, sauf si ceux-ci ne voulaient pas de lui. Dans ce cas, tant pis. Il avait trouvé la femme de sa vie, et il n'avait aucune intention de renoncer à elle.

Nellie avait écouté la conversation derrière la porte, et quand ses frères rentrèrent, elle les suivit à la cuisine où elle se tint près de la table, les yeux étincelants de colère. Pete lui adressa un clin d'œil amusé tandis que Clay arborait un air sombre.

– Tu n'avais pas le droit de me mettre dans cette situation, Clay.

– Pas le droit ? Je suis ton frère !

– Je ne faisais rien de mal, et tu m'as traitée comme une enfant ! protesta-t-elle, au bord des larmes.

– Tu n'en connais pas plus que Dora sur ce genre de type.

– Parle doucement, Clay, intervint Pete, ou tu vas attirer Victoria. Elle n'a pas besoin de se mêler de nos querelles familiales.

– Qu'est-ce que tu entends par « ce genre de type » ? s'écria Nellie sans se soucier du bruit qu'elle faisait.

– C'est un meurtrier, voilà ce qu'il est. Il a tué trois hommes avant l'âge de seize ans. Tu dois te tenir à l'écart de cet individu.

Nellie tressaillit, sans cesser de regarder son frère en face.

– Je ne te crois pas !

– Pete a entendu Lud le raconter. Les hommes l'aiment bien, mais ils ont peur de lui. Ce n'est qu'un maraudeur.

Ces mots lui firent mal, pourtant elle parvint à refouler ses larmes et redressa les épaules.

– Il a été doux et gentil avec moi. Je ne croirai rien à son sujet qu'il ne m'ait dit lui-même.

Elle affrontait son frère, tentant de conserver cette assurance qu'elle avait acquise en quelques semaines. Bien qu'elle eût une terrible envie de pleurer, elle gardait la tête haute.

– Mason le chassera, s'obstina Clay.

Nellie, qui fixait un point derrière lui, déclara lentement :

– Dans ce cas, je partirai avec lui... S'il me le propose.

– Mon Dieu ! Essaie de lui faire entendre raison, Pete !

– A mon avis, tu te tracasses pour rien, Clay. Elle lui a juste parlé un peu, et il n'y a pas de mal à ça. Reste donc tranquille jusqu'au retour de Mason. Il prendra les choses en main.

Nellie avait envie de sangloter. Elle venait de vivre la plus merveilleuse aventure de sa vie, et Clay en faisait des instants de pacotille. Sans la petite chouette serrée dans sa paume, elle aurait pu croire qu'elle avait rêvé ces minutes passées sous le porche de Ruby. La petite chouette... Malgré son désir de la contempler à la lumière, elle la garda enfouie dans sa poche. C'était son trésor à elle.

Non, Sage, vous n'êtes pas un bandit. Comment Clay peut-il dire une chose pareille ? Je l'aurais su quand vous m'avez embrassée, je suis sûre que je l'aurais senti.

– Tu ferais mieux d'aller te coucher, Nellie, dit Clay, radouci.

Ces mots mirent le feu aux poudres.

– Ne me traite pas comme une enfant désobéissante ! J'irai au lit quand j'en aurai envie, Clay Mahaffey, et je te serais reconnaissante, dorénavant, de bien vouloir te mêler de tes affaires.

Pour ajouter à son irritation, Pete éclata de rire, et Nellie se retourna contre lui, toutes griffes dehors.

– La remarque vaut pour toi aussi, Pete. Tu imagines que j'ignore tout de la vie parce que je suis restée longtemps enfermée dans un grenier, mais j'ai beaucoup appris de Victoria, depuis que nous sommes ici. Elle ne supporterait pas qu'on l'envoie se coucher, et moi non plus, je ne le supporte pas !

Pete continuait à s'esclaffer.

– Tu entends ça ? Notre bébé se rebelle. Gare à toi, Clay !

Son jumeau ne se joignit pas à son hilarité. Il avait les sourcils froncés.

– Encore un problème. Que va décider Mason au sujet de Victoria ? Plus elle reste, plus il sera dur pour elle de s'en aller. Et où ira-t-elle ?

Pete se rembrunit.

– Mason sait que les hommes nous tomberaient tous dessus s'ils avaient l'impression qu'on tente de chasser Victoria du ranch. Sage apprécie Ruby et Stonewall, qui adorent Victoria. Que Ruby dise un seul mot et...

Pete regretta ses paroles en voyant l'air peiné de sa sœur.

– Je ne veux pas dire qu'il tirerait sur Mason, mais il ne serait pas ravi de voir Victoria s'en aller. Les hors-la-loi qui traversent sans cesse cette vallée non plus. Si Mason a un brin d'intelligence, et je crois que c'est le cas, il n'a qu'à la courtiser et l'épouser, ainsi tout rentrera dans l'ordre.

– Ce n'est pas très joli, Pete, protesta Nellie en essayant d'oublier ce qu'il avait dit de Sage pour se concentrer sur le problème présent. Il ne serait guère élégant de la part de Mason de se servir ainsi de Victoria.

— Il ne serait guère élégant non plus de la chasser du ranch. Ni pour elle de lancer contre nous ses amis brigands. S'ils se mariaient, ils auraient tous les deux ce qu'ils veulent.

— Tu te trompes, Pete, dit calmement Nellie. Ils auraient perdu tous les deux. Rien ne saurait être pire que de se retrouver lié pour la vie à quelqu'un que l'on n'aime pas, conclut-elle avant de sortir vivement de la pièce afin de cacher à ses frères les larmes qu'elle ne pouvait retenir davantage.

13

Victoria offrait son visage au vent frais de
l'automne. Les fleurs du sumac viraient au violet,
tandis que les feuilles des chênes jaunissaient, et
bientôt les prosopis ne seraient plus que des branches décharnées tournées vers le ciel.

Elle se dirigea lentement vers la prairie des morts,
où les feuilles rousses tombaient en tourbillonnant.
Sa longue chevelure flottait derrière elle, et elle
enfonça son chapeau sur sa tête avant de s'agenouiller près de la tombe de sa mère dont elle caressa les
lettres gravées dans le bois, un peu effacées par le
temps.

Martha Wilson McKenna
Epouse et mère
20 février 1825-22 juin 1860

Martha Wilson McKenna. Elle entendait encore sa
mère se plaindre de son prénom qu'elle trouvait
fade, insignifiant, alors qu'elle aurait aimé s'appeler

Gloria, ou Evangelina, ou de n'importe quel nom joyeux. C'était pourquoi elle avait prénommé sa fille Victoria. *Tu seras victorieuse dans tout ce que tu entreprendras*, disait-elle, *il te suffit de le vouloir très fort*. Si seulement c'était vrai !

Victoria se releva, regarda autour d'elle. Il y avait plus d'une douzaine de tombes, dans l'enclos, dont deux fraîchement creusées, celles des hommes qui avaient tenté de les tuer. Pour quelle raison ? Elle avait eu beau chercher avec Stonewall, aucune réponse ne leur venait.

Le bruit ayant couru tout au long du chemin des Hors-la-loi qu'on avait essayé de tuer miss McKenna et qu'elle avait été blessée, et il y avait eu au ranch plus de visites encore que d'habitude. Les hommes repartaient dès qu'ils s'étaient assurés que Victoria allait bien, et Mason s'était acquis une réputation de héros pour s'être débarrassé des deux malfrats.

Le vent du nord était plus froid qu'elle ne l'aurait cru, et elle remonta le col de sa chemise de flanelle avant de se mettre en selle. Rosie lui manquait, bien que Mason lui eût choisi une autre jument de promenade. C'était lui qui prenait toutes les décisions concernant le ranch, à présent.

Avec un élan de révolte, elle enfonça ses talons dans les flancs de sa monture et la poussa à l'assaut de la colline, heureuse de chevaucher dans le vent. Une fois au sommet, elle se retourna vers la maison.

Le soleil était radieux, de la fumée s'échappait des cheminées, le linge claquait sur le fil, Dora jouait avec les chiots devant chez Ruby. Le Double M avait changé, depuis l'arrivée des Mahaffey...

Victoria vit Nellie, menue dans sa robe bleue, sortir dans la cour pour dépendre les draps. Elle avait embelli, ces derniers temps. Elle était douce, gaie, avide d'apprendre à tenir une maison. Ses biscuits étaient désormais aussi croustillants que ceux de Victoria, elle aimait s'occuper du ménage et elle en aurait remontré à n'importe quel tailleur de South Pass City. La seule chose à laquelle elle se refusât obstinément était la dentelle. Elle avait assez brodé pour le reste de ses jours, disait-elle. C'était finalement la présence apaisante de la jeune fille qui permettait à Victoria de supporter que sa maison fût envahie d'étrangers.

Elle aperçut Mason qui sortait de la sellerie. Il s'arrêta, se tourna vers la colline. Même de loin, elle reconnaissait sa silhouette, son allure.

Depuis le soir où il l'avait embrassée, ils s'étaient souvent trouvés seuls, mais il n'avait jamais essayé de recommencer. Toutefois, elle le surprenait fréquemment à la regarder quand elle se retournait d'un coup, et c'était toujours elle qui baissait les yeux la première.

Elle dirigea sa monture vers le ranch. Quand elle fut en terrain plat, elle lâcha les rênes, donna des talons, et ce fut au triple galop que jument et cavalière pénétrèrent dans la cour. Mason avait déjà ouvert la barrière du corral et elle y pénétra sans un coup d'œil pour lui. Quand elle mit pied à terre, la jument haletait, et elle lui caressa la tête avant de la confier à Hitch.

Le vieux bonhomme sourit en voyant l'air sombre de Mason et l'expression insolente de Victoria. Si jamais un homme lui passait la corde au cou, ce serait celui-là. Et ils feraient un bel équipage, à eux deux ! Hitch pouffait encore en menant la jument à l'écurie.

Mason refermait la barrière.

– Vous tenez vraiment à vous rompre les os, ou à tuer votre cheval ?

– Quelle idée ! rétorqua-t-elle en ouvrant de grands yeux naïfs. Au cas où vous l'auriez oublié, je monte depuis longtemps. Je participe toujours à la course quand nous fêtons la fin du rassemblement du bétail, et j'ai bien l'intention d'en faire autant cette année !

– Nous partons pour les enclos après-demain. Stonewall dit qu'il nous faudra environ une dizaine de jours pour que tout soit terminé, l'argent bien en sécurité à la banque.

– C'est la première fois qu'il n'ira pas... dit Victoria, nostalgique. Papa, Ruby et moi avions l'habitude de le retrouver en ville pour célébrer l'événement à l'hôtel *Overland*. Papa adorait les fêtes. Il y en avait toujours une après la vente du bétail, et aussi le 4 Juillet.

– Eh bien, nous poursuivrons cette tradition. Moi aussi, j'aime les fêtes.

– Nous attendrons quelques jours que les hommes qui seront restés s'amuser en ville soient rentrés.

D'ailleurs ils ne s'y attardent pas tous. Certains préfèrent se dépêcher de rentrer au ranch avant d'avoir des ennuis.

– Vous voulez dire qu'ils sont recherchés par la justice ?

– Peut-être. Je ne le leur ai jamais demandé, répondit-elle en se mettant en route vers la maison. Papa parlait des réjouissances à qui voulait l'entendre, et tout à coup, le ranch débordait d'invités !

Elle rit, et Mason trouva cette musique délicieuse.

– Ils repartaient toujours rassasiés ! ajouta-t-elle.

– En a-t-on parlé, cette fois ?

– Bien sûr ! Ruby s'en charge, depuis que papa...

Comme ils atteignaient la grille de la cour, il posa la main sur son bras pour l'arrêter.

– Nous allons presque tous partir, je laisserai seulement Sage, Jim Lyster et deux autres hommes. Stonewall pense que c'est judicieux.

– Pourquoi ? Croyez-vous que quelqu'un risque de s'enfuir avec le ranch sous le bras en votre absence, ou que je vais ameuter mes amis hors-la-loi pour vous empêcher de revenir ?

Elle essayait de lui cacher la peine qu'elle ressentait à l'imaginer parti une semaine.

– Victoria, dit-il, agacé, je me moque que cela vous plaise ou non. Je ne veux pas que vous restiez seule, sans quelques hommes de confiance près de vous. Les choses ont changé, dans cette vallée. On en veut à votre vie, et à la mienne !

– Je ne le crois pas. Cela s'est passé il y a un mois,

et tout est tranquille, depuis. Personne ne viendra nous importuner.

Tout à coup, elle donna libre cours à son amertume.

– Vous avez pris la direction de mon ranch, de ma maison, de ma vie, de mon...

Elle s'interrompit avant de formuler l'aveu de sa plus grande humiliation.

– Vous avez restreint ma liberté au point que je ne peux plus me promener à cheval sur mes propres terres quand l'envie m'en prend. Vous avez dit à Hitch de me seller cette vieille jument tout juste bonne pour rester au pré ! Il vous faut tout, Mason ! Je suis même en dette avec vous pour m'avoir sauvé la vie ! conclut-elle, le regard dur.

Elle reconnut les signes avant-coureurs : il allait perdre son sang-froid. Que lui avait-il pris de lâcher tous ces reproches ? Mais c'était vrai, après tout ! Le ranch était encore à elle !

– N'abusez pas de ma patience, Victoria ! dit-il d'une voix menaçante, basse, difficilement contrôlée. Vous avez apprécié notre présence au ranch. Vous en êtes heureuse. Jamais plus vous ne pourriez y rester seule, en porter toute la responsabilité, vivre dans l'isolement année après année. Et vous avez oublié de mentionner un détail, dans votre énumération...

– Lequel ? demanda-t-elle, un peu tremblante.

– Vous le savez très bien. Vous êtes une femme frustrée, Victoria. Une femme passionnée qui a besoin d'un homme dans son lit... et cet homme, ce sera moi.

Elle bondit, indignée.

– Oh... Quelle grossièreté !

Il sourit.

– En effet, je suis grossier.

– Vous avez dit ça pour vous venger !

– Oui. Et en plus, je le pense.

Ecarlate, elle voulut passer devant lui, mais il la retint par le coude, et son rire bas l'exaspéra encore davantage.

– Tout doux, petite tigresse ! Venez, allons nous entretenir de la fête avec Stonewall et Ruby.

Le salon avait été condamné sitôt après l'arrivée des Mahaffey. La porte en était fermée, et Victoria, quand elle voulait être seule, se réfugiait là ou dans sa chambre.

Ce soir-là, la vaisselle expédiée, elle laissa les Mahaffey en famille autour de la cheminée de la cuisine. Les jumeaux et Mason s'entretenaient du bétail rassemblé dans la vallée basse, Doonie essayait d'enseigner les échecs à Dora, et Nellie, près de la lumière, se confectionnait une robe dans une pièce d'étoffe que lui avait donnée Victoria.

Celle-ci se rendit au salon où elle alluma la petite lampe chinoise à pied de porcelaine décoré à la main. Il faisait froid, et elle prit le châle qui couvrait l'épinette pour se le jeter sur les épaules. Elle n'avait pas joué depuis que les Mahaffey étaient là, sauf

quelques accords un jour où Nellie l'en avait sup-
pliée alors qu'elles étaient seules dans la maison.

Impulsivement, elle s'assit devant le clavier et
laissa ses doigts courir sur les touches d'ivoire jauni
en écoutant soigneusement les notes. Les mauvais
traitements de Dora n'avaient pas endommagé l'instrument, et la jeune fille se mit à jouer une douce
mélodie qu'elle accompagna de la voix.

Une petite fille aux boucles d'or et au sourire triste
Est venue dans ma boutique ce matin,
Et voici ce qu'elle m'a dit :
S'il vous plaît, monsieur, je voudrais des lis,
Des lis qui ne meurent jamais,
Pour les apporter à ma maman qui vit au ciel.
Car je vais aller la voir,
Ma maman chérie.

Elle était tellement absorbée qu'elle entendit à
peine la porte s'ouvrir, pourtant elle se retourna
brusquement. Les cinq Mahaffey se tenaient sur le
seuil, silencieux et hésitants. Enfin Nellie entra dans
la pièce.

– N'arrêtez pas, Victoria, je vous en prie. Notre
mère chantait souvent cette chanson.

Ce furent les larmes dans les grands yeux de la
jeune fille qui poussèrent Victoria à continuer en
tentant d'oublier qu'elle avait des auditeurs.

Elle enchaîna air après air, non pour eux mais
pour elle. Sa voix avait une tonalité fragile, un peu

voilée, qui s'harmonisait parfaitement avec le son de l'épinette.

Elle connaissait les chansons que lui avaient apprises sa mère, ou bien Ruby, ou encore des gens de passage. Elle chanta celle du cow-boy qui rêve de sa belle, du joueur qui voit le visage de sa mère dans les cartes. Sa préférée était *Le Petit Coffret en bois de rose*. Quand elle l'eut terminée, elle s'apprêta à fermer le couvercle de l'épinette, mais deux grandes mains se posèrent sur ses épaules. Celles de Mason.

— Chantez *Le Petit Cheval rouan*, murmura-t-il.

Elle obéit, sans oublier aucun couplet, un peu troublée par la chaude présence derrière elle.

Dans le silence qui suivit, la petite voix de Dora s'éleva :

— Vous voulez bien jouer : *Je veux du whisky* ? demanda-t-elle avec son grand sourire édenté.

Les jumeaux étaient accroupis près de la porte, Doonie juste à l'intérieur de la pièce. Seule Nellie s'était installée sur l'une des fragiles chaises de tapisserie. C'étaient des intrus dans sa maison, certes, mais ils s'efforçaient de respecter son intimité. Après la scène de Dora le premier soir, ils avaient montré le plus grand soin pour la demeure, et ils étaient d'agréable compagnie, Victoria devait bien l'avouer.

Dora attendait la réponse, les tresses à moitié défaites, un peu de confiture de mûres sur la joue, les yeux brillants. Elle tenait sa jupe à deux mains.

— Tu n'en préfères pas une autre ?

– Non. Ruby m'a appris celle-là, et en plus je peux danser.

Mason eut un rire silencieux.

– Vraiment ? Alors, allons-y !

Victoria se mit à jouer, et la petite fille chanta de bon cœur :

> Du whisky, du whisky !
> Le whisky, j'adore ça !
> J'en boirai
> Jusqu'à mon dernier souffle.

A la fin de chaque couplet, Victoria s'interrompait, mais l'enfant les connaissait tous et elle chantait à tue-tête en gambadant à travers la pièce. Quand ce fut terminé, Nellie et ses frères applaudirent à tout rompre, tandis que Dora saluait, radieuse.

– Eh bien, nous voilà avec une étoile sur les bras ! murmura Mason.

– Peut-être conviendrait-il de lui enseigner une autre chanson, rétorqua Victoria en souriant.

Elle ferma le couvercle de l'épinette et remit le châle qui la protégeait.

Dora vint s'appuyer à ses genoux.

– Ruby a dit que je pourrais danser sur une scène. Elle dit aussi que je suis jolie.

– C'est vrai, tu es très jolie.

– Vous m'apprendrez une chanson ?

C'était la première fois qu'elle cherchait l'amitié de la jeune fille.

– Eh bien... Tu apprendrais plus vite si tu savais

lire. Je dois avoir des livres de lecture rangés quelque part. Tu aimerais les voir ?

– Crénom ! Il y a des images ?

– Dans certains, oui. Je les chercherai demain.

Victoria se leva tandis que Dora partait en sautillant tout raconter à Doonie.

– Il serait temps que l'on prenne Dora en main et qu'on lui apprenne que les dames ne disent pas « crénom », grommela Mason.

– Certaines, si. Ruby vaut mieux que n'importe quelle dame, et pourtant elle jure. Ses manières laissent peut-être un peu à désirer, mais c'est la personne la plus authentique que je connaisse.

Victoria relevait le menton, le mettant au défi de la contredire.

– Vous êtes belle, quand vous êtes en colère, la taquina-t-il.

La tête haute, elle sortit de la pièce.

Plus tard, dans son lit, elle s'aperçut que c'était la première fois depuis l'arrivée des Mahaffey qu'elle était allée se coucher sans verrouiller la porte du salon...

Quelques mois auparavant elle n'avait jamais entendu parler d'eux et, à cause d'une rencontre de hasard en Angleterre, ils étaient là, intimement liés à sa vie, si sympathiques qu'elle ne parvenait pas à les détester, qu'elle éprouvait même... de l'affection pour eux.

Curieusement, elle ne s'était pas rendu compte auparavant de la solitude dans laquelle elle vivait. N'ayant jamais connu de grande famille, elle n'était pas en manque, mais maintenant, se contenterait-elle de longues soirées avec le bruit du vent sur le toit et les craquements des vieux meubles pour toute compagnie ?

Elle était en pleine confusion. Mason... Mason repoussant une mèche de cheveux de son visage, Mason l'enveloppant de sa chaleur. Mason qui disait : « Je veux toucher tout votre corps, fille dorée. » Mason. Mason. Mason...

Peu après, elle sombra dans un rêve merveilleux, intense, d'une sensualité bouleversante. Mason l'embrassait, et ses lèvres chaudes exploraient sa bouche, ses yeux, sa gorge. Elle sentait ses doigts sur ses seins, et elle gémit.

– Mason...

– Embrassez-moi, ma chérie. Embrassez-moi, caressez-moi.

– Oui ! Oh oui, Mason !

Elle lui offrit sa bouche et lui agrippa la nuque, saisie d'une fièvre étrange, inconnue, presque douloureuse.

Elle se réveilla soudain de cette douce extase et eut un mouvement de recul.

– Qu'est-ce... ?

Mason, agenouillé sur le lit, la prit de nouveau contre lui.

– Chaque nuit est une torture. Il fallait que je vienne ! dit-il, la voix rauque de désir.

– Non ! Vous ne...

– Je veux vous serrer dans mes bras, vous aimer.

– Mason...

Un flot de tendresse la submergea de nouveau, et elle se tourna vers lui, l'embrassa.

– Ma chérie, murmura-t-il entre leurs baisers, laissez-moi... vous aimer.

Non ! criait une petite voix dans la tête de Victoria. *Dis-lui de partir, d'arrêter !* Mais elle refusait de l'écouter. Elle s'accrochait à lui avec désespoir, comme si elle risquait de tomber dans un précipice. L'intensité de ses sentiments l'emportait au-delà de la raison, de la peur, au-delà d'elle-même, vers un nouvel univers.

La bouche de Mason était douce, son haleine fraîche, ses joues légèrement râpeuses. Il devint plus exigeant, le baiser s'approfondit, sensuel, passionné.

Alors, c'était donc ça, un baiser, cette merveille ! Son goût, son parfum, son odeur... Elle avait envie de le garder en elle pour toujours.

Elle commença à bouger ; timidement d'abord, elle caressa ses épaules, enfouit les mains dans la toison si soyeuse de sa poitrine. D'instinct, elle savait qu'il le souhaitait, et il lui répondit en frémissant de tout son être.

– Il y a plus que ça, ma chérie, dit-il contre son cou, bien plus ! Laisse-moi te montrer. Laisse-moi t'aimer !

– Qu'est-ce qui pourrait être mieux que ça ? murmura-t-elle.

– Tu verras, mon amour.

Il se leva.

Oh, non ! Ne t'en va pas !

Elle sentit que l'on soulevait la couverture, le

matelas de plume se creusa et les ressorts du sommier grincèrent. Puis de grands bras chauds se refermèrent sur elle.

Ils demeurèrent longtemps face à face, unis par leur souffle, tandis qu'elle explorait enfin le corps de Mason, émerveillée.

– Tu sens le miel et les épices, chuchota-t-il. Chaque nuit j'ai rêvé de me trouver ainsi contre toi.

Il avait pris un de ses seins dans sa main et en effleurait le mamelon durci.

– Pourquoi... n'es-tu pas venu ?

– Tu n'étais pas prête, chérie.

Il tira sur le ruban de sa chemise de nuit.

– Enlève-la. Enlève-la, mon amour.

Il caressait son ventre, et elle lui saisit le poignet.

– Non, Mason !

Il s'immobilisa, conscient des battements accélérés de son cœur.

– N'aie pas peur. Viens à moi, mon épouse, nue comme au jour de ta naissance. Douce, tiède, dorée.

Doucement, inexorablement, il remontait la chemise.

– Voilà. Maintenant, plus rien ne nous sépare. Dieu, tu es splendide !

Il la caressait à présent tout entière, tendre, presque respectueux, et pourtant il allumait en elle un feu dévorant. Elle avait envie de parler, de lui expliquer ce qu'elle ressentait, mais elle était au-delà des mots.

Enfin il roula sur elle, l'immobilisa de son corps, et elle ouvrit de grands yeux, surprise. La partie qui vibrait contre elle était si forte, si vivante ! Mason prenait son temps pour l'éveiller au plaisir, et elle se laissait aller à son instinct, sans se demander si elle faisait bien. Elle se contentait de vibrer.

Elle se raidit quand les mains de Mason trouvèrent sa toison blonde.

– Chut ! ne t'inquiète pas, ma chérie.

Il remonta vers ses seins, qu'il caressa jusqu'à ce qu'elle ait mal de désir.

– Nous n'irons pas trop vite, mon amour. C'est toi qui décideras.

Victoria se détendit, et tant de divines sensations se bousculaient en elle qu'elle n'aurait su les différencier. C'était trop bon, trop délicieux. C'était donc ça, l'amour ? Quelle magie !

Il redescendit le long de son corps et elle se cambra tandis qu'il lui ouvrait gentiment les jambes. Une tendre pression s'imposait à elle, et elle eut un mouvement des hanches qui lui arracha un cri de douleur mêlée de plaisir.

– Chut... Je suis désolé, ma chérie. Il le fallait, murmura-t-il avant de demeurer immobile un long moment.

Elle l'embrassait et le tenait aux reins pour le garder en elle. Quand enfin il bougea de nouveau, très doucement, elle épousa son rythme. Agrippée à ses épaules, elle ne pensait plus à rien d'autre qu'à ce mouvement qui l'emportait plus haut, toujours plus haut, vers des sommets infinis où n'existaient plus que Mason et elle.

Elle l'entendit soudain crier, comme de loin :

– Chérie... chérie !

Quand elle revint à elle, Mason la couvrait de son poids. Elle baisa son épaule, en goûta la saveur salée, et il l'embrassa avec une tendresse qui lui fit monter les larmes aux yeux. Les bras noués autour de lui, elle chercha à l'aveuglette la trace de sa cicatrice sur la joue et y posa les lèvres, comme pour effacer la douleur qu'elle lui avait infligée avec les points de suture.

Il roula sur le côté, l'entraînant avec lui.

– Si j'avais su à quel point c'était bon, je n'aurais pas attendu si longtemps. Comment ai-je pu vivre toutes ces années sans toi ?

Leurs corps étaient en parfaite harmonie, et Victoria ne voulait penser à rien d'autre qu'à cet instant.

– Je me sens si merveilleusement bien !

– Moi aussi, répondit-il dans un sourire joyeux.

– Comment les gens font-ils pour dormir ?

– Ils ne t'ont pas dans leurs bras.

Il l'attira plus près.

– Je pourrais te prendre de nouveau, souffla-t-il.

– Pourquoi pas ?

Il eut un sursaut de plaisir.

– C'était la première fois... Tu as peut-être eu mal.

Elle prit sa main.

– Oui, j'ai mal... là. Guéris-moi.

Elle sentit les battements fous de son cœur quand il la serra contre lui.

– Jamais je ne me rassasierai de toi ! dit-il, la voix tremblante d'émotion.

— Je l'espère bien, murmura-t-elle.

Et puis plus rien ne compta que l'urgence de leur désir. Ils s'envolèrent dans un monde de volupté et ce fut encore plus grandiose que la première fois.

Victoria, lovée contre le grand corps nu, la joue au creux de son épaule, se dit vaguement que, quelle que fût la raison qui avait amené Mason au ranch, elle était contente qu'il fût là. Elle l'aimait et elle voulait rester près de lui à jamais.

14

– Lève-toi, paresseuse ! murmura doucement Mason à l'oreille de Victoria.

Elle ouvrit un œil. La lumière de la lampe éclairait la chambre. Quand elle ouvrit l'autre, elle découvrit le visage de Mason tout près du sien et elle l'effleura du bout des doigts pour s'assurer qu'elle ne rêvait pas. Il était bien réel. Elle sourit.

– Pourquoi la lampe est-elle allumée ?

– Je voulais te contempler. J'attends que tu te réveilles depuis une bonne demi-heure !

Il avait l'air d'un petit garçon, et elle rit, heureuse.

– J'étais lasse.

La nuit avait été longue, délicieusement longue.

– Ça valait la peine ?

– Devine !

Il la regardait avec une infinie tendresse, son visage exprimant un sentiment tout nouveau : l'amour sans entraves.

– Je suis fou de toi depuis le début, dit-il contre ses lèvres.

– Mason...

– Ne dis rien. Je n'ai pas été trop brutal, ma chérie ? Tu n'as pas mal ?

Elle se lova contre lui, une jambe entre les siennes.

– Je ne sais pas. Je n'ai pas encore bougé. Mason ?

– Hum...

– Nellie et les jumeaux...

Il lui lança un clin d'œil espiègle.

– Tu veux que je disparaisse avant qu'ils risquent de me voir sortir de ta chambre ?

– Je n'ai pas envie que tu t'en ailles, mais je ne veux pas non plus qu'ils te voient.

– Impossible. Il faut choisir. Que préfères-tu ?

– Cesse de plaisanter, se plaignit-elle en le caressant du regard.

Il semblait heureux comme un gamin à qui on vient d'offrir un nouveau jouet.

– Pourquoi crois-tu que je me sois réveillé si tôt ? Je m'en vais, mais je reviendrai ! promit-il en posant le front contre celui de Victoria. Dès que le bétail sera vendu, nous nous mettrons en quête d'un prêtre, et ensuite, je t'enlèverai chaque fois que j'en aurai envie pour t'amener dans cette chambre.

Il ponctuait son discours de petits baisers.

– Il ne sera plus question alors de savoir à qui appartient le ranch Double M, ce sera notre foyer à tous les deux. Nos enfants y naîtront, j'apprendrai aux garçons le métier de cow-boy, tu enseigneras aux filles à jouer de l'épinette. Puis nous vieillirons, nous mourrons ici, on nous enterrera près de la maison. Et ne discute pas, mon amour !

Comme si elle avait envie de protester !

Elle avait du mal à contenir son excitation tandis qu'elle se préparait pour la journée. Dans la faible lueur du matin, elle regarda son corps. Il n'avait pas changé, pourtant il serait à jamais différent. Il avait connu un homme, un homme l'avait aimé, caressé, possédé. Elle était femme, désormais.

Elle s'habilla machinalement. Rien dans sa vie passée ne l'avait préparée aux émotions qui l'agitaient. Son cœur battait plus vite, une curieuse sensation palpitait au creux de son ventre.

Elle s'assura que ses cheveux étaient bien coiffés et sa robe boutonnée jusqu'au col avant de quitter sa chambre, terriblement troublée par la voix de Mason qui s'élevait de la cuisine. Elle s'arrêta sur le seuil. Leurs regards s'accrochèrent, et Victoria en oublia de respirer.

– Bonjour, dit-il, une étincelle dans les yeux.

– Bonjour, murmura-t-elle avec un signe de tête à l'intention de Peter et de Clay.

Elle alla pousser la cafetière qui sifflotait pour la poser à un endroit moins chaud, et le bruit que fit le métal sur la fonte lui parut assourdissant. Malgré le tremblement de ses mains, elle parvint à verser de l'eau dans une casserole pour le porridge. Mason ne la quittait pas des yeux, et elle ne pouvait s'empêcher de chercher son regard. Leur tendre complicité la bouleversait. Il était devenu une part d'elle, de son cœur, de son âme. Durant un instant de communion intense, ils eurent l'impression d'être seuls dans la pièce.

– Vous allez devoir vous passer de ma compagnie, Victoria, déclara Pete, brisant le charme. J'ai gagné le gros lot, c'est moi qui pars avec Mason. Ce bon vieux Clay restera pour jouer les chiens de garde.

Toute gêne soudain dissipée, Victoria rejeta joyeusement sa lourde natte dans son dos et s'écria :

– Haut les cœurs, Clay ! Laissez-les donc partir sur les routes, avaler de la poussière et se nourrir de haricots en boîte. Je vous ferai des tartes aux airelles !

Il y avait toujours cette tendresse dans l'expression de Mason. *Comment ai-je pu un jour le trouver froid et indifférent ?* se demanda-t-elle en observant les petites rides au coin de ses yeux. Cet homme souriant et détendu ne ressemblait en rien à l'individu sombre qu'elle avait accueilli à la gare de South Pass City.

Mason, de son côté, était attendri par sa profondeur, son intelligence, supérieures à celles de bien des hommes, alliées à tant de féminité. Il en ressentit un élan de fierté. Elle était sienne, et la vie avec elle ne serait jamais ennuyeuse.

Après le petit déjeuner, Victoria drapa un châle autour de ses épaules et sortit en direction du corral sur le sol couvert de gelée blanche. Mason ne le lui avait pas demandé, mais le regard qu'ils avaient échangé quand il quittait la cuisine le disait clairement : il souhaitait qu'elle vienne le rejoindre.

Nellie était aussi présente pour le premier repas de la journée, et ils avaient plaisanté, leurs rires réchauffaient la maison. Victoria avait l'impression qu'un gros poids lui était enlevé, que Mason remplissait tout son cœur. Le monde était soudain brillant, elle se sentait libérée de ses inhibitions, une joie ineffable montait en elle, elle ne pouvait s'empêcher de sourire. Elle chassa de son esprit l'idée qu'elle ne verrait pas Mason pendant une dizaine de jours. Aucune ombre ne devait ternir les trop brefs instants qu'elle allait passer avec lui.

Son cheval était sellé, et il roulait ses couvertures pour les attacher, tandis que Hitch donnait des conseils à Pete au sujet d'un des fers de sa monture. La voix du vieil homme parvenait à peine à Victoria, tant elle était concentrée sur Mason vêtu d'un manteau de peau de mouton, un chapeau noir sur la tête, cette tête brune qu'elle avait tenue contre elle quelques heures auparavant.

Ils ne parlèrent pas. Mason termina de fixer son sac de couchage, puis il prit Victoria par le bras pour l'attirer entre les bâtiments et la serrer bien fort.

– Le moment est mal choisi pour te quitter, dit-il d'une voix un peu voilée. Tu es si douce, tu sens si bon !

– Toi aussi.

Ils étaient tous les deux un peu grisés, et Mason avala sa salive avec difficulté, tandis qu'il caressait son dos, ses hanches.

– Cette semaine va me paraître une année, mais je le supporterai parce que je saurai que tu m'attends, murmura-t-il avant de l'embrasser avec passion.

Elle lui rendit son baiser avec une ardeur égale, le désir déjà familier lui montant au creux des reins.

Il releva enfin la tête et plongea son regard dans le sien.

– Ne quitte pas le ranch toute seule, chérie. Sous aucun prétexte. Je vais te renvoyer Sage et Jim Lyster. Je pense qu'ils peuvent affronter toutes les situations, et tu auras Clay. Je reviendrai le plus vite possible, compte sur moi !

Elle avait l'impression que jamais elle ne pourrait se détacher de lui.

– Je t'attendrai, souffla-t-elle, le dévorant des yeux.

– Embrasse-moi. Il va falloir que cela me dure toute une semaine...

Le baiser s'éternisa. Ni l'un ni l'autre ne pouvaient se résoudre à y mettre un terme.

– Mason ! dit enfin Victoria en riant. Pete ou Hitch...

– Tu crois qu'ils ne sont au courant de rien ? Je ne te quitte pas des yeux et je n'entends pas un seul mot de ce qu'ils me disent.

– Arrête de me taquiner. Ils ne peuvent pas deviner ce que nous avons fait ?

– Embrasse-moi encore, ou je dis tout ! menaça-t-il.

– Sois sérieux !

– D'accord, mais juste un moment... Il y a une chose dont je voudrais te parler. Clay est contrarié de voir Sage s'intéresser à Nellie. Un soir, elle est allée rendre visite à Ruby, et Sage l'a portée pour traverser la cour. Clay pense qu'elle s'est entichée de lui. S'est-elle confiée à toi ?

– Elle m'a posé quelques questions à son sujet, répondit Victoria, les sourcils froncés. Pourquoi cela ennuie-t-il Clay ? Croit-il que Sage est mauvais parce qu'il est itinérant ? Bien des hommes mènent cette vie avant de fonder un foyer.

– Les garçons ont entendu dire que c'était un meurtrier.

Mason observait la réaction de Victoria, tout en lui caressant les cheveux.

– Sage est dur, reprit-il, cela se voit, et j'aimerais mieux l'avoir à mes côtés que contre moi. Mais c'est aussi un bon travailleur, et il n'a pas son pareil pour débusquer les daims. Nous avons eu raison de le nommer responsable du rassemblement des bêtes.

– Mon père l'appréciait et lui avait assuré qu'il aurait toujours sa place au ranch. Quant à Ruby, qui le connaît mieux que personne, elle affirme qu'il a vécu des événements horribles, jadis, qui l'ont marqué à vie. Son expression est : « Il a un diable à ses trousses. »

– Ce qui ne me rassure guère, dit lentement Mason.

– Jamais il ne ferait de mal à Nellie ! Je l'ai vu une fois lever son fouet pour rosser un trappeur qui battait son épouse indienne. Pourquoi ne le juges-tu pas sur ses actes plutôt que sur des racontars ? De tous les hommes qui sont venus ici, c'est à lui que je confierais le plus volontiers ma vie ou celle de Nellie.

– Plutôt qu'à moi ?

Mason essayait de redonner le sourire à Victoria, et il y réussit.

– Mais oui ! Sage ne m'a même jamais effleuré la main, tandis que toi...

Elle se cacha le visage contre son épaule.

– Je t'ai touchée partout, termina-t-il à sa place. Et j'ai bien l'intention de ne pas en rester là.

– Tu es impossible, ce matin !

– Oui. Embrasse-moi encore, il faut que je m'en aille.

Ses yeux brillaient dans un visage faussement sévère.

– Ils ne vont pas se demander pourquoi nous sommes si longs ?

– Non. J'ai dit à Pete que j'allais t'embrasser, t'aimer, te caresser là... et là...

– Ça suffit !

Dans un rire joyeux, il la prit aux épaules, et ils se dirigèrent vers l'écurie. Pete était déjà en selle, l'air amusé et complice.

– Tu ne t'es pas pressé, Mason. J'aurais mis deux fois moins de temps que ça pour lui dire au revoir !

Il poussa un cri de sauvage en enfonçant ses talons dans les flancs du mustang qui s'élança au galop.

Mason se hâta de le suivre, et Victoria le regarda s'éloigner. Il se retourna une fois et, quand il eut disparu derrière les arbres, elle rentra lentement vers la maison en se demandant ce qu'elle pourrait bien inventer pour que les journées passent plus vite jusqu'à son retour.

Il faisait froid, à l'intérieur. Bientôt, il serait impossible de se tenir dans les chambres à moins d'être sous l'édredon. Un châle sur le dos, Victoria refit le lit, émue d'y retrouver la trace de Mason, son odeur. Elle avait une folle envie de se lover sous les couvertures pour se remémorer cette nuit fantastique. Mais elle avait promis à Dora de chercher les livres de lecture.

Quand tout fut en ordre, elle sortit un petit coffre de sa garde-robe et choisit quelques volumes pour débutants, ainsi qu'une ardoise encadrée de bois où son père avait gravé pour elle les lettres de l'alphabet.

Elle demeura un instant, les chers objets serrés contre elle, à contempler son lit. Jamais elle n'avait connu un tel épanouissement, une joie aussi parfaite. Elle posa la main sur son ventre. Avait-il semé une graine en elle ? Existait-il déjà un embryon d'être qui deviendrait un enfant, auquel elle apprendrait un jour à lire ? Cette idée l'enchantait ! A qui ressemblerait le bébé ? Aurait-il les cheveux noirs et les yeux bleus de Mason ? Serait-il blond comme elle ? Ou un mélange des deux ? Un sourire rêveur aux lèvres, elle se dit que si c'était un garçon elle demanderait à Mason de l'appeler Marcus, en souvenir de son père. Et Martha serait un bien joli prénom pour une fille, même si sa mère le trouvait fade.

Il y eut un bruit près de la porte, et elle leva les

yeux, s'attendant presque à voir Mason sur le seuil.
C'était Dora.

– Vous avez trouvé les livres ?

– Oui. J'allais les apporter dans la cuisine, où il fait chaud. Brr... Je suis gelée. Tu n'as pas de châle ?

La petite fille secoua la tête. Elle claquait des dents.

– Juste un manteau.

Victoria sortit de son armoire une petite cape de laine tricotée.

– Ça s'appelle une liseuse, justement. Garde-la jusqu'à ce qu'on en ait fait une pour toi.

Elle attacha le ruban autour du cou de la petite fille. Le vêtement lui tombait jusqu'aux hanches, et elle rit.

– C'est un peu grand, évidemment, mais tant pis. J'ai de la laine, je vais t'en commencer une à ta taille.

– C'est vrai ?

L'enfant était béate de plaisir.

– Tu m'aideras. Une fois que tu auras appris les points, tu pourras faire plein de choses, toi aussi.

– Même un cache-col pour Mason ?

– Bien sûr. Nous lui en tricoterons un pour Noël.

La matinée passa rapidement. Dora était une élève douée, mais elle avait du mal à rester en place. Au début de l'après-midi, elle trépignait, dans sa hâte d'aller retrouver Ruby, pour le plus grand soulagement de Nellie et de Victoria !

Nellie accompagna sa sœur à la porte avant de revenir dans la cuisine.

– Je ne sais pas où elle trouve toute cette énergie ! dit-elle en riant. C'est gentil de lui apprendre à lire, Victoria.

Les yeux de la jeune fille semblaient plus bleus que jamais dans son visage animé. Un peu plus tôt, elle avait aperçu deux cavaliers qui venaient du sud. Pourvu que l'un d'eux soit Sage !

Victoria posa les livres et l'ardoise sur le manteau de la cheminée et remit des bûches dans l'âtre. Quand elle se releva, Nellie riait gentiment.

– Allez-vous me dire ce qui vous rend si lumineuse, aujourd'hui, Victoria ?

– Ça se voit ?

– Pour moi, oui. J'ai su dès ce matin, quand Mason ne vous quittait pas des yeux, qu'il s'était passé quelque chose. Oh, j'avais hâte que Dora aille se promener pour que nous puissions bavarder tranquillement !

– C'est si nouveau ! Je ne sais pas si je peux vous en parler...

Victoria avait des étoiles dans les yeux et elle ne pouvait s'empêcher de sourire.

– Vous l'aimez ? demanda Nellie, le souffle court, avant de reprendre, sans attendre la réponse : Bien sûr, vous l'aimez ! J'en étais certaine ! Oh, Victoria, je suis si contente ! Mason vous adore ! Tout à l'heure, il vous regardait comme si vous étiez la huitième merveille du monde !

Dans son enthousiasme, la jeune fille vint serrer Victoria dans ses bras.

– Je suis si heureuse, Nellie, que ça me fait peur, avoua Victoria.

Si elle avait dû choisir une sœur, son choix se serait porté sans hésiter sur Nellie, songea-t-elle avec affection.

– Il n'y a aucune raison d'avoir peur, Mason veillera sur vous, comme sur chacun de nous. Oh ! Victoria, c'est un homme merveilleux, il mérite d'avoir quelqu'un comme vous à ses côtés.

Plus tard dans l'après-midi, après avoir vu Nellie se rendre maintes fois à la fenêtre, Victoria parla enfin de Sage.

– Mason m'a dit qu'il renvoyait Sage et Jim Lyster pour garder la maison en son absence.

– Je les ai vus arriver il y a quelque temps, murmura Nellie en rougissant.

– Si nous invitions Sage à souper avec nous ?

Nellie sursauta.

– Ici ?

Victoria éclata de rire.

– Il faut bien qu'il mange quelque part, et cela fera une bouche de moins à nourrir pour Ruby.

Nellie eut un sourire rayonnant qui se fana bien vite. Elle secoua la tête.

– Clay ne l'aime pas. Il risque de faire des difficultés.

– Pas chez moi ! déclara fermement Victoria. Clay n'a aucun droit de se montrer grossier envers un invité sous mon toit.

– Mais, Victoria...

– Ça vous ferait plaisir, n'est-ce pas ?

– Oui, pourtant ça m'effraie un peu.

– Vous aussi ! s'écria Victoria en riant. Eh bien, voilà ce que nous allons faire : pendant que je me charge de l'inviter, vous préparerez une tarte aux pommes. Après le dîner, je demanderai à Clay de faire du feu dans le salon, je jouerai de l'épinette et nous chanterons. Qu'en dites-vous ?

– Merveilleux ! Je vais adorer vous avoir pour sœur ! Mais je n'ai rien à me mettre ! Et il faudrait que je me lave la tête !

– Vous porterez votre jolie robe bleue, et nous brosserons cent fois vos cheveux pour les faire briller.

Victoria trouva le vieux Hitch à la sellerie.

– Avez-vous vu Sage ?

– Il est en train de rapporter des troncs avec le petit jeune, pendant que Jim affûte les haches.

Victoria contourna le baraquement. Le bois était soigneusement rangé, attendant le gel. En effet, il était plus facile de le fendre en plein hiver, et les hommes avaient davantage de temps pour s'en occuper.

Clay se tenait à la tête de l'attelage, tandis que Sage détachait le gros fût qu'ils avaient rapporté des collines. Quand les mules furent déchargées de leur fardeau, Clay les emmena vers l'écurie. Sage aperçut Victoria et toucha le bord de son chapeau, tandis que Clay passait devant elle sans un mot.

– Bonjour, Sage, dit-elle, suivant le jeune homme des yeux. Il pose des problèmes ? demanda-t-elle.

– Non, ça va.

– Nellie et moi aimerions que vous veniez souper avec nous.

Il ne manifesta aucune surprise, pourtant il se figea sur place. Il regarda en direction de Clay, puis revint à Victoria.

– Je vous remercie, madame, je veux pas causer d'ennuis à Nellie. J'avais l'intention de parler à Mason, mais on a pas pu trouver le bon moment.

– Tout ira bien, Sage. Clay ne vous connaît pas comme nous, et il est normal qu'il soit inquiet. Vous savez que les racontars vont vite, dans cette vallée. Certains imaginent que tout homme qui y pénètre est un hors-la-loi. Il faut vivre ici pour s'apercevoir que c'est faux. En outre, Nellie sera tellement déçue, si vous refusez...

Machinalement, il roula une cigarette et, quand il gratta l'allumette sur l'ongle de son pouce, il y avait une lumière tendre dans son regard.

– Je voudrais pas décevoir Nellie, dit-il doucement.

Victoria lui sourit.

– Je vais dire à Ruby de ne pas compter sur vous. Elle fit quelques pas, se retourna.

– Des nouvelles de Kelso ? demanda-t-elle.

– On raconte qu'il a l'intention de partir vers le nord.

– J'ai encore du mal à croire qu'il ait pu s'attaquer à Nellie. Il avait dû perdre l'esprit !

– Ouais.

– Vous ne vous lancerez pas à ses trousses, n'est-ce pas ? Laissez tomber, Sage. Nellie va bien, et Stonewall se remettra.

Victoria regrettait d'avoir parlé de Kelso. *Sage ressemble à un serpent près d'attaquer*, se dit-elle, alarmée.

– Sage ! reprit-elle. Kelso ne reviendra pas ici, et si vous partez à sa poursuite vous gâcherez toutes vos chances auprès de Nellie !

Il prit une profonde inspiration, les narines palpitantes, et soutint fermement son regard.

– J'ai bien l'intention d'avoir Nellie, madame. Si ses frères ne sont pas d'accord, tant pis. Je préférerais qu'ils soient conciliants, ça serait mieux pour elle, mais j'ai pas l'intention de renoncer pour leur faire plaisir.

– Non, je vois que vous êtes décidé.

– Je n'ai pas projeté de courir après Kelso, mais je ne réponds pas de moi si je le croise par hasard.

– Je ne puis vous en demander plus, dit-elle franchement. Papa serait heureux que vous demeuriez au ranch, Sage. Il disait que le jour où vous auriez trouvé votre équilibre, vous seriez un sacré bonhomme ! Croyez-vous que ce soit le cas ?

Il écrasa son mégot du pied et, quand il releva la tête, ses traits habituellement graves s'éclairaient d'un sourire.

Il est vraiment beau ! Pas étonnant que Nellie soit amoureuse de lui !

– Ça se pourrait...

Il souriait encore quand Victoria tourna les talons.

Elle songeait à lui en se dirigeant vers la cabane de Ruby. L'amour était vraiment mystérieux ! Jamais Victoria n'aurait imaginé que la timide petite Nellie pourrait intéresser un homme comme Sage. Pourtant il était fou d'elle, c'était évident.

Clay rentra juste à l'heure du souper, et il alla tout droit à la chambre qu'il partageait avec Pete et Doonie. Victoria, bien résolue à ne pas le laisser gâcher la soirée de Nellie, alla l'appeler au pied de l'escalier. Il ouvrit la porte, la regarda d'un air maussade.

– Voudriez-vous descendre, que je vous parle ? demanda-t-elle avec autorité.

Elle le conduisit au salon dont elle ferma la porte derrière eux.

– J'ai invité Sage à souper, commença-t-elle, et...

– Il me l'a dit, coupa grossièrement le jeune homme.

– Et j'espère que vous vous montrerez courtois, poursuivit-elle calmement, bien qu'elle eût envie de le gifler. J'ai vu cet après-midi, près du bois, que vous étiez de mauvaise humeur. Je ne veux pas que vous nous mettiez mal à l'aise toute la soirée. Nellie se réjouit de voir Sage, ne lui gâchez pas son plaisir, Clay.

– Ah, c'est ça que vous voulez ! Que Nellie mange dans la main de ce vaurien, et vous nous jetterez dehors, Pete et moi. Ça vous arrangerait !

Victoria blêmit.

– C'est faux ! Et je vous rappelle que vous êtes mon invité. Je vous prie de surveiller votre langage !

256

– Je suis pas plus invité que vous, madame. Même si vous vous employez à changer cet état de fait, et si Mason joue le jeu. Il n'y a pas beaucoup de femmes, dans le coin, il va pas tarder à obtenir tout ce qu'il veut. Il aura le ranch, vous pour le protéger des hors-la-loi, et une femme dans son lit !

Victoria, déconcertée par sa méchanceté, sentit un flot de bile lui monter à la gorge. Un silence lourd tomba dans la pièce. La jeune femme avait l'impression d'avoir reçu un coup à l'estomac, mais elle ne voulait surtout pas montrer à quel point elle était blessée.

– Pete partage-t-il cette opinion ? demanda-t-elle enfin.

– Non, madame. Vous vous êtes bien débrouillée, là aussi.

– Je suis navrée que vous réagissiez ainsi. Mais pour commencer, nos... arrangements, à Mason et à moi, ne vous regardent absolument pas. Ensuite, vous n'avez aucun droit de rendre Nellie malheureuse. Si Mason voyait quelque objection à ce qu'elle fréquente Sage, il me l'aurait dit. Maintenant, nous viendrons au salon après le souper, et je compte sur vous pour y allumer un feu, afin que nous soyons au chaud. C'est-à-dire, si vous trouvez supportable de vous joindre à nous.

Elle n'était pas trop fière de cette dernière pique, mais elle ne laisserait certes pas le jeune homme faire la loi.

– J'en ai bien l'intention, madame. Mason m'a chargé de veiller sur la maisonnée, et il est hors de question que je laisse un vaurien, un bandit, courtiser ma sœur.

— J'aimerais vous faire remarquer que ce bandit vaut mille fois mieux que vous !

La tête haute, le cœur battant, Victoria se dirigea vers la cuisine.

La soirée ne fut pas aussi catastrophique qu'elle l'avait redouté. Nellie était radieuse, Dora babillait, heureuse d'avoir de la compagnie, et elle avait séduit instantanément Sage. Si celui-ci remarqua le silence obstiné de Clay, il n'en manifesta rien. Victoria espérait que Clay les laisserait après le repas, mais il s'attarda à la cuisine pendant qu'elle s'occupait de la vaisselle avec Nellie. Heureusement, Dora allégea l'atmosphère en montrant ses livres de lecture à Sage.

Victoria parvint à faire bonne figure tout au long de la soirée. Elle joua de l'épinette, Dora chanta la seule chanson de son répertoire, Sage et Nellie l'applaudirent. Clay observait la scène, boudeur, et Victoria était plus déterminée que jamais à ménager quelques instants d'intimité à Nellie et à Sage.

Elle se leva, ferma le clavier.

— Nous avons leçon de lecture de bonne heure, Dora. Tu devrais déjà être au lit. Clay, voulez-vous éteindre les feux de la cuisine et aller chercher un seau d'eau pour demain matin ?

Un instant, elle crut qu'il allait refuser, mais il se leva lentement et sortit en traînant les pieds.

Dora mit sa petite main dans celle de Victoria.

— Je suis contente que vous fassiez la cour à Nellie, Sage, déclara l'enfant. Vous reviendrez ? J'apprendrai des nouvelles chansons, et j'en chanterai une pour vous.

– Formidable, Dora !

Victoria entraîna la petite fille dans le corridor.

Tandis qu'elle la bordait, elle entendit Clay qui rentrait à la cuisine avec le seau, et elle se précipita afin de l'empêcher de retourner au salon.

– Clay...

Il se raidit et pivota sur ses talons pour la fixer sans rien dire, le regard noir.

– Oui, madame, marmonna-t-il enfin avec une insolence non dissimulée.

– J'avais l'intention de vous remercier de ne pas avoir gâché la soirée, mais je vois que vous êtes toujours aussi grincheux.

– Pas grincheux, madame. Attentif. Mason peut vous réduire à merci grâce à des mots doux, il a assez d'expérience des femmes pour ça, mais je veillerai à ce que ma sœur ne se laisse pas séduire par un maraudeur.

Il redressa la tête pour la regarder droit dans les yeux.

– Ça marche comme Mason l'avait prévu. Il a fait de vous une pouliche en chaleur.

– Bonne nuit, Clay !

Victoria soutint son regard, et il fut le premier à se détourner. Elle demeura dans le couloir jusqu'à ce qu'elle l'ait vu monter l'escalier d'un pas rageur.

Une fois dans sa chambre, elle se déshabilla,

s'enfouit sous ses couvertures et laissa enfin libre cours à ses larmes.

Elle pleurait sur ses rêves, brisés, sur l'atroce désillusion.

Elle pleurait sur ce bonheur qui avait duré une toute petite journée.

15

Les semaines qui venaient de s'écouler avaient été longues et éprouvantes pour Robert McKenna. Sans Juney, il serait devenu fou ! Dans la vaste suite d'angle située au deuxième étage qui composait le plus bel appartement de l'hôtel *Overland*, il arpentait le salon les mains dans le dos en maugréant. Il prit dans la poche de sa veste un long cigare dont il coupa le bout avec les dents avant de gratter une allumette sur le rebord de la fenêtre.

Le train était arrivé, mais il lui restait encore une demi-heure d'attente avant de savoir si son homme était dedans. C'était ça le plus dur, l'attente. Il avait l'impression d'avoir passé sa vie à ça. Il avait attendu d'être assez grand pour retourner en Angleterre, attendu la mort de ses grands-parents, attendu un héritage d'Amérique... Puis était arrivée la lettre par laquelle son père l'avisait qu'il laissait tous ses biens à Victoria, vite suivie d'un autre message lui annonçant la mort de Marcus McKenna. Robert était au bord de la ruine, à ce moment-là, et il avait sauté sur l'occasion de vendre le Double M à cet Américain rencontré à Londres.

Ç'avait été un jeu d'enfant de fabriquer de faux papiers et de persuader un ami de jouer le rôle du notaire. L'argent reçu de Mason Mahaffey avait aussitôt servi à payer ses dettes de jeu, mais cela ne suffisait pas. Si Victoria disparaissait, il hériterait de la propriété, en tant que dernier membre de la famille, et il pourrait la vendre de nouveau. Toutefois il fallait auparavant se débarrasser de Mahaffey. Quand il serait éliminé, personne ne pourrait plus l'accuser d'escroquerie.

Robert écarta le rideau pour jeter un coup d'œil dans la rue. Il avait vraiment eu de la chance de rencontrer ce type plein de rancune contre Mahaffey, même si cela avait coûté un peu cher de lui prendre une chambre meublée en attendant que l'ami de Kelso, Ike, arrive en ville. Enfin celui-ci s'était présenté la veille, et maintenant il était en route pour le ranch, avec une lettre qui devrait attirer Victoria à South Pass City.

Pourvu que l'individu qui venait de Denver ne refuse pas de le débarrasser de sa demi-sœur ! Les tueurs étaient superstitieux, en général, et certains refusaient de s'attaquer à des femmes. Heureusement, on disait que c'était un dur, et qu'il remplissait toujours sa part de contrat.

Robert continuait à tourner comme un ours en cage en se frappant la paume du poing.

– Je croyais que Cash était un homme de

confiance, lui aussi, déclara-t-il à son image dans le miroir. « Vos ennuis sont terminés, disait-il. On les aura tous les deux. » Le salaud ! S'il n'avait pas échoué, je ne serais pas là, dans ce bled perdu !

On frappa à la porte, et Robert se lissa machinalement les cheveux.

– Qui est là ?

– Je cherche M. Granville.

Robert ouvrit sur un homme au visage olivâtre barré d'une grosse moustache. Ses vêtements étaient poussiéreux, ses bottes éculées et il avait un bâton de chique entre les dents.

– Que voulez-vous ?

– On dit qu'c'est vous qui voulez quelque chose, rétorqua l'homme d'un ton impatienté.

Robert hocha la tête et s'effaça pour le laisser entrer. Encore plus petit que lui, le tueur avait les jambes arquées. Il repoussa son chapeau, découvrant quelques rares mèches grisonnantes. En fait, Robert ne savait pas à quoi il s'attendait, mais sûrement pas à un individu de ce genre. Il se servit un verre d'alcool avant de tendre la bouteille à l'homme qui secoua la tête.

– J'bois pas.

– Vous êtes John Crosser ? demanda Robert qui ne savait par où commencer.

– Des fois.

– Je ne vous imaginais pas comme ça, mon vieux.

– Si vous me croyez incapable de faire le boulot, payez-moi mon billet de train, et bon vent !

Robert frissonna. Malgré les apparences, l'individu était rusé, froid, dangereux.

– Il fallait que je m'assure que c'était bien vous. Cash m'a dit le plus grand bien à votre sujet.

– Pourquoi il a pas fait la besogne lui-même ?

– Est-ce que je sais ? Je lui ai donné la moitié de la somme quand j'ai loué ses services. Je devais lui remettre le reste une fois le travail terminé, mais il n'est jamais revenu le chercher.

– Il s'est dégonflé, à mon avis.

– Il m'a laissé dans la panade, marmonna Robert.

– Jouez cartes sur table, m'sieur. J'ai pas l'intention de tourner autour du pot toute la journée.

– L'homme s'appelle Mason Mahaffey, et il est à une trentaine de kilomètres d'ici avec un troupeau de bétail.

– Combien ?

– Cent dollars.

– Deux cents.

Robert serra les dents, et le silence s'étira, tendu. Enfin il acquiesça.

– Il y a aussi une femme, ajouta-t-il.

– Pour une femme, c'est cinq cents, payables d'avance.

Robert hocha la tête, soulagé.

– Elle devrait venir en ville demain. Je vous la montrerai. Et arrangez-vous pour que ça ait l'air d'un accident, vieux, parce que les gens l'aiment bien, par ici.

– Me dites pas comment je dois faire mon boulot,

m'sieur. Votre rôle sera terminé quand vous m'aurez dit son nom et que vous m'aurez donné le fric.

– Elle s'appelle Victoria McKenna.

– J'ai entendu parler d'elle.

– Ça change quelque chose ?

– Un boulot est un boulot.

Robert sortit un sac de sa valise.

– Voilà la moitié de la somme pour Mahaffey. Je vous attendrai au saloon avec le reste.

– La totalité ! exigea Crosser en crachant un jus jaunâtre sur le tapis.

Robert, après une brève hésitation, lui tendit le reste de l'argent.

– Vous reviendrez me confirmer que le travail est accompli ?

– Vous aurez des nouvelles.

Une fois le bandit parti, Robert s'essuya le front de son mouchoir. Mahaffey mort, ses ennuis seraient à demi réglés.

– Tu ne crois pas qu'il vaudrait mieux tout me raconter ?

Robert fit volte-face, le visage ravagé. La porte de la chambre s'était ouverte sur une jeune fille blonde et mince, torse nu, les cheveux en désordre. Elle s'étira comme un chaton, et ses seins pointèrent, agressifs.

Dieu, qu'elle était belle ! Robert avait de la chance d'avoir rencontré une créature aussi superbe et complaisante dans ce trou !

Elle s'approcha de lui et eut une grimace dégoûtée à la vue du crachat. Puis elle caressa le dos de

Robert avant de lui prendre le verre des mains pour le terminer.

– Tu sais qu'il me faut du repos, Robert. Tu es un amant très exigeant.

Il sourit. L'approbation de Juney comptait énormément pour lui, depuis le soir où elle était venue lui parler au saloon, se présentant comme June Buchanan. Une force irrésistible les avait poussés l'un vers l'autre, et ils ne s'étaient plus quittés. Quand Robert parlait à Juney de la vie à Londres, elle l'écoutait, extasiée.

– J'essaie de partir d'ici avec assez d'argent pour que nous puissions rentrer en Angleterre, Juney, répondit-il enfin.

– Je sais que tu as des problèmes, Robert, dit la fille en nouant les bras autour de sa taille. Mais tu n'es plus seul, maintenant ; je ferai tout pour t'aider et que nous quittions cette sale ville.

– Je suis si heureux de l'entendre, Juney ! C'est dur de tout garder pour moi. Mais c'est une longue histoire, et il faut que je commence par le commencement.

– Nous avons tout le temps. Viens au lit, Robert, et tu me raconteras tout. Tu verras, je pourrai t'être utile.

Depuis sa confrontation avec Clay, Victoria était horriblement malheureuse. Elle passait ses nuits à se rappeler les paroles échangées avec Mason, elle se demandait comment elle avait pu être assez folle pour croire qu'il l'aimait, comment elle avait pu se mettre dans une situation aussi humiliante. Durant la journée, elle se tuait au travail dans le but de s'épuiser et de dormir enfin. Elle nettoyait, récurait, repassait. Malgré tout, le temps s'écoulait lentement, et le soir elle était tellement tendue qu'elle en avait mal au cœur.

Il lui fallait toute sa force de volonté pour parvenir à sourire, à répondre aimablement quand on lui parlait, à avaler un peu de nourriture aux repas. Jamais elle ne trahit la panique qui l'envahissait chaque fois qu'elle pensait au retour de Mason. Jamais non plus elle ne montra à Clay à quel point il avait bouleversé son univers.

Quant à Nellie, elle était tellement absorbée par sa propre histoire d'amour qu'elle ne remarquait pas les cernes mauves qui se dessinaient sous les yeux de Victoria, témoignage évident de ses nuits sans sommeil.

Plus Victoria y repensait, plus elle était persuadée que Mason ne l'avait séduite que pour l'épouser et prendre possession du ranch. Peu importerait alors l'issue des recherches légales qu'elle avait entreprises... Elle retournait désespérément le problème dans sa tête, s'efforçant de faire taire son cœur. Plusieurs solutions s'offraient à elle. Soit elle restait, sachant que Mason s'était servi d'elle pour arriver à ses fins, soit elle partait et s'installait ailleurs, comme son père autrefois. C'était une décision difficile à prendre, mais qu'elle envisageait depuis le soir où Sage était venu souper.

Le temps s'était mis au froid, et le vent du Wyoming s'était levé, dur, malveillant, brutal. Il frappait Victoria de plein fouet, ce soir-là, alors qu'elle traversait la cour en direction de la cabane de Ruby. Le souffle coupé, elle franchit les derniers mètres en courant.

– Grand Dieu ! Ce vent est affreux ! s'écria la brave femme. J'étais en train de dire à Stonewall qu'on se croirait au pôle Nord ! Entrez vite, Victory, que je ferme la porte. Stonewall va être content de vous voir, il commence à s'ennuyer, seul avec moi. Il avait envie d'aller jouer aux cartes avec les hommes, puisqu'ils peuvent rien faire d'autre par ce temps, mais j'ai dit non, et inutile de discuter. Pas question que mon mari attrape une mauvaise grippe !

– Si c'est pas honteux que l'homme ait pas son mot à dire sous son propre toit ! grommela Stonewall.

Le repos et les bons soins de Ruby avaient fait merveille. Stonewall avait repris des forces, cela s'entendait même à sa voix.

– Elle me laisse pas une seconde en paix, Victory, reprit-il. C'est tout juste si je peux lever le petit doigt. Je deviens complètement ramolli !

– T'en avais pas la force, mon pauvre chou. Tu te rappelles toutes les fois où tu t'es occupé de moi ? Eh bien maintenant, c'est mon tour, que ça te plaise ou non ! déclara Ruby en posant un baiser sonore sur son crâne. Allons, cesse de râler et bavarde avec

Victory pendant que je nous fais du café. Si tu es bien sage, j'y mettrai un peu de whisky.

– Ils doivent être arrivés aux enclos, à cette heure, dit Stonewall quand Victoria fut assise, les mains tendues vers la cheminée. Ça sera peut-être le plus grand rassemblement qu'on ait connu. Le Double M va bien, depuis deux ans.

– Oui, sûrement, répondit distraitement Victoria. Je suis venue vous dire quelque chose, alors autant que je me lance tout de suite. Je vais m'installer en ville.

La pièce devint soudain glaciale, comme si le vent s'y était engouffré d'un coup. Ruby vint se placer derrière son mari, les mains sur ses épaules.

– Je croyais que vous étiez arrivée à vous entendre avec Mason, dit lentement Stonewall.

– Nous entendre ? Ou le ranch est à lui, ou il est à moi, Stonewall. Et on dirait bien que c'est lui qui va gagner, M. Schoeller ne m'a guère laissé d'espoir. La dernière fois que je suis allée à South Pass, j'ai rencontré une femme qui vient d'ouvrir un nouveau restaurant, et je suis certaine qu'elle pourra me fournir du travail et me loger. Je voulais que vous soyez les premiers au courant, tous les deux. Nellie veillera sur mes affaires et au printemps, quand je serai installée, je viendrai les chercher.

C'était presque irréel de se trouver là à parler calmement de quitter cet endroit où elle était née, où elle avait espéré passer toute sa vie.

– Mason ne veut pas que vous partiez, Victoria.

Ruby avait des larmes plein les yeux.

– Mason n'a pas à se mêler de mon existence, Ruby. Stonewall et vous resterez ici. Il a besoin de vous, dit Victoria en essayant de masquer son amertume.

– On restera pas sans vous, Victory ! protesta Stonewall, bourru.

– Bien sûr que si !

– Mais vous êtes pas certaine que le testament de votre père soit pas le bon ! objecta Ruby, les doigts crispés sur l'épaule de Stonewall. Attendez d'être fixée pour partir !

– M. Schoeller dit que les papiers de Mason semblent en règle, et puis il y a cette histoire de prêt. Nous savons que papa avait réglé ses dettes, mais s'il n'y en a pas trace, Mason a encore son mot à dire, quelle que soit la validité du testament.

– Il vous laissera pas partir en ville. Il nous a dit que vous resteriez ici, j'ai même cru comprendre qu'il allait vous épouser.

Victoria se leva.

– Vous vous êtes trompée, Ruby. J'ai assez de fierté pour ne pas me marier juste afin d'avoir un toit sur la tête.

– Pas n'importe quel toit, Victory. C'est votre demeure. Vous n'aimez pas Mason ? Stonewall et moi, on s'est pris d'affection pour lui. Il a toujours été bon et juste envers nous.

– Evidemment ! rétorqua Victoria, blessée. Il a besoin de vous, vous lui servez d'assurance ! Il n'aurait pas tenu une semaine dans cette vallée, sans vous !

– Asseyez-vous, petite, dit calmement Stonewall. Inutile de s'énerver. Mason pense que ces types qui vous ont attaqués étaient envoyés par quelqu'un... sans doute quelqu'un qui veut s'approprier le ranch.

– Ils n'auront plus besoin de me tuer quand ils apprendront qu'il ne s'agit pas de ma terre, souffla Victoria, déprimée, en se laissant retomber sur sa chaise. Et j'ai encore du mal à croire à cette histoire. Pourquoi maintenant, depuis le temps que nous vivons ici ? Je suis persuadée qu'ils en voulaient plutôt à mon argent.

– Nous en reparlerons au retour de Mason.

Victoria se releva.

– *Vous* en reparlerez avec Mason, moi je ne serai plus là.

– Quoi ? Vous voulez partir *tout de suite* ?

– J'en ai bien l'intention, Ruby.

– Mais c'est impossible ! s'écria Ruby tandis que de grosses larmes roulaient sur ses joues rebondies.

– Ah, ne me grondez pas, Ruby Perry ! protesta Victoria en tentant de refouler les sanglots qui lui montaient à la gorge.

On frappa à la porte et Ruby s'essuya vivement les yeux avant d'aller ouvrir. Victoria fixait résolument les flammes.

– Qu'est-ce que tu veux, Ike ?

– La fille, à la maison, elle a dit que miss Victory était là.

– Entre. Inutile d'essayer de réchauffer la cour.

Victoria avait aperçu Ike de temps en temps, quand il venait grappiller un repas, mais jamais de si près, et elle n'aimait guère ce qu'elle voyait. Il avait une barbe de plusieurs jours, son manteau était déchiré et crasseux, mais surtout elle détestait son sourire veule.

– J'ai une lettre pour vous, m'dame. J'dois vous la remettre en main propre, il a dit.

Il sortit une enveloppe de sa poche, mais ne fit pas mine de la lui donner.

– Comment tu te sens, Stonewall ? reprit-il. J'ai entendu dire que t'avais été un peu abîmé.

– Ça va, Ike. Et toi ?

– Moi aussi. J'ai cette lettre...

Victoria tendit la main, mais il la tenait serrée contre lui, et elle la lui arracha d'un geste coléreux.

– Merci ! dit-elle avant de retourner à la cheminée.

Comme il la regardait, elle la fourra dans sa poche sans l'ouvrir.

Ruby alla à la porte.

– Y a de la soupe à la cantine du baraquement, dit-elle, au cas où tu voudrais pas repartir le ventre vide.

– Merci. A bientôt, Stonewall. M'dame...

Il toucha le bord de son chapeau avec insolence.

– Salut, Ruby !

Ruby claqua la porte derrière lui.

– Quel malotru ! pesta Stonewall.

– Allons, allons, le calma Ruby. Il vaut même pas la peine qu'on gaspille sa salive à parler de lui.

Victoria décacheta enfin l'enveloppe sur laquelle

on avait écrit son nom d'une petite écriture maniérée et en sortit une feuille.

Tandis qu'elle lisait, elle pâlit. Elle lut encore, relut, jusqu'à ce que les mots se brouillent sous ses yeux.

– C'est impossible... murmura-t-elle.

– Qu'y a-t-il, Victory ? demanda Ruby d'une voix qui lui sembla lointaine, étrange.

Victoria leva enfin vers elle un visage décomposé.

– Robert est à South Pass City, et il veut me parler au sujet de l'homme qui prétend avoir acheté le ranch. Il le traite de voleur, d'escroc. Il dit que je ne dois souffler mot à personne de sa présence en ville, parce que cela mettrait sa vie et la mienne en danger. Oh !...

Elle eut un long gémissement de bête blessée et se mit à trembler convulsivement.

– Enfer et damnation ! s'écria enfin Ruby qui commençait à reprendre ses esprits.

– Vous êtes sûre que c'est bien de lui ? demanda Stonewall.

– Oh oui ! déclara Victoria, déchirée. Je reconnais son écriture alambiquée.

– Stonewall, qu'est-ce que ça veut dire ? Mason n'est pas... Il ne peut pas...

Ruby était horrifiée, incrédule.

Victoria nageait en pleine confusion. Mason l'avait séduite pour obtenir le ranch ! Pourtant, malgré les paroles malveillantes de Clay, une petite voix intérieure persistait à lui dire que ce n'était peut-être pas vrai, que Mason l'aimait et que c'était pure coïncidence s'il s'appropriait le ranch en l'épousant.

– Qu'est-ce que vous avez l'intention de faire ? demanda Ruby en venant prendre la jeune fille par la taille.

– Le rencontrer. Il me donne rendez-vous à l'hôtel, répondit la jeune fille en fixant le feu. Il nous faut décider d'un plan pour *le* chasser d'ici.

Cette idée était pénible, mais la formuler était bien pire encore.

– Oh, Ruby ! Tout ça est tellement compliqué ! Ne dites à personne que Robert est dans les parages. Je vais me rendre en ville dès demain et j'y resterai jusqu'à ce qu'*il* soit parti.

Stonewall était troublé.

– Je ne veux pas que vous y alliez seule, Victory.

– Tout ira bien, ne vous inquiétez pas. Vous savez bien que ça ne sera pas la première fois !

– C'est pas pareil ! coupa Ruby, angoissée. N'y allez pas !

– Il le faut. Je suis seulement heureuse qu'*il* ne soit pas là pour m'en empêcher, déclara Victoria qui avait miraculeusement retrouvé sa clarté d'esprit. Je n'ai jamais rien demandé aux hommes qui utilisent ce ranch périodiquement comme refuge, mais si Mason Mahaffey a tenté de me dépouiller de ma terre et refuse de partir, j'ameuterai tout le monde pour l'expulser de force !

Victoria gardait un visage fermé afin de bien indiquer à ses amis qu'elle ne changerait pas d'avis. Elle s'obligeait à se montrer ferme, espérant qu'ils comprendraient malgré tout l'étendue de son chagrin. Il aurait fallu être aveugle pour ne pas remarquer la façon dont elle suivait Mason des yeux, comme elle s'épanouissait dès qu'elle l'apercevait ! Et pourtant le beau rêve s'était effrité, elle était seule de nouveau.

La lettre en sécurité au fond de sa poche, elle se drapa dans son châle. Le vent lui arracha presque la porte des mains, et elle cligna des yeux dans la bourrasque. La tête penchée, elle courut à travers la cour en direction de la maison.

Ruby la suivit du regard, la gorge serrée. Quand Victoria fut rentrée chez elle, elle enfila le manteau en peau de mouton de Stonewall et se mit à la recherche de Sage.

Peu après l'aube, Sage amena le buggy à la porte de derrière, attacha les rênes à la barrière et pénétra dans la cuisine où Nellie l'attendait, avec son plus gros manteau et des couvertures de voyage. Sage sourit. Il ne pouvait s'en empêcher chaque fois qu'il regardait Nellie.

– Prête ?

Elle acquiesça, son petit visage crispé par l'inquiétude.

– Ça ne va pas lui plaire, Sage.

– Sans doute. Mais nous n'avons pas le choix, si nous ne voulons pas qu'elle y aille seule. Ruby viendra chercher Dora dès que nous serons partis.

La porte de Victoria se ferma, on entendit ses pas

dans le corridor. Quand elle apparut sur le seuil, Nellie crut qu'elle allait s'évanouir.

– Ruby m'a dit que vous vous rendiez en ville, commença doucement Sage. Nellie et moi aimerions vous accompagner.

– Ruby n'avait pas le droit de vous en parler.

– Elle l'a fait pour Nellie et moi. Elle savait que nous avions envie d'y aller.

– Nellie n'ira nulle part !

Clay avait surgi derrière Victoria, et il marchait sur Sage.

– Nellie n'ira nulle part, répéta-t-il, nez à nez avec le jeune homme.

– Clay, je t'en prie ! supplia Nellie.

Il ne tint pas compte de l'intervention.

– Je vois clair dans ton jeu ! Nellie ne bougera pas tant que Mason ne sera pas revenu et ne l'y aura pas autorisée !

Nellie allait parler, mais d'un regard Sage l'en dissuada. Il lui tendit son manteau.

– Allez m'attendre dans le buggy.

– Réfléchis, Nellie ! Elle est de mèche avec lui pour te faire partir. Reste ici !

Clay fit un geste vers sa sœur, mais Sage poussa les deux jeunes filles au-dehors, se campant sur le seuil pour protéger leur retraite. Dès que la porte se fut refermée sur elles, il saisit Clay par le devant de sa chemise et le secoua.

– J'ai rien dit parce que tu es le frère de Nellie, mais j'en ai par-dessus la tête de tes humeurs et de tes méchancetés.

Clay balança son poing. Sage, touché à la joue, lui saisit le bras.

– Estime-toi heureux que je ne te casse pas le poignet, dit-il en repoussant violemment Clay qui heurta la table. Je te préviens, tu as intérêt à rester en dehors de tout ça, sinon tu auras affaire à moi.

Sage prit les couvertures, mettant Clay au défi de le suivre.

– C'est bien d'avoir du tempérament, mon garçon, mais parfois ça conduit à la mort. Il faut que tu apprennes à te tenir à l'écart, à analyser la situation et à réfléchir. C'est ça qui rend l'homme supérieur à la vermine.

– Mason te tuera !

Sage haussa les épaules.

– C'est ce qu'on verra.

– Je vais aller le rejoindre pour lui dire que tu es parti avec Nellie. Alors si tu veux m'en empêcher, autant que ce soit tout de suite.

– Je m'en doutais, mais pourquoi m'avertis-tu ? Cache tes cartes, petit...

Avant de sortir, il jeta un coup d'œil par-dessus son épaule.

– Et fais ce que tu dois faire.

Victoria, installée dans le buggy près de Nellie, tentait d'oublier sa peine. Tout au long de la nuit, elle avait essayé d'imaginer sa rencontre avec Robert, mais elle ne parvenait pas à se rappeler son visage. Que faisait-il là ? Quelque chose ne collait pas. S'il n'avait pas vendu le ranch à Mason, comment savait-il qu'il se trouvait au Double M ? Il y avait une seule façon de résoudre cette énigme : aller en ville et chercher la réponse.

Elle lança un regard morne à Sage quand il leur enveloppa les jambes de couvertures. Finalement, elle était heureuse que les deux jeunes gens l'accompagnent. Elle avait redouté le long trajet dans le froid.

Les ressorts du buggy grincèrent quand Sage s'installa sur le banc à côté de Nellie, et ils se mirent en route.

Derrière la fenêtre de sa cabane, Ruby soupira de soulagement.

— Ils sont partis, dit-elle à Stonewall. Sage veillera sur elle. Je suis contente de lui en avoir parlé, même si Victoria est furieuse après moi.

16

Le bétail avançait lentement sous le ciel bas chargé de nuages lourds. C'était une terre aride, rocheuse, et le vent soulevait le bord du chapeau de Mason, lui gelait le visage. Il ne s'était pas rasé depuis son départ du ranch, et ses vêtements étaient gris de poussière. La progression était de plus en plus lente à mesure que le temps passait. Heureusement, il n'était pas difficile de mener les bêtes à travers la passe, car il y avait un seul chemin possible. Bien que le ranch ne fût qu'à une trentaine de kilomètres à vol d'oiseau, la route qu'ils étaient forcés d'emprunter rallongeait énormément le parcours.

Mason gardait un œil sur les environs, pourtant son esprit s'égarait sans cesse. Il était bien, en selle, pour rêver tout éveillé, avec mille merveilleux souvenirs de Victoria. Il n'y avait pas sur terre une femme qui la vaille, c'était certain, et il n'en revenait pas de l'avoir trouvée. Ni des changements qui s'étaient produits dans sa vie au cours de l'année écoulée.

Durant tout son temps dans l'armée, il n'avait pensé qu'à en sortir. Il détestait envoyer ses hommes effectuer des missions dont ils ne reviendraient sans doute pas. Il avait plus encore détesté pourchasser le corsaire anglais, pourtant il l'avait fait, sachant qu'ensuite il aurait suffisamment d'argent pour s'acheter une parcelle de terre. Le ranch Double M s'était révélé beaucoup plus important que ce qu'il avait imaginé, et de bien des façons. Et puis, il y avait Victoria. Il en avait le cœur plein à éclater, et savoir qu'elle partageait son amour donnait au monde une lumière toute nouvelle.

Lud, qui arrivait à sa hauteur, le tira de sa rêverie.

– L'hiver sera rude, le vent est déjà glacial.

Ils redescendaient dans une vallée, et l'herbe, bien que courte, y était de bonne qualité. Mason se retourna sur sa selle pour regarder le flot des bêtes derrière eux.

– Ça va se réchauffer un peu quand nous perdrons de l'altitude. Est-il prévu de s'arrêter en plaine pour laisser le bétail se reposer ?

– Ouais, c'est ce que décide Stonewall, en général. Les bêtes broutent tout leur soûl et se désaltèrent en traversant la rivière, ça les maintient en forme.

– Alors nous le ferons.

Mason, étranger parmi ces hommes, s'était attendu à quelque résistance de leur part, mais sa bonne volonté et son ardeur au travail l'avaient fait accepter sans la moindre réticence.

– Une canaille de maraudeur est venue demander qui d'entre nous était Mason Mahaffey. Il voulait du travail, à mon avis.

– Ou plus probablement quelque chose à manger, rétorqua Mason.

– Enfin, je lui ai indiqué qui vous étiez.

Mason marmonna quelques mots en enfouissant le visage dans le col de son manteau.

Ils s'arrêtèrent en début d'après-midi pour établir leur campement entre les collines et la rivière. Le trajet du lendemain ne serait pas très long. Mason se demandait s'il ne devrait pas aller prendre contact avec l'acheteur, mais il pensa qu'on aurait besoin de lui pour franchir la dernière passe après la rivière. Le troupeau risquait toujours d'être effrayé par un mouvement inattendu, un son, et de s'égailler. Mason avait déjà assisté à des débandades de ce genre, et c'était un travail de titan que de rassembler les bêtes.

Ce soir-là, Doonie lui apporta une assiette de bœuf aux haricots ainsi qu'un pot de café. C'était une sacrée aventure, pour lui ! Il était venu comme aide de l'Ecureuil, le cuisinier, et il acceptait volontiers les plaisanteries des hommes, auxquelles il répondait sur le même ton. Il avait l'intention de dépenser ses gages pour acheter une bonne jument qui serait la base de l'élevage dont il rêvait pour plus tard. Il adorait cette région.

– C'est mieux que le Colorado, hein, Mason ?

– Il y a de beaux endroits, dans le Colorado, Doonie.

– Pas celui où on était. Tu crois qu'on restera ici ?

– Bien sûr. Je reste, et il y aura de la place pour toi tant que tu le souhaiteras.

– Je pensais à miss McKenna. Qu'est-ce qu'elle va devenir ?

– Elle reste aussi. Je l'épouse.

Un sourire radieux éclaira le visage de l'adolescent.

– Youpee ! C'est une riche idée, Mason ! J'y aurais jamais pensé. Tu l'épouses, alors tu gardes le ranch !

– Tais-toi ! ordonna Mason. Tu en parles comme si je l'épousais pour avoir la propriété.

– Et c'est pas pour ça ?

– Sûrement pas ! Certains le prétendront peut-être, mais je ne m'attendais pas à l'entendre de la bouche des miens.

Il observa l'enfant qui rougissait, gêné.

– N'en parlons plus, reprit-il. Je vais épouser Victoria parce que j'en ai envie, parce qu'elle est la seule femme avec qui j'aie jamais eu le désir de passer le reste de ma vie.

Doonie en restait bouche bée. Enfin il dit la première chose qui lui venait à l'esprit :

– Pete l'aime bien.

– Pas toi ?

– Je sais pas. Elle est un peu autoritaire, pour les serviettes, la propreté et tout...

Mason éclata de rire.

– Tu t'y habitueras. Il est temps que tu apprennes les bonnes manières, de toute façon.

Ils entreprirent de traverser la rivière aux premières lueurs de l'aube. Il y avait un frémissement d'excitation dans l'atmosphère – à la fin de la journée, les hommes seraient en ville, la paie dans leur poche. Pendant deux jours, ils pourraient courir les saloons à leur guise.

L'eau n'était pas trop haute, mais elle était glaciale et le courant rapide.

Mason la franchit en tête, aida les premiers bouvillons à s'engager dans la passe, puis il s'éloigna du troupeau. Quand il en fut assez loin, il mit pied à terre afin de laisser paître son cheval et il grimpa en haut de la colline pour regarder comment se passaient les choses en bas.

Le chariot de provisions fut le dernier à traverser la rivière. Doonie guidait l'attelage avec soin, mais les roues du chariot dérapaient sur les pierres glissantes de mousse. Quand enfin il fut de l'autre côté, Mason redescendit vers sa monture.

– Par le diable... !

Le cheval avait disparu. Déconcerté, Mason le chercha du regard et le découvrit enfin, un peu plus bas, en train de brouter l'herbe fraîche. Il le rejoignit mais quand il essaya de prendre les rênes, le hongre fit quelques pas de côté.

Comme Mason le suivait, il distingua du coin de l'œil un vague mouvement et ses cheveux se dressèrent sur sa nuque.

L'homme surgit de derrière un rocher, son arme pointée sur lui. Petit, maigre, d'âge moyen, il avait un bâton de chique à la bouche.

– C'est toi, Mason Mahaffey ?

— Et alors ?

— Je m'appelle Runt Tallard. Ou Harry Sutton. Ou encore John Crosser, si tu préfères. J'ai été un peu inquiet en sachant qui t'étais, alors j'ai eu envie de voir quelle tête t'avais quand tu transpirais.

L'homme se tenait à dix mètres et, à cette distance, une balle ne pourrait pas manquer Mason. Surtout tirée par un professionnel comme Tallard. Il avait entendu parler de lui – un tueur qui n'hésiterait pas à descendre sa propre mère si le prix était suffisant. Aussitôt après, une autre idée lui vint en tête. Jamais plus il ne verrait Victoria ! Cette pensée lui éclaircit le cerveau.

— On m'a parlé de Runt Tallard. On raconte qu'il travaille seul.

— C'est la vérité !

— Alors ce cheval...

— Foutaise ! J'aurais pas cru que Mason Mahaffey était assez idiot pour essayer de...

Mason plongea. Comme il était plus difficile pour un homme de tirer rapidement sur sa droite, il se jeta à gauche en dégainant son revolver. Runt tira, manqua sa cible, tira de nouveau. Cette fois-ci, il toucha Mason qui roula sous un fourré. Il était blessé, mais il ne sentait rien. Il tira à son tour, au jugé. L'homme se mit à couvert et fit encore feu, tandis que Mason rampait davantage à l'abri. Il pointa son arme ; une balle la lui arracha de la main.

Il était désarmé ! Son fusil était attaché à sa selle, à quelques mètres de là, mais il aurait pu aussi bien se trouver à des kilomètres !

284

Mason avait le bras engourdi jusqu'au coude, cependant Runt ignorait qu'il avait perdu son pistolet, sinon il serait déjà sur lui. Il fallait qu'il trouve une solution ! S'il était encore en vie, c'était uniquement grâce à l'orgueil de Runt. Cette petite crapule voulait voir la peur dans les yeux de celui qu'il allait abattre.

Les garçons avaient sans doute entendu les coups de feu, mais ils ne s'en soucieraient pas. C'était monnaie courante, on tirait des lièvres, de temps à autre. *N'attends d'aide de personne, on ne viendra pas à ta recherche de sitôt.*

Bien caché sous des épineux, Mason demeurait parfaitement immobile. Au moindre bruit, Runt tirerait.

Il voulait vivre, sentir le corps de Victoria contre le sien, savourer ses lèvres, lire l'abandon dans ses yeux. *Victoria, mon amour, est-ce que je te tiendrai de nouveau dans mes bras ?*

Le sang dégoulinait sur sa cuisse. Il devait être touché au flanc, alors qu'il avait cru que c'était à la jambe. Très lentement, il dégaina son couteau de chasse. Il n'avait plus d'arme à feu, mais si Runt passait à sa portée, il lui transpercerait le cœur !

Le manche bien serré dans sa main, il attendit.

Précautionneusement, centimètre par centimètre, Mason se mit à avancer pour sortir de son abri et observer les environs sans être vu.

Le sol était froid, humide. Mason avait perdu son chapeau et son manteau de peau était couvert de feuilles mortes. Il s'allongea enfin derrière deux petits buissons près de l'endroit où il espérait voir passer Runt.

S'il m'aperçoit, je suis un homme mort. J'ai de la chance que ce bandit veuille me tuer de face, sinon il m'aurait tiré dans le dos quand il en avait l'occasion. J'aimerais bien savoir qui l'a engagé !

Soudain, une terrible idée traversa Mason. Après l'avoir abattu, l'assassin s'en prendrait à Victoria ! Il y avait forcément un rapport entre Tallard et ceux qui avaient essayé de les tuer quelque temps auparavant.

Absolument immobile, l'oreille collée au sol, Mason attendait.

Runt apparut brusquement à découvert à deux mètres de lui, l'arme pointée, les yeux fixés sur l'autre bout de la clairière. Mason, tous ses muscles bandés, le laissa passer devant lui, puis il jaillit de sa cachette et lança le poignard qui s'enfonça jusqu'à la garde dans le dos de l'homme.

Runt se raidit et Mason plongea pour récupérer l'arme qu'il libéra avec un vilain bruit au moment où Runt se retournait. Ils se trouvèrent un instant face à face.

– Espèce de pourri ! Tu m'as frappé dans le dos !

– Je devrais extirper ton sale cœur de ta poitrine !

– Pourquoi ? Je faisais seulement mon boulot.

Il s'effondra dans l'herbe, sans quitter Mason des yeux.

– Mason Mahaffey... Je m'suis toujours demandé qui finirait par m'avoir.

Mason lui prit son revolver et traversa la clairière,

la main pressée sur sa blessure. Une fois de l'autre côté, il jeta un coup d'œil par-dessus son épaule. Le petit homme était toujours allongé, et le vent jouait avec quelques mèches de ses cheveux gris.

Il commençait à descendre la pente quand il vit Pete venir à lui, tenant son cheval par la bride.

– Mon Dieu, Mason ! Que s'est-il passé ? J'ai entendu des coups de feu, puis j'ai vu ton cheval...

Tremblant, couvert de sueur, Mason s'accrocha au pommeau de la selle jusqu'à ce que la tête cesse de lui tourner.

– Mon chapeau est par là, dans les buissons. Veux-tu le chercher pour moi ?

Quelques minutes plus tard, Pete était de retour.

– Tu es gravement blessé ?

– Je ne sais pas. Il y a un homme mort, dans la clairière. Va voir ce qu'il a dans ses poches, et rapporte-moi tout. On l'a envoyé me tuer ; je veux savoir qui l'a engagé.

Quand Pete revint, Mason était parvenu à se hisser en selle et il commençait doucement à descendre la colline. Pete se précipita pour arrêter le chariot de provisions, puis il revint chevaucher près de son frère.

Doonie et l'Ecureuil les attendaient. Ils avaient allumé un petit feu et mis de l'eau à chauffer. Mason se laissa glisser à terre et confia les rênes à Doonie.

– Il y a un cheval, là-haut. Si tu l'attrapes, il est à toi, lui dit-il.

Pete déroula un sac de couchage qu'il étendit sur

le sol au moment où Mason s'écroulait, luttant pour ne pas perdre conscience.

Pete conseilla à Doonie de se lancer à la recherche du cheval tandis qu'il déchirait les vêtements de Mason afin de voir sa blessure. Il y avait tant de sang qu'il fut difficile de la localiser avant que l'Ecureuil n'ait nettoyé tout autour. La balle était ressortie.

— Ça aurait pu être pire, déclara l'Ecureuil. Attrape donc la flasque de whisky sous le siège du chariot.

Mason tremblait si violemment qu'il claquait des dents.

— Vite ! insista le vieil homme.

Au cours de sa vie, il avait soigné bien des blessures par balle. Pete souleva la tête de son frère et lui fit avaler une gorgée d'alcool, tandis que l'Ecureuil en versait sur la plaie.

Ils lui bandaient le torse quand Lud et un autre homme revinrent en arrière voir ce qui retardait le chariot.

Ils se remirent en route, Mason allongé sur le lit de l'Ecureuil au fond du chariot. Soit il était inconscient, soit il était ivre, Pete n'aurait su le dire. Après qu'il avait bu le whisky, l'Ecureuil lui avait fait ingurgiter plusieurs cuillerées de miel.

— J'ai appris ça du vieux M. McKenna, expliqua-t-il. Quand un homme a perdu du sang, il lui faut du sucre. Rappelle-toi ça, petit.

Le chariot avançait doucement et il était plus de midi quand il s'arrêta enfin sous un peuplier.

Puisque Mason était blessé, Lud s'occuperait de négocier la vente du bétail du Double M.

Bien vite, tout le monde sut qu'un tueur avait tiré sur Mason, et l'enthousiasme des ouvriers au sujet de leur séjour en ville s'amenuisa considérablement. Ils se rassemblèrent par petits groupes afin de commenter avec calme ce qui était arrivé à Mason, cet homme qu'ils avaient appris à respecter au cours des dernières semaines.

Pete n'avait jamais pris de décision seul, car il discutait toujours avec Clay auparavant. Il savait qu'il ne parviendrait pas à amener un médecin avant le lendemain matin, et pour conduire Mason en ville, il lui aurait fallu un attelage léger, bien suspendu et muni d'un abri. Il monta dans le chariot où Doonie veillait sur son frère.

– Tu crois qu'il va mourir, Pete ? demanda l'enfant.

– J'en sais rien. Il a besoin d'un docteur, en tout cas. Reste près de lui, Doonie, je vais essayer de me procurer une voiture.

Ce fut plus facile que prévu. L'acheteur de bétail habitait tout près et il envoya un de ses employés chercher l'attelage requis. Pete lui proposa les deux cents dollars récupérés sur le cadavre de Runt Tallard. C'était tout ce que le bandit avait sur lui, avec un couteau et une tabatière. L'acheteur refusa et proposa que l'un de ses ouvriers conduise lui-même le chariot.

Celui-ci arriva tard dans l'après-midi pour emmener Mason en ville, après que Doonie et Pete, angoissés, se furent relayés auprès du blessé. Il s'agitait parfois mais il ne reprit pas connaissance. Ils le transportèrent dans le léger véhicule que l'on avait couvert d'une toile pour le protéger du vent.

Le chariot allait s'ébranler quand Clay arriva comme une tornade, son cheval haletant.

– Qu'est-ce que tu fais ? Tu veux tuer cet animal ? s'irrita Pete.

– Où est Mason ? Il faut que je lui parle. Ce satané Sage est parti avec Nellie.

– Parti ! Tu veux dire qu'il s'est enfui avec elle ?

– Notre chère Victoria, que tu aimes tant, est de mèche avec eux. Ils sont allés en ville tous les trois. J'ai voulu l'interdire à Nellie, mais elle n'a rien voulu savoir. Où est Mason ?

– Dans ce chariot, blessé. Nous l'emmenons chez le médecin.

– Bon Dieu ! C'est grave ? demanda Clay en sautant à terre.

– Un tueur à gages lui a tiré dessus ce matin. Je ne sais pas s'il s'en sortira. On y va. Demande à quelqu'un de changer de cheval avec toi, et viens.

Doonie resta près de Mason tandis que les jumeaux chevauchaient devant et que cinq ouvriers du ranch Double M suivaient. Ils hochèrent la tête comme un seul homme quand Pete se retourna, le regard interrogateur.

Les frères Mahaffey n'étaient plus seuls sur la route.

17

Sage s'arrêta dans l'arrière-cour de l'hôtel où stationnaient calèches et voitures, comme autant de jouets abandonnés. Un lad ramenait deux superbes alezans de l'abreuvoir pour les atteler, tandis que deux Chinois à longues nattes bavardaient avec un Sioux. A l'abri du vent, il faisait encore frais, mais l'atmosphère était lourde de l'odeur du crottin.

Sage confia les chevaux à un palefrenier et, après s'être assuré qu'ils seraient traités convenablement, il aida Nellie et Victoria à descendre. Ils se dirigèrent vers l'entrée de l'établissement.

L'employé leva le nez de son comptoir de bois verni.

– Oui, monsieur ? Oh ! Bonjour, miss McKenna.

– Bonjour, monsieur Kenfield. Nous voudrions deux chambres, s'il vous plaît.

Sage poussait déjà le registre vers elle, et elle y inscrivit son nom ainsi que celui de Nellie avant de lui tendre la plume. Il y nota le sien d'une large écriture.

Le portier toussota.

– Vous... euh, vous souhaitez des chambres communicantes ?

– Oui, répondit vivement Sage. Deux chambres, trois portes, trois clés.

– Parfait, dit l'homme en essayant de masquer son étonnement.

Il posa deux clés devant Victoria et fit glisser l'autre en direction de Sage, puis il donna un coup sur la sonnette du comptoir.

– Inutile de nous accompagner, dit Sage en s'emparant des clés. Où sont nos chambres ?

– En haut de l'escalier à gauche, au fond du couloir.

Sage passa devant, chargé du sac de Victoria et de la petite sacoche de Nellie.

– Je n'ai jamais mis les pieds dans un hôtel, murmura la jeune fille, intimidée.

Victoria, qui ne pensait qu'à l'entrevue avec son frère, lui tapota distraitement le bras pour la rassurer.

Sage ouvrit la première porte et pénétra dans la pièce avant les jeunes femmes. Il regarda autour de lui, alla à la fenêtre donnant sur la cour, essaya la porte de communication qui était verrouillée. Un peu irritée, Victoria attendait qu'il se retire, mais il ferma la porte du couloir et s'y appuya.

– Ruby m'a dit ce que vous êtes venue faire en ville.

Victoria mit un moment à digérer ses paroles, puis elle lâcha, amère :

– Elle n'avait aucun droit de se mêler de mes affaires.

– Elle s'inquiète.

– Je suis parfaitement capable de me débrouiller seule.

– Sûr, madame, mais dans cette histoire, il y a quelque chose de louche.

– Qu'en savez-vous ? lança sèchement Victoria. Vous n'êtes au courant de rien.

– Je connais les hommes, madame, et je jurerais que Mason Mahaffey n'est pas malhonnête.

Nellie était restée silencieuse, mais en entendant prononcer le nom de son frère, elle s'approcha de Sage et lui prit le bras.

– Que voulez-vous dire ? De quoi s'agit-il ?

Sage regardait Victoria, qui fixait obstinément le mur devant elle.

– A vous de jouer, madame, dit-il.

Victoria se tourna vers le petit visage bouleversé de Nellie.

La pauvre ! Ce sera presque aussi dur à entendre pour elle que ça l'a été pour moi. Mais il vaut mieux qu'elle soit au courant. Au moins, elle a Sage pour la consoler.

– Autant qu'elle sache, soupira-t-elle. De toute façon, ce sera bientôt de notoriété publique. Asseyez-vous.

Sage s'installa à califourchon sur une chaise tandis que les deux jeunes filles se perchaient sur le lit.

Quand Victoria eut terminé son histoire, Sage prit la parole :

– Il y a des choses qui ne collent pas, madame. Si Mason était un escroc qui en voulait à votre terre, il ne serait pas arrivé au ranch avec seulement les jumeaux pour l'assister. Et pas un homme, même un bandit, n'aurait amené ses sœurs. Quelqu'un d'autre a monté cette affaire, et je n'aime pas beaucoup que vous restiez dans les parages avant qu'on sache qui se cache derrière tout ça.

– Vous croyez vraiment qu'on veut me tuer ?

– Oui, madame. J'y ai réfléchi pendant tout le trajet et, si vous voulez bien me pardonner, il me semble que votre frère n'a pas de bonnes intentions.

– Mon propre frère ? s'indigna Victoria. Non, c'est impossible. Il ne ferait pas ça à papa. Qu'aurait-il à y gagner ?

– Supposez qu'il ait vraiment vendu le ranch à Mason à l'aide de faux papiers... dit doucement Sage. Peut-être bien qu'il essaie de le récupérer.

– Mais dans quel but ? insista Victoria. Il n'aime pas l'Amérique, il a toujours détesté ce pays !

Elle secoua la tête, désorientée.

– Non, dit-elle. Mon frère ne me ferait jamais de mal.

– Eh bien, il faut nous en assurer, décréta Sage en se levant. Je vais partir aux nouvelles. Je serai de retour pour le souper. En attendant, n'ouvrez à personne d'autre que moi. A mon avis, Mason devrait arriver en ville ce soir.

– Il restera deux ou trois jours avec le troupeau.

L'acheteur voudra recompter les bêtes lui-même, objecta Victoria qui sentait la panique s'emparer d'elle.

– Il viendra.

Sage sourit et caressa la chevelure brune de Nellie.

– Clay est parti tout de suite après nous pour l'avertir que je m'étais enfui avec Nellie.

– C'est pour ça que vous m'avez emmenée ? demanda la jeune fille avec un brin de provocation.

– Entre autres. Mais j'ai aussi pensé que miss Victoria pourrait avoir besoin de vous.

– Et c'est tout ?

Le visage de Sage exprimait toute la tendresse du monde.

– Non, ce n'est pas tout, ma douce. Je voulais que vous veniez au cas où j'aurais l'occasion de parler à Mason. J'ai l'intention de lui demander la main de la plus belle, de la plus délicieuse jeune fille de tout le Wyoming.

Victoria se sentait de trop, elle aurait aimé s'en aller, mais où ? Nellie rayonnait de bonheur, tandis qu'elle contemplait Sage avec admiration.

– Pendant que nous sommes en ville ? soufflat-elle.

– Le plus tôt sera le mieux pour moi.

– Oh, Sage, pour moi aussi ! s'écria Nellie en se jetant à son cou tandis que Victoria se dirigeait discrètement vers la fenêtre.

– Mais d'abord, nous devons régler l'autre problème, décréta Sage en se dégageant gentiment. Si votre frère est anglais, madame, on a dû le remarquer, par ici. Je vais fureter un peu pour voir ce que je découvre. Le type de la réception ne nous dira sûrement rien.

Nellie l'accompagna et Victoria les entendit chuchoter un instant avant que la porte se referme. Nellie la verrouilla.

Sa conversation avec Sage laissa Victoria dans un état de total désarroi. Les questions se bousculaient dans sa tête. Mason pensait-il sincèrement avoir acheté la propriété ? Avait-il été berné par Robert ? Avait-il décidé de l'épouser pour le cas où le document serait illégal ? Pourquoi Robert, après tant d'années d'indifférence, se souciait-il soudain du sort de sa sœur et du ranch ? Tout cela n'avait aucun sens !

Elle continuait à regarder la cour sans rien voir. Elle avait été outrée quand Clay avait déclaré que Mason se servait d'elle, pourtant elle était encore bouleversée par ses baisers. Perdait-elle la raison ? Elle aurait dû être plus ennuyée par la perte de sa maison que par sa déception sur le comportement d'un homme qu'elle avait cru aimer !

Nellie vint la rejoindre.

— Vous étiez si heureuse, l'autre jour, Victoria, et soudain tout a changé. Que s'est-il passé ? Mason vous aime, je le sais. Le matin de son départ, il ne cessait de vous regarder, et vous, vous étiez rayonnante.

— C'est à cause de Clay, soupira Victoria. Il était en colère parce que je lui avais demandé de se tenir correctement le soir où Sage est venu dîner, alors il m'a fait comprendre que Mason... feignait d'être amoureux parce que j'empêchais les hors-la-loi de l'attaquer... que je lui étais simplement utile.

— Et vous l'avez cru ? Alors, c'est que vous n'aimez pas Mason !

— Peut-être. En tout cas, il est ridicule de rester ainsi enfermée quand je pourrais être en train de parler à mon avoué et d'apprendre ce qu'il a découvert au sujet du testament.

Elle posa résolument son chapeau sur sa tête.

— J'ai eu tort de laisser Sage m'effrayer. Que pourrait-il bien m'arriver dans la rue au beau milieu de la journée ? La moitié de la population me connaît !

— Vous sortez ? s'écria Nellie.

— De ce pas ! Fermez la porte et n'ouvrez à *personne* d'autre que Sage ou moi. Vous ne risquez rien.

— Je vous accompagne.

— Je n'y tiens pas. Attendez Sage ici. Et cessez d'avoir l'air ennuyé, Nellie, ajouta Victoria avec un sourire rassurant, demain vous vous mariez !

— N'y allez pas, Victoria !

— Je serai là très vite. Si Sage revient avant moi, dites-lui que je me suis rendue au bureau de M. Schoeller et que je ne tarderai pas.

Victoria traversa le hall d'un pas alerte et sortit sur le trottoir devant l'hôtel. Les rares passants se hâtaient pour retrouver la chaleur de leurs cheminées, et Victoria dut sortir la main de la poche pour maintenir son chapeau malmené par le vent.

Elle traversa la rue, grimpa l'escalier de bois qui menait à l'étude.

Le rideau était relevé et Victoria trouva M. Schoeller assis à son bureau. Il se leva dès qu'elle entra.

– Miss Victoria ! Entrez, entrez ! J'allais justement remettre une bûche dans le poêle.

Il joignit le geste à la parole avant de refermer la porte de fonte du pied.

– Dans une minute, il fera meilleur. Je voulais venir au ranch pour vous faire part des nouvelles, mais avec le froid et ma mauvaise jambe...

– Des nouvelles ?

Un instant, Victoria regretta d'être venue. Avait-elle vraiment envie d'entendre ce qu'il avait à lui dire ?

– De bonnes nouvelles, que j'ai récoltées à Denver. Le télégraphe, quelle merveilleuse invention ! Dans un endroit comme Denver, on peut obtenir la réponse à n'importe quelle question en quelques jours, parfois même quelques heures !

– De bonnes nouvelles ? insista Victoria, le cœur battant.

– Asseyez-vous, je vais tout vous raconter.

Victoria se débarrassa de son manteau en essayant de cacher sa nervosité, puis elle s'assit de l'autre côté du bureau tandis que Schoeller feuilletait des papiers.

– D'abord, que je vous rassure. Marcus a rédigé un testament il y a plusieurs années, lors d'un séjour à Denver, et il l'y a fait dûment enregistrer. Il vous lègue tous ses biens. C'était avant que j'exerce à South Pass City, et votre père ne m'en a jamais parlé. Plus tard, quand il était si malade, il a dû l'oublier et il a rédigé celui qu'il a fait signer à Stonewall. C'est la seule explication plausible. J'aurais préféré, miss Victoria, qu'il me parle de ce premier testament, mais ce qui est fait est fait ; l'important est que le ranch vous appartient et que Mahaffey n'a aucun droit dessus.

Un grand calme envahit Victoria. Elle regardait la lampe, elle entendait le bois craquer dans le poêle. Mason partirait, la maison serait à elle... vide de nouveau. Elle dirait aux Mahaffey de s'en aller, elle avait la loi pour elle. Enfermée dans ses pensées, elle entendit à peine ce que disait l'avoué jusqu'à ce qu'il prononce le nom de Mason.

– Je suis désolée, monsieur Schoeller, j'étais distraite.

– Je disais, reprit patiemment l'homme de loi, que Mason Mahaffey est une innocente victime, dans cette affaire. Votre frère l'a escroqué. J'en ai appris pas mal sur Mahaffey pendant que j'étais à Denver. On dit le plus grand bien de lui. Le président Grant en personne lui a confié une mission hautement confidentielle pour le gouvernement britannique. Il en a été largement payé, et c'est sans doute grâce à cet argent qu'il a pu « acheter » le ranch à Robert McKenna. Je n'aimerais pas être à la place de votre frère quand Mahaffey découvrira qu'il s'est fait escroquer !

Victoria acquiesça faiblement.

– Et le prêt ?

– Remboursé jusqu'au dernier cent. Aucune inquiétude là-dessus.

Victoria avait soudain chaud au cœur.

– Vous êtes certain que Mason n'avait aucun doute sur...

– Rien ne permet de le penser. C'est bien ce qui est triste, dans cette malheureuse histoire. Pour autant que je le sache, Mason Mahaffey est un homme honorable.

L'amertume qui empoisonnait Victoria depuis des jours s'exhala dans un long soupir qui la vida de ses forces.

– Mon frère est ici, dit-elle. Il m'a envoyé un message me demandant de venir le rejoindre. Il prétend que Mason essaie de me berner. Il me conseille de ne pas parler de sa présence, il dit que nos vies sont en danger.

L'avoué réfléchit un instant.

– J'ai entendu dire qu'un Anglais résidait en ville, mais il ne m'est pas venu à l'esprit qu'il pouvait s'agir de Robert McKenna. L'avez-vous rencontré ?

– Pas encore. Il y a autre chose que je voudrais vous dire. La dernière fois que nous sommes venus en ville, Mason et moi avons été pris dans une embuscade sur le chemin du retour. Deux hommes ont essayé de nous tuer. J'ai cru que c'était parce qu'ils m'avaient vue entrer dans la banque, mais Mason pense qu'ils étaient engagés pour nous abat-tre. J'ai été blessée à la jambe quand ils ont tiré sur mon cheval, et Mason a été touché au bras pendant qu'il se débarrassait d'eux.

– De qui s'agissait-il ?

– L'un d'eux s'appelait Bob Cash, mais nous ignorons tout de l'autre.

– Jamais entendu ce nom. La seule personne, continua Schoeller comme s'il réfléchissait à haute voix, la seule personne à qui profiteraient votre mort et celle de Mahaffey, c'est votre frère. Mason afin que l'on ne découvre jamais la supercherie du testament, et vous pour pouvoir hériter et revendre la propriété.

– Mon propre frère chercherait à m'éliminer ?

– On dirait bien, Victoria. Etes-vous venue seule en ville ?

– Non. La sœur de Mason et l'un de nos hommes m'ont accompagnée. Mason s'occupe de la vente du bétail.

M. Schoeller se leva pour prendre son manteau.

– Je vous ramène à l'hôtel, et je pense que vous feriez mieux d'y rester jusqu'au retour de Mahaffey. Il viendra forcément à la banque, n'est-ce pas ?

– Oui, mais nous ne sommes pas obligés de lui parler tout de suite du testament. Je préférerais attendre un peu.

Si Mason se croyait propriétaire du ranch, il n'aurait aucune raison de lui faire l'amour, sauf s'il en avait envie.

– Comme vous voudrez. Mais si vous souhaitez que je lui en parle, je le ferai.

– J'aime mieux attendre, répéta-t-elle. En revanche je serais heureuse que vous soyez à mes côtés quand je verrai Robert.

— J'insiste ; il vaut mieux que vous ne bougiez pas de l'hôtel avant le retour de Mahaffey.

Le temps avait passé, et le soir ne tarderait pas à tomber. Victoria avait les jambes en coton quand elle sortit du bureau. Sans doute en partie parce qu'elle n'avait rien avalé depuis le biscuit grignoté le matin avant de quitter le ranch. Elle se sentait soulagée d'avoir près d'elle la présence rassurante de l'avoué.

Une fois dans le hall de l'hôtel, elle lui sourit.

— Me voici en sécurité, monsieur Schoeller. Merci pour tout ce que vous avez fait pour moi.

— Ne bougez pas de votre chambre avant d'avoir eu de mes nouvelles. Si votre frère essaie de vous voir, renvoyez-le. C'est à Mahaffey de prendre cette affaire en main, et je vais envoyer quelqu'un le chercher.

Victoria monta les marches d'un pied léger. Elle avait l'impression qu'on lui avait ôté un énorme poids des épaules. *Mason ! Mason ! Tu ne sauras jamais les doutes que j'ai nourris, ni les tourments que j'ai endurés cette semaine.*

Elle frappa à la porte en appelant Nellie afin qu'elle lui ouvre. Comme elle n'obtenait pas de réponse, elle tourna le bouton et pénétra dans une chambre vide.

— Nellie ?

Elle s'arrêta net, fit le tour de la pièce du regard, puis elle essaya la porte de communication. Fermée.

— Nellie ?

Pourquoi appelait-elle de nouveau ? Visiblement, la jeune fille n'était pas là. Sage avait dû rentrer et l'emmener souper, se raisonna Victoria, souriant de sa peur. *Je vais descendre à la salle à manger, ils y sont forcément.*

Elle se débarrassa de son manteau, de son chapeau, s'enroula dans un châle. La clé était restée sur la porte à l'intérieur et elle la serra un instant dans sa main, pensive, puis elle haussa les épaules et sortit dans le corridor. Elle refermait derrière elle quand une voix l'interpella :

– Salut, Victoria.

Elle fit volte-face. Il n'y avait rien de familier chez cet homme, pourtant elle sut que c'était son frère. Il était nettement plus petit qu'elle, et elle ne s'attendait pas à le trouver si vieux, si corpulent. Seule sa bouche, sous la moustache soigneusement cirée, lui rappelait leur père.

– Tu as perdu ta langue, ma fille ? Tu te souviens pourtant de ton frère ?

– Bien sûr !

– Alors, viens. J'ai à te parler.

– Pas maintenant. Des amis sont en bas. Je te verrai plus tard.

– Tout de suite ! Quelqu'un t'attend dans mon appartement.

Robert arborait un sourire mauvais.

– Que veux-tu dire ?

Comme par hasard, une porte s'ouvrit sur un jeune homme qui maîtrisait Nellie, les mains ligotées dans le dos, un bâillon sur la bouche.

– Nellie ! Que se passe-t-il ?

Victoria s'élança vers la jeune fille, puis elle s'arrêta, se retourna vers Robert, toutes griffes dehors.

– Laisse-la partir !

– Ça dépend de toi. Viens, à présent, ou je la tue.

– Non !

– Oh, mais si !

Il la saisit par le bras et l'entraîna vers la porte où se tenait Nellie, les yeux agrandis de terreur. Il la repoussa à l'intérieur et ferma la porte derrière eux.

Victoria regardait alternativement Nellie et le jeune homme. Celui-ci ne semblait guère plus âgé qu'elle, mais son regard était chargé d'expérience et il tenait un poignard contre son cou. Soudain, Victoria se rendit compte qu'il s'agissait d'une fille ! Une fille vêtue en garçon. Sa poitrine gonflait la chemise, et ses cheveux commençaient à s'échapper de la casquette.

– Pourquoi fais-tu ça ? demanda Victoria à son frère.

– Assieds-toi. Un seul geste, et Juney lui tranche la gorge ! Imagine... Du sang partout... Mais il le faudra bien, si tu fais des difficultés.

Nellie était pâle comme la mort.

– Laisse-la tranquille ! supplia Victoria. Qu'attends-tu de moi ?

Robert était derrière elle.

– Rien du tout, répondit-il en lui attachant les bras dans le dos.

– Je ne comprends pas ! s'indigna Victoria.

En fait, elle savait parfaitement où il voulait en venir. Il allait les tuer toutes les deux. Elle tourna la tête pour essayer de le voir, mais il la frappa violemment au visage.

– Bouge pas ! gronda-t-il. Toi, Juney, attache l'autre sur le lit.

– Je m'occuperai avec plaisir de cette *dame*, Robert chéri, dit la fille en ricanant. J'ai toujours eu envie de poser les mains sur ces jolies *dames* qui se croient mieux que les autres.

– Contente-toi de l'attacher, Juney.

– Je peux même pas graver mon nom sur sa poitrine ?

– Si vous la touchez, ses frères vous tueront ! cria Victoria.

Ce furent ses dernières paroles car Robert, avec une force surprenante pour sa modeste taille, lui enfonça un morceau de tissu dans la bouche et la bâillonna.

La fille avait jeté sur le matelas une Nellie à moitié folle de terreur qui se débattait de toutes ses forces, la jupe remontée sur les hanches. La fille, en riant comme s'il s'agissait d'un jeu, frappait les cuisses blanches à coups redoublés. Quand Robert en eut fini avec Victoria, il vint à elles.

– Laisse-moi faire, Juney. Je m'en charge.

– J'voulais juste m'amuser un peu, dit la fille avec une moue d'enfant gâtée.

– Il y a plus important.

Nellie continuait à se tortiller sur le lit.

Victoria avait l'impression de naviguer au milieu d'un cauchemar. Où était Sage ? Et Mason ? *Jamais je n'aurai la possibilité de lui dire que je l'aime*, songea-t-elle, désespérée.

Robert posa un genou sur la poitrine de Nellie et la frappa à la tempe. La jeune fille s'immobilisa.

– Il vaudrait mieux qu'elle reprenne ses esprits avant que nous partions, dit Robert. Il faudra qu'elle marche.

– J'suis plus belle qu'elles, hein ? demanda Juney en venant se frotter lascivement contre lui.

– Londres va t'adorer, chérie. Je t'habillerai comme une princesse, et on ne regardera plus que toi, dit-il en lui donnant une tape affectueuse sur la croupe. Maintenant, va chercher ce cow-boy, dis-lui d'apporter le chariot dans la cour et de monter ensuite ici. Ma sœur veut lui parler.

– Je l'aime pas, grogna Juney. Il arrête pas de vouloir me tripoter.

– Je ne l'aime pas beaucoup non plus, mais c'était soit lui, soit cinq cents dollars à payer à l'autre imbécile pour se débarrasser d'elle. On en fait des choses, avec cinq cents dollars !

– Il a demandé que deux cents pour Mahaffey. On aurait pu discuter le prix.

– Ce qui est fait est fait, mon chou. File chercher le cow-boy. Et mets ton chapeau, ça pince. Un baiser avant de partir...

Victoria se perdait dans un gouffre sans fond. Robert avait payé quelqu'un pour tuer Mason ! Elle ferma les yeux, s'efforçant de se ressaisir, mais les mots résonnaient dans sa tête comme martelés par un tambour, et la colère l'étouffait.

Juney sortie, Robert ferma la porte à clé avant de revenir se poster devant Victoria.

– Dommage que j'aie été obligé de te bâillonner, Victoria. Un frère et une sœur devraient avoir au moins une conversation dans leur vie. Mais peu importe. Je parlerai et tu écouteras. D'ailleurs, ça devrait toujours être ainsi, les femmes sont des créatures tellement inférieures ! Leur seul rôle est de peupler le monde, et elles ne peuvent même pas le faire sans l'intervention de l'homme.

Il alla se servir un verre de whisky avant de poursuivre :

– Elles sont utiles, remarque. Par exemple Juney. Bien habillée, si on lui inculque quelques manières – pas trop, pour qu'elle ne fasse pas déplacé autour des tables de jeu –, elle vaudra son pesant d'or.

Il vida son verre et se balança sur ses talons sans quitter Victoria des yeux.

– Je te déteste depuis le jour de ta naissance, reprit-il. Il n'y en avait que pour Victoria et Martha, Martha et Victoria. Je haïssais cette femme ! Une chatte en chaleur tout le temps collée contre papa. Un sourire, et ce vieux fou lui obéissait comme un toutou.

Sa voix avait monté, hystérique.

Victoria ouvrait des yeux terrifiés devant la méchanceté qui déformait les traits de son frère.

La haine avait corrompu son âme.

18

Sage sortit du saloon – le cinquième qu'il visitait –
et jeta un coup d'œil dans la rue. Tout était normal
par cette froide soirée d'hiver. Une douzaine de chevaux étaient attachés aux barrières, on déchargeait
un chariot devant le magasin général, quelques hommes se hâtaient sur les trottoirs. Rien d'inhabituel.

On remarquait tout, dans ces villes de l'Ouest, et
on bavardait beaucoup dans les débits de boissons,
autour d'une bouteille de whisky ou d'une chope de
bière. On pouvait apprendre ce qu'on voulait simplement en écoutant les conversations, et c'était
exactement ce que Sage avait fait. Il savait donc que
l'Anglais résidait à l'hôtel *Overland,* qu'il habitait
avec une jeune femme arrivée en ville à peu près en
même temps que lui. D'elle, on ignorait presque
tout, sauf qu'avant de s'intéresser à l'étranger, elle
avait convié plusieurs messieurs dans sa chambre.

Sage avait entendu dire également qu'on avait vu
le tueur à gages Runt Tallard descendre du train et

qu'il avait acheté un cheval avant de partir vers le sud. Il essayait de trier toutes ces informations quand il vit un groupe de cavaliers s'engager dans la rue principale. Il se garait pour les laisser passer lorsqu'il reconnut les deux premiers. Il descendit du trottoir.

Clay arrêta sa monture.

– Le voilà, Pete ! Où est Nellie ?

Sage, ignorant la question, se tourna vers Pete.

– Mason arrive aussi ?

– Il est dans le chariot, derrière. On lui a tiré dessus. Où peut-on trouver un médecin, dans cette ville ?

– Je le sais moi, mon garçon ! cria une voix à l'avant du chariot. Tout droit par là.

Le convoi se remit en route tandis que Sage suivait Pete.

– C'est grave ?

– Assez. Un tueur professionnel. Je ne sais pas pourquoi il a fait ça, mais il a eu son compte. Et j'ai entendu raconter que vous vous étiez enfui avec Nellie ?

– Nellie et miss McKenna sont à l'hôtel.

– Je te l'ai dit, Pete, il...

– Tais-toi, Clay ! coupa Pete. Ce n'est pas le moment de s'occuper de ça.

Les hommes se massèrent chez le docteur et attendirent en silence tandis qu'il bandait les blessures de Mason. Comme la douleur l'avait réveillé, on lui administra une dose de laudanum pour qu'il se rendorme, puis on le coucha dans une des chambres d'amis du médecin. Sage et les jumeaux vinrent à son chevet.

– Victoria, murmura Mason qui luttait contre le sommeil.

– Elle est à l'*Overland* avec Nellie, dit Sage. Je veille sur elles.

– Le... tueur... s'en prendre à elle...

Vaincu, Mason ferma les yeux.

– Qu'a-t-il voulu dire ? demanda Pete après qu'ils eurent quitté la chambre pour le laisser reposer.

– Que quelqu'un pourrait bien s'attaquer aussi à miss McKenna, et je suis à peu près certain de savoir de qui il s'agit, répondit Sage, tendu. Doonie, tu vas rester près de Mason. Donne-lui une de tes armes, Pete. Si quelqu'un cherche à forcer la porte, n'hésite pas à tirer, petit. Je vais laisser quelques hommes en faction dans les parages.

Personne ne se risqua à discuter ses ordres, pas même Clay.

Sage ne tarda pas à quitter la maison du docteur, Pete à ses côtés, Clay juste derrière. On leur avait assuré que Mason se remettrait, et à présent Sage ne pensait plus qu'à Victoria et à ce demi-frère qui tentait de se débarrasser d'elle.

Kelso suivit la mince silhouette de la fille. Même en vêtements de garçon, elle était tentante. Pourtant il ne l'aimait guère, pas plus que ce type qui se prétendait le fils du vieux Marcus. Il avait beau essayer, il ne trouvait rien de McKenna, chez ce salaud. Et la fille était une grue, diablement jolie quand elle était apprêtée, mais aussi dangereuse qu'un bâton de dynamite. Il avait hâte de se séparer du couple. Kelso avait compris que l'Anglais était seulement un beau parleur, et que miss Victoria ne laisserait pas si facilement chasser Stonewall du ranch. D'ailleurs, il n'était plus certain de vouloir le poste de régisseur. Depuis qu'il avait quitté le Double M, il s'était découvert d'autres centres d'intérêt. Le monde était grand ! Il allait faire ce que McKenna lui demandait, puis il prendrait son argent et déguerpirait.

La fille frappa trois fois à la porte de Robert, et la clé tourna dans la serrure.

– Bon Dieu ! cria Kelso en s'arrêtant net sur le seuil. Qu'est-ce qui se passe, ici ? Pourquoi vous avez attaché miss Victoria ?

– Du calme, mon brave, dit Robert. Il faut que je la sauve des griffes de Mahaffey contre son gré, et nous avons besoin de vous. Vous allez nous aider à emporter ma sœur et cette jeune fille dans le chariot qui attend en bas, puis vous les conduirez dans un endroit où elles seront en sécurité pendant que je réglerai les problèmes avec Mahaffey. Quand tout sera terminé, vous les ramènerez au ranch.

Comme Kelso s'approchait de Victoria, il sentit qu'on prenait son revolver dans le holster. Il se retourna d'un bond, le poing levé. La fille, le dos à la porte, pointait l'arme sur lui.

– Inutile, Juney, soupira Robert. Kelso est avec nous. Il prendra la direction du ranch quand tout sera arrangé.

– Non ! protesta-t-elle. On a eu tort de lui faire confiance. Je l'ai vu au premier coup d'œil. Les types comme lui bavent d'admiration devant ce genre de femmes, ajouta June avec un signe de tête en direction de Victoria. Tiens, tu vas voir.

Le pistolet toujours dirigé sur Kelso, elle marcha vers Victoria et fit jouer un couteau à cran d'arrêt. Elle eut un mince sourire en voyant la terreur dans les yeux de la jeune fille. Vive comme l'éclair, elle déchira du bout de la lame le haut de sa robe. Une fine trace de sang apparut aussitôt sur la peau blanche. Le visage de Kelso était déformé par la rage qui bouillait en lui.

Victoria se débattait désespérément sur sa chaise, au bord de l'hystérie, suppliant Kelso du regard pendant que la fille la torturait de la pointe de son couteau. Elle la piqua à la joue, et la colère prit le pas sur la peur. De toutes ses forces, Victoria lança les deux pieds vers June, qu'elle frappa au tibia. Elle l'entendit crier de douleur avant de s'effondrer avec sa chaise.

Ensuite, elle ne sut plus très bien ce qui s'était passé en premier, le grognement furieux de Kelso ou le bruit du coup de feu. La tête de Victoria avait violemment heurté le sol, et le monde se noya dans une sorte de brouillard rouge. Quand elle revint à elle, Kelso était dans un état de rage indescriptible. Juney avait pu tirer une seule fois avant que les énormes mains la saisissent à la gorge. Il poussa un rugissement meurtrier tandis que l'air s'échappait bruyamment des poumons de la fille qu'il repoussa comme une poupée de chiffon. Elle se cogna la tête contre la table et s'effondra, inanimée.

Kelso vacillait, et il recula d'un pas pour tenter de garder l'équilibre tandis que Robert récupérait le pistolet qui avait échappé à Juney. Kelso vint s'accrocher au dosseret de cuivre du lit, sans quitter Victoria des yeux.

– J'ai... essayé... m'dame.

L'impact de la balle que tira Robert le fit tomber à genoux.

Kelso !

La porte s'ouvrit soudain à la volée, et Robert hurla une obscénité tout en faisant feu sur l'homme accroupi qui se tenait sur le seuil, une arme dans chaque main. On n'entendit plus que des détonations assourdissantes, et Victoria oscillait entre conscience et inconscience. Quand la brume se dissipa, elle s'aperçut qu'on lui avait ôté son bâillon, et qu'on était en train de couper les liens de ses poignets. Allongée sur le sol, elle respirait de toute la force de ses poumons. Pete redressa la chaise et l'y assit.

– Mason, souffla-t-elle. Ils ont envoyé un tueur à ses trousses.

– Mason va bien, lui assura vivement Pete.

Sage, assis au bord du lit, tenait dans ses bras une Nellie sanglotante. Victoria tenta de se lever. Il fallait qu'elle sorte de cet endroit. Effrayée, elle vit Kelso écroulé au pied du lit et vint s'agenouiller à ses côtés. Blessé au cou et à la poitrine, il parvenait à peine à respirer.

– Il est vivant ! Il faut appeler un médecin !

– C'est pas lui qui a attaqué Nellie et rossé Stonewall ? intervint Clay. Laissez-le donc mourir !

– Taisez-vous ! cria Victoria. Taisez-vous et sortez d'ici. Sans lui, Nellie et moi serions mortes !

Pete l'aida à se relever.

– Il est fort comme un bœuf, Victoria, ne vous inquiétez pas. Nous irons chercher un docteur. Maintenant, sortez et reprenez vos esprits.

Il la conduisit à sa chambre où Sage venait d'amener Nellie. Elle se serrait contre lui comme si elle ne voulait jamais plus le laisser partir. Clay, penaud, les suivait, et il s'appuya à la porte close.

– C'est pas le moment, m'dame, mais il faut que je vous parle. Je suis désolé de ce que j'ai dit l'autre jour au ranch. Il n'y a rien de vrai. Mason vous aime, avec ou sans Double M. J'étais seulement furieux de voir la famille éclater une fois de plus.

Victoria ne répondit pas. Comparée à ce qu'elle venait de vivre, la confession de Clay semblait bien peu importante.

Celui-ci continuait, obstiné :

– J'ai été injuste aussi envers toi, Sage. Tu as beaucoup à m'apprendre, et il faudrait que j'observe, comme tu l'as dit, et que j'analyse la situation avant d'agir.

Sage lui tendit la main que le garçon serra avec vigueur.

– Il est difficile pour un homme de reconnaître ses torts, dit-il. Je vais épouser ta sœur, Clay, et nous allons nous installer dans un endroit bien à nous où tu seras toujours le bienvenu. Ne t'inquiète pas pour Nellie, je consacrerai ma vie entière à veiller sur elle et à la rendre heureuse.

Pete vint rejoindre son jumeau et lui tendit aussi la main.

– C'est tout ce que nous demandons, dit-il.

Victoria, assise au chevet de Mason, regardait la flamme dansante de la lampe jouer sur ses traits immobiles. Elle avait encore les yeux battus, mais elle se tenait bien droite dans le fauteuil à haut dossier et repassait dans sa tête les événements des dernières heures.

Robert était mort. Sage l'avait tué dès qu'il avait franchi la porte. Quant à la fille, elle avait eu le cou brisé en heurtant la table.

Dans une autre chambre, Kelso reposait.

– Je ne peux pas affirmer qu'il s'en sortira, avait dit le médecin, mais il y a de bonnes chances. Il est grand et robuste.

Durant un bref instant de lucidité du colosse, Victoria l'avait remercié de lui avoir sauvé la vie, et il avait dit qu'il regrettait ses mauvaises actions. Il partirait vers l'ouest dès qu'il en serait capable, car il voulait voir l'océan avant de mourir.

Mason bougea légèrement, et Victoria se demanda comment elle avait pu un instant le croire malhonnête.

– Je passerai le reste de mes jours à t'aimer, mon chéri, murmura-t-elle.

Elle lui frotta les mains pour les réchauffer avant de les glisser sous la couverture. Il était torse nu, et elle se souvint de la douceur de sa peau contre la sienne. Puisqu'il était à elle, à présent, elle s'attarda à caresser son ventre, tout en déposant de légers baisers sur sa bouche, ses joues, ses paupières.

– Victoria...

A peine un souffle.

Victoria recula. Les yeux ouverts, il la regardait.

– Ah ! tu es enfin réveillé. Veux-tu un verre d'eau ? demanda-t-elle, le cœur battant à se rompre.

– Non. Je veux surtout que tu continues ce que tu étais en train de faire.

– T'embrasser ? Je croyais que tu dormais.

– Moi, je croyais rêver. Par quel miracle te trouves-tu là ?

– C'est une longue histoire, mon amour. Mon frère avait engagé des tueurs pour se débarrasser de nous parce qu'il voulait récupérer le ranch et ensuite le vendre encore une fois. Mais tout est arrangé. Je te raconterai les détails quand tu seras remis.

Elle prit une de ses mains entre les siennes.

– J'ai eu si peur, fit-il d'une voix vibrante d'émotion. Je ne cessais de penser que je ne te verrais plus jamais, que je ne te tiendrais plus jamais dans mes bras, que je ne te dirais plus jamais à quel point je t'aime.

– J'ai pensé la même chose, mon chéri. Je vous

aime, M. T. Mahaffey, répondit-elle, les larmes aux yeux.

— Je vous aime, Victoria McKenna Mahaffey.

— Pas encore... murmura-t-elle.

— Tu seras ma femme avant que nous quittions la ville !

Les yeux bleus la fixaient avec une expression proche de l'admiration.

— Vous savez donner des ordres, monsieur Mahaffey !

— Et comment ! Tu es si belle, ma chérie... Je voudrais t'emporter et te garder pour moi seul longtemps, très longtemps...

Elle cligna des yeux pour refouler ses larmes.

— Un jour peut-être nous le pourrons, mais pour l'instant, nous devons nous occuper de notre famille. Nellie aime Sage, ils vont s'installer quelque part dans la vallée. Il faut veiller sur Dora et Doonie, et puis aider les jumeaux à prendre un bon départ.

— Sans oublier Ruby et Stonewall. Pourquoi pleures-tu ?

— Je ne sais pas.

— Viens te coucher près de moi.

— Mason, non ! Que dirait le médecin s'il me voyait là ?

— Je me fiche du médecin ! Je l'enverrais chercher un prêtre !

Mason souleva le drap.

— Allons, viens, je veux te sentir près de moi.

Victoria se dévêtit rapidement avant de se glisser contre lui, la tête sur son épaule.

– J'apprendrai aux filles à jouer de l'épinette, chuchota-t-elle.

– Et moi j'apprendrai aux garçons à être de bons éleveurs, dit Mason en caressant ses cheveux. Dors, mon amour. Nous serons bientôt de retour à la maison.

Découvrez les romans
Aventures et Passions
Ils vous feront rêver et voyager au fil des pages...

Nous avons choisi pour vous :

Les romans *coups de cœur*

Rosanne Bittner : Tendre trahison 4127
Patricia Hagan : L'esclave blanche 4171
Iris Johansen : Prince de cœur 3757
Judith McNaught : La scandaleuse 3741

Les romans sensuels

Brenda Joyce : Des feux sombres 3371
Susan Johnson : Le séducteur sauvage 3642
Elizabeth Lowell : L'insoumise 4196
Johanna Lindsey : Les feux du désir 3091

Les romans exotiques

Rebecca Brandewyne : A l'ombre des jacarandas mauves 4149
Jane Feather : La favorite afghane 3664
Karen Robards : Les sortilèges de Ceylan 3466
Johanna Lindsey : La révoltée du harem 2956
Penelope Neri : A la poursuite des diamants perdus 4151

Les grandes sagas

Jude Deveraux : La saga des Montgomery
2927, 3003, 3049, 3127, 4105
Jude Deveraux : Les dames de Virginie 3180, 3181, 3182
Johanna Lindsey : Les frères Malory 3778, 3888, 4003, 4173, 4318
Patricia Hagan : L'histoire de la famille Coltrane
3201, 3272, 3326, 3398, 3541, 3682, 3756, 3847

Aventures et Passions
Quand l'amour s'aventure très loin, il devient passion.

Photocomposition Assistance 44-Bouguenais
Achevé d'imprimer en Europe (Angleterre)
par Cox & Wyman à Reading
le 14 février 1997.
Dépôt légal février 1997. ISBN 2-290-04423-7

Éditions J'ai lu
84, rue de Grenelle, 75007 Paris
Diffusion France et étranger : Flammarion